21世紀日本文学ガイドブック❺

松尾芭蕉

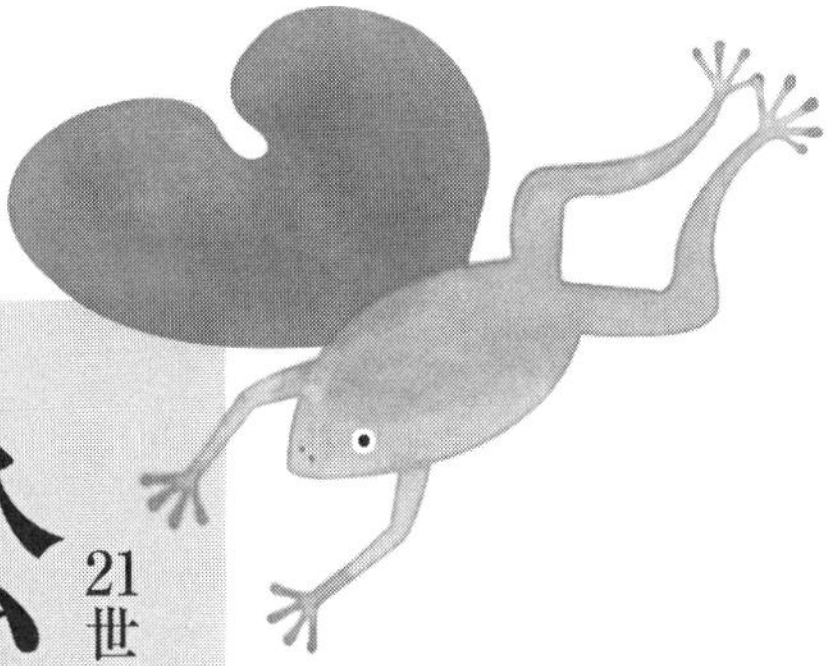

佐藤勝明 編

目次

第二部　芭蕉を読む視点と方法

【扉図版】　第一部「芭蕉坐像図」（呉春筆、江東区芭蕉記念館蔵）
第二部「〈枯枝に・笠やどり〉画賛」（泊船堂芭蕉翁筆、早稲田大学図書館蔵）

凡例

一、人名・書名・地名や、俳諧に関する専門用語などについては、基本的に通行の字体を用いた。漢字の読みを補う場合は、現代仮名遣いによった。

一、句や俳論などの引用においては、底本としたものの表記に従いつつ、通行の字体に改め、句読点・濁点を適宜に付した。漢字の読みを補う場合は、歴史的仮名遣いによった。

一、「芭蕉関連の俳書」以外で版本の刊行年次を記す際には、次のようにした。刊記に年記がある場合は「刊」、奥書にそれがある場合は「奥」、序文・跋文の場合はそれぞれ「序」「跋」、刊行年次が不明で成立年次が推定されるものは「成」。写本についても成立年次を「成」と表した。

一、本文中の年号については、元号を用いた。

一、人名については、俳号での呼ばれ方が一般的である場合、姓を省略した。

松尾芭蕉

総論

俳諧の歴史と芭蕉

佐藤勝明

松尾芭蕉は、日本古典文学の中でも、最もよく知られた存在の一人であろう。現行の中学三年生用国語教科書は、揃って『おくのほそ道(奥の細道)』の冒頭部を採用しており、その是否はともかく、原則的にいえば、すべての中学生(ということは、ほとんどすべての日本人)は多少なりとも芭蕉の文章や句に触れていることになる。大学の授業中、「知っている芭蕉の句を書いてみよ」という課題を前触れなしに出しても、学部・学科等にあまり関係なく、たいていの学生は一つか二つの句を書くことができるし(三つとなるとなかなか難しい)、市民講座などでも、芭蕉を題材に選んだ時は受講者の集まりがよいようである。

ところが、学生たちに少し質問をすると、江戸時代のいつごろに活躍した人かということを含め、ほとんど何も知らないことに気づく。日本文学科に在籍する学生でも、『おくのほそ道』は旅をしながら書いた記録と思っているし、俳諧や連句という語を聞いたこともなければ、芭蕉らの句を学んだ記憶もないという。高等学校で古典を読む時間が削減され、中でも近世の作品はほとんど取り上げられていない現状からして、それもしかたのないことかもしれない。社会一般の芭蕉に対する認識も、これとほぼ

図1　卯月の芭蕉庵（小川芋銭筆、江東区芭蕉記念館蔵）

同様かと察せられる。

本書は、芭蕉の名は知っていても作品はよく知らないという人たちに、芭蕉の文学の魅力とそれを学ぶ手だてをわかりやすく伝えたい、という願いから立案・構成したものである。第一部は、芭蕉の生涯がどのようなものであったか、一門にはどのような人々がいたか、それ以前の文学作品からどのような影響を受けているか、どのような書物に作品を残したのか、芭蕉を学ぶにはどのような文献があるのか、といった点を中心に、芭蕉やその作品を理解するための基盤を明示する構成とした。第二部は、筆跡と俳諧の関係、『おくのほそ道』や俳論の読み方、元禄俳諧との比較や後代の俳諧への影響、といった点を中心に、読解・鑑賞の例や芭蕉研究の視点・方法を示す構成とした。その前に位置するこの「総論」では、俳諧とは何かということから始め、俳諧の歴史と基礎的な用語を概説しつつ、芭蕉の行ったことは何か、芭蕉を学ぶ上で注意すべきことは何か、といった点について記すことにしたい。

和歌から連歌へ

文学用語としての「俳諧」は、韻文（詩歌の類）の一ジャンルに違いないけれど、たとえば『広辞苑』（岩波書店・第五版）でこの語を引けば、最初に「①おどけ。たわむれ。滑稽」とあり、「②俳諧歌の略」「③俳諧の連歌の略」と続いた後、「④俳句（発句）・連句の総称。広義には俳文・俳論を含めた俳文学全般を指す」と記されている。他の辞典類を見ても大差はなく、要するに、「俳諧」とは本来的に滑稽と同意の、戯れの言辞をさす漢語なのであった。では、それがどのようにして文芸ジャンル名になったのか。まずは、日本の韻文史をざっとふり返りながら、その間の事情を確認しておくことにしたい。

日本の「うた」がいつ誕生し、何がどう歌われていたのかは、よくわかっていない。三世紀頃、信仰や労働に伴う形で発生したとされるものの、実態は不明。『古事記』『日本書紀』等に採録されたものを見れば、内容も分量もさまざまで、当初のあり方もかなり自由なものであったと想像される。文字化されたものを読み、各句の音数がまちまちで不統一とも感じられるのは、歌う際には伸ばしたり休んだりする分があったからで、それらを含めた一句（一小節）は八音四拍から成っていたと考えられている。「倭は国のまほろば」（『古事記』）であれば、「やまとは○○○○／くにのまほろば○」（○が休止や延伸）と

いった具合である。(1)

ところで、こうした記紀歌謡の中には、「八雲起つ出雲八重垣妻ごみに八重垣作るその八重垣を」(同)のような短歌形式(五七五七七)や、「はしけやし吾家《わぎへ》の方よ雲居《くもゐ》起ち来も」(同)のような片歌形式(五七七)も散見され、定型化した歌体(すなわち和歌)が広まりつつあったことを推測させる。ちなみに、和歌の形態は「(五七)×n+七」の公式で説明することができ、n=1が片歌、n=2が短歌、n≧3が長歌という次第。歌謡と和歌の違いは、歌う歌謡に対する読む和歌、という具合にとらえるとわかりやすい。歌わないならば、何かほかの要因でリズムを生み出す必要があり、そこで採られたのが、長歌に典型的な五七のくり返しという方法であった。(2) つまり、歌わなくなったことと定型化とは表裏の関係にあり、(3)「五七」を基本単位として積み重ね、最後に「七」を加えた(これが余韻の効果を生む)ものが、当初の和歌であったと考えられる。その後、長歌が次第に作られなくなり、「五七」を二つ重ねるだけの短歌が主流になると、「五七/五七/七」の細切れな仕立てはむしろ不自然で、「五七五/七七」という上句・下句の対応に関心が寄せられるようになる。思い切って単純にいえば、これを二人で分担して詠んだものが、連歌なのである。

二人で詠めば、否応なく対話的な性格が強くなり、即興的なひらめきや意外性が大きな意味をもつようになる。『大和物語』一六八段に見える「人心うしみつ今は頼まじよ」と「夢に見ゆやとねぞ過ぎにける」の応酬は、約束を破って丑三つ時(午前二時半ころ)を過ぎても訪れない良少将(良岑宗貞=僧正遍昭)に対して、こんなに辛い思いをした(「憂し見つ」)のでもう人の心などあてにしない、と女が贈った句に、逢う前に夢の中でも現れるか試したら寝過ごしてしまい、子の刻(午前〇時ころ)を越えてしまった、と返したもの。このように社交の道具として機能したほか、連歌は娯楽としても行われるようになり、基本的には言い捨てであった作品の一部は平安・鎌倉頃の和歌集などに採録されている。それらを見ても、雅の文芸としての性格を固めた和歌とは違い、連歌がいかに自由闊達で機知をよしとするものであったかが知られる。

和歌にしても、『万葉集』を見ると、詠む対象も表現方法も実に多様で、戯笑的な性格の歌も少なからず採られている。ところが、『古今集』になると、そうした類は巻一九「雑体」の中に例外的なものとして録されるにとどまり、笑いの要素は和歌の本流から消えてしまう。そして、この「雑体」に長歌・旋頭歌とともに収められたのが、ほかでもない「誹諧歌(4)」なのであった。素性《そせい》法師の「山吹の花色衣《はないろごろも》ぬしやたれ問へど答へずくちなしにして」の場合、梔子《くちなし》は口無しだから返答しないという駄洒落的な発想によっており、どのようなものが誹諧(俳諧)と受けとめられていたか、よく理解されよう。すなわち、当時の認識において、それは和歌の正統から逸脱したものにほかならず、同じく当座の笑いや機知的対応を主眼とした点で、発生当初の連歌も、これとほとんど等質の文芸なのであった。

連歌から俳諧へ

連歌は、当初は二句だけのもの(短連歌という)だったのが、次第に長句(五七五)と短句(七七)を鎖状につなげるようになり、一定数の句を続けるもの(長連歌という)となる。一〇〇句つなげた百韻《ひゃくいん》の形式が成立した鎌倉時代には、連歌の性質も大きく変わっていく。かつて和歌がたどったのと同じように、雅の文芸に変身を遂げるのであり、准勅撰として成った二条良基《よしもと》編『菟玖波集《つくばしゅう》』（文和五年〈一三五六〉序）では、「花おそげなる山里の春／これを見む霞に残る雪の松　良基」といった和歌的な付合《つけあい》（前句と付句の二句）がそのほとんどを占めるようになる。戯笑性をもった付合が、巻一九「雑体連歌」に「俳諧」としてかろうじて収録されるのは、『古今集』における誹諧歌の扱いと同様。「親に知られぬ子をぞまうくる／我が庭にとなりの竹のねをさして　読人しらず」など、「親に知られぬ子」でどきっとさせ、隣庭から地下を通って自庭に生えた竹の子のことかと納得させる仕掛けで、発生頃の連歌がまさにこうした類のものであったと思い起こされる。それが、今や「俳諧連歌」として片隅に追いやられてしまったわけで、さらに一世紀半を隔てた宗祇《そうぎ》ら編『新撰菟玖波集』（明応四年〈一四九五〉成）になると、俳諧的な付合は一組も収められなくなる。一方、それだけを集成した編者未詳『竹馬狂吟集《ちくばきょうぎんしゅう》』（明応八年〈一四九九〉成）や宗鑑編『誹諧連歌抄（犬筑波集《いぬつくばしゅう》）』（一六世紀前半成）も編まれるなど、連歌と俳諧連歌は別物と扱われるに至ったわけである。

　江戸時代になると、幕府が学問を奨励し、民間でも寺子屋で読み書きを学ぶ子が増えるなどして、識字率は大きく向上する。また、印刷技術の開発に伴い、仮名による娯楽書・啓蒙書が多く刊行され、出版が商売として成り立つ世の中となる。この二つが結びつき、庶民を取り込む形で文化が興隆していく中、ことに関心を集めたのが俳諧連歌で、この頃には略して「俳諧」と呼ばれるようになっていた。山崎宗鑑が編んだ右の書は『新撰犬筑波集』の名で公刊され、「霞の衣すそはぬれけり／佐保姫《さほひめ》の春立ちながら尿《しと》をして」と春の女神に立ち小便をさせてしまう大胆さは、大いに人々の笑いを誘ったに違いない。「人にはあらで人でこそあれ／うすがみに入といふ字をうらにみて」など、これなら自分にも作れそうだと思わせるものがあり、そうした初心者の修練を名目に、宗匠が前句を題として出し、付句を皆に作らせる前句付《まえくづけ》も盛んに行われる。また、正式の興行は百韻形式で行われた一方、これを半分にした五十韻《ごじゅういん》や四四句からなる世吉《よよし》、三六句からなる歌仙《かせん》なども派生。俳諧（俳諧連歌）とは、こうしたものを一括して呼ぶ名称であった。

しかし、「俳諧」の称は、そうした付合文芸だけでなく、文章なども含め、俳諧の作者たちが行う文芸全体のジャンル名として定着するようになったため、混同を避けるために、明治以後は付合文芸の方には「連句《れんく》」の称が与えられ、現在に至っている。その第一句を発端の句であることから「発句《ほっく》」とい い、連歌以来、これだけを単独で詠むことも普通に行われている。手軽なこともあり、連句（俳諧連歌）の興行よりも、むしろこちらの方が盛んだったほどで、やはり明治期、正岡子規が連句は時代に合わないと否定し、(5)発句を「俳句」の名で革新して以来、もっぱらこれだけが詠まれるようになっている。

芭蕉が関わった俳諧とは、そのような付合文芸のことであり、また、これに発句・俳文・俳論などを含めたジャンル名のことである。では、芭蕉が登場する以前の俳諧はどういうものだったのか。その概略を記し、芭蕉がその何をどう変えたのか、見通しを示すことにしたい。

貞門・談林の共通性

蕉門の服部土芳《どほう》は俳論書『三冊子《さんぞうし》』の中で、芭蕉以前と以後の違いを次のように述べる。すなわち、「俳諧といふ事はじまりて、代々《よよ》利口のみにたはむれ…」という状況の中、西山宗因《そういん》にしても「詞を以てかしこき名」に変わりはないのに対し、芭蕉はこれを一変したのである、と。そして、それを、「名むかしの名にして、むかしの俳諧に非ず。誠の俳諧也」と説明する。要するに、談林《だんりん》俳諧の総帥格でもあった連歌師宗因を含めて、芭蕉が「誠の俳諧」を打ち立てる以前は「詞の俳諧」であったに過ぎず、それは、言葉遣いの巧みさ（＝「利口」）に遊ぶだけのものであったというのである。その実際を見ていくことにしよう。

　右に記した「談林（檀林）」とは、もとは仏教の学問所を意味した語で、大坂の宗因を師と仰ぐ江戸の田代松意《しょうい》らがこれになぞらえ、自分たちの一派を「俳諧談林」と称したことから、宗因に倣う人々の俳諧を総称して、後に「談林俳諧」と呼ぶようになったもの。その流行は延宝期前後の約一〇年間で、当時の一般的呼称は宗因流・宗因風などであった。それ以前の俳諧を「貞門《ていもん》俳諧」と呼ぶのは、近世初頭の俳諧が京の松永貞徳《ていとく》やその門弟たち、すなわち貞徳一門によって牽引されたからにほかならず、地域や宗匠ごとに多少の差はあっても、広い意味で、談林俳諧

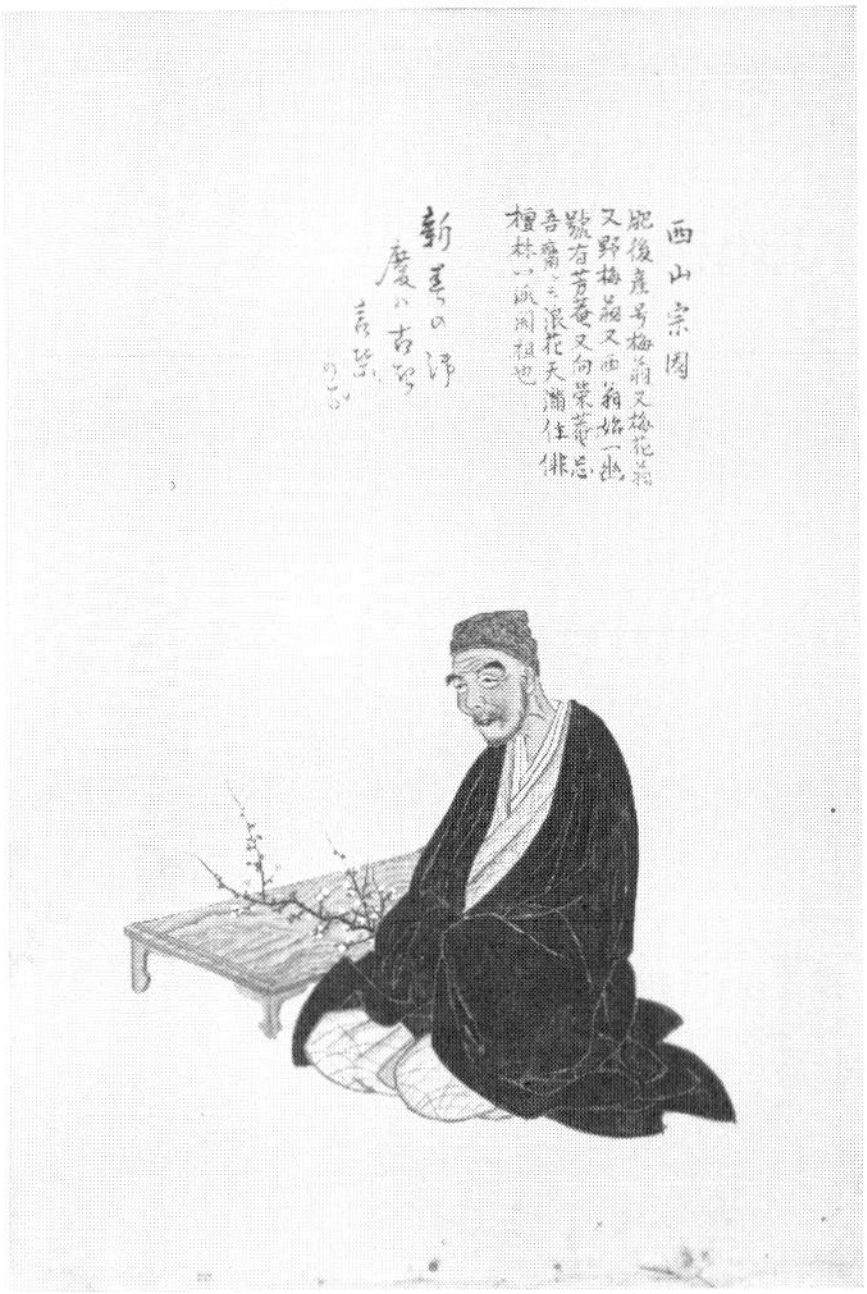

図２　西山宗因（桜井梅室編『古哲俳家三十六歌仙』（折本）、江東区芭蕉記念館蔵）

が起こる以前の俳諧はそのまま貞門俳諧であったといってさしつかえない。

一流の文化人であった貞徳にとって、俳諧は余技の一つに過ぎず、和歌や連歌に進むための入門編といった位置づけになるものであった。室町俳諧の奔放な笑いに制限を加えようとしたのもそのためで、先に見た『犬筑波集』の付合に対しても、自分ならこうするとして、「霞の衣すそはぬれけり／天人やあまくだるらし春の海」（『新増犬筑波集』）の別案を示している。笑いの要素は稀薄で、ほとんど連歌と変わるところのないこの付合が、それでも俳諧たりえているのは、「天人《てんにん》」という漢語を用いたことにある。和歌や連歌に用いない俗語や漢語を貞徳は「俳言《はいごん》」と呼び、これを用いたものが俳諧なのだと説くのである。いささか形式的な規定ではあっても、初心者には却ってわかりやすく、これも俳諧の普及に大きく貢献したに相違ない。

この言語中心主義ともいうべき姿勢は、句に句を付ける際にも、「付物《つけもの》（付合語）」の活用という形で顕現する。付物とは、たとえば『枕草子』冒頭の「紫だちたる雲の…」による「紫」と「雲」のような、結びつきが和歌・物語・故事などで保証されている二語のことで、右の貞徳の例では、「霞」と「海」、「衣」と「天人」がそれに該当する。前句の中のある語に注目し、それに縁の深い語を思い起こして句を仕立てていくのであり、そのための付合語辞典ともいうべき高瀬梅盛《ばいせい》著『類船集《るいせんしゅう》』（延宝四年〈一六七六〉刊）なども刊行されている。こうした「詞付《ことばづけ》・物付《ものづけ》」（語と語の関係に依拠した付け方）が付合の中心である点は、談林俳諧も基本的に変わらず、土芳が記す通り、初期俳諧（貞門・談林）はたしかに「詞の俳諧」といって間違いない。

貞門・談林の相違点

では、貞門・談林の違いは何か。大きな相違点としては、和歌を絶対視する貞門に対し、談林はより自由で笑いの要素が強い俳諧を標榜したことが挙げられ、それは、やはり俳諧を余技とする宗因が、俳諧は各自が好きにやればよいという考えを示したこととも関わっている。貞徳・宗因の発句から、そうした差異を確認してみよう。

貞徳の「花よりも団子やありて帰雁《かえるかり》」(『犬子集』)は、花が咲く時期に北に帰る雁をいぶかしみ、帰る先には団子が待っているのだろうとしたもの。「春霞立つを見捨てて行く雁は花なき里に住みやならへる」(『古今集』)など、花を見ない帰雁には疑念を示し、それによって人間の花に対する深い愛着を詠むのは、和歌の常道といってよく、こうした歌例の蓄積によって確立した、当然そう詠むべきと考えられるようになったある対象(ここは「帰雁」や「花」)のあり方を、「本意《ほんい》」という。貞徳の句は、花のない里に住み慣れているのかという和歌的把握の一歩先を行き、俚諺「花より団子」(これが俳言となる)を使って滑稽化が図られるものの、本意自体は忠実に守られている。一方、宗因の「ながむとて花にもいたし頸《くび》の骨」(『牛飼』)を見ると、西行歌「眺むとて花にもいたく慣れぬれば散る別れこそ悲しかりけれ」(『新古今集』)を踏まえたことが明らかで、字句は大幅に借りるものの、花を愛して落花を惜しむという本意を襲うことはなく、花もいいけどずっと見ていると首が痛くなると茶化している。本歌を想起させた上で、程度がはなはだしいことをいう「いたく」を「痛く」にとりなし、雅と俗の落差で大いに笑わせるわけである。

宗因のこうした作に喝采を送る人々は、宗鑑と並ぶ室町俳諧の立役者、荒木田《あらきだ》守武《もりたけ》の作にも注目し、「守武流」「宗因流」の推進を旗印に、新しい運動を起こしていった。大坂の井原西鶴《さいかく》・岡西惟中《いちゅう》、京の菅野谷《すがのや》高政《たかまさ》・田中常矩《つねのり》・富尾《とみのお》似船《じせん》、江戸の松意や高野幽山《ゆうざん》らがそれで、桃青《とうせい》号を名乗る当時の芭蕉もその一人。彼らの多くは貞門出身であり、貞門から談林に転じたというよりも、貞門で体得した手法を応用して、よりおもしろい俳諧を実践したととらえるのが、実態に合った理解といえる。近世前期俳諧史のとらえ方に関しても、かつての「貞門時代―談林時代―蕉風時代」ではなく、「貞門時代―談林流行の時代―蕉風を含む元禄俳諧の時代」といった具合に見るべきであろう。句と句の付け方にしても、一見、相反するもののようでありつつ、前述のように、詞の関係に依存する点で貞門・談林に大差はなく、だからこそ、貞門出身者が容易に談林に遊ぶことも可能なのであった。ここでは、西鶴の矢数《やかず》俳諧(速吟によって量を誇る独吟の連句)から付け方の例を挙げてみよう。

まず、「身にしめる老《おい》の慰《なぐさみ》碁双六/今のやうすはしらぬ島原/恋草《こひくさ》に又あま草やましぬらん」(『大句数』第八)の場合、最初の二句は、かつて島原遊郭に遊んだ人も今は老いて碁・双六を楽しむ身だとしたもので、前句全体の意味を受けて付句を仕立てる「心付《こころづけ》(句意付)」ともいうべきもの。次は、恋に夢中であるため島原に関心がないとしたもので、[6] これも心付的な付合ながら、「あま草」は植物の「甘草」に「天草」を掛けており、天草四郎が活躍した島原の乱を背景に、「島原」と「天草」とが詞の上で付いたことになる。このように、句意とは別に、前句の語に付句の語を対応させることを「会釈《あしらい》」といい、貞門・談林を通してよく行われている。もう一例、「釈迦《しゃか》既に人にすぐれて肥《こえ》られて/嵯峨《さが》の駕籠《かご》かきましやとるらん」（同）は、釈迦が人並はずれて太ったため、[7] 駕籠舁《かき》に増し料金を取られるとふざけたもの。京郊外の嵯峨に釈迦堂（清涼寺）があることから、貞門以来、「釈迦」と「嵯峨」は付合に多用され（『類船集』にも登載される）、ここもそのパターンを踏襲する。それにしても、神仏も笑いの対象としてはばからない大胆さはあっぱれでもあり、こうしたありえない絵空事の場面を創出する「軽口《かるくち》」は、談林の大きな特色である一方、貞門の大いに嫌うところであった。

右に見た「軽口」とともに、談林俳諧のもう一つの特色といえるのが「無心所着《むしんしよじやく》」で、これは、やはり詞の縁によって付合は保証されるものの、出来た一句は整合性を欠き意味が通らないというもの。すでに室町時代の守武独吟に多くの例が見られ、たとえば「山のちやのこようみのさかなよ／はまぐりの秋はこずゑになるをみて」（『守武千句』第三）は、山では木の実（茶の子）、海では魚がとれるとの前句を受け、「はまぐり」に「蛤」と「栗」を掛けて「茶の子」「魚」の双方に対応させた結果、梢に蛤が実っているというナンセンスな一句に仕上がっている。貞門では戒められたこの付合のあり方を、談林側は意識的に重用していったのであるから、両者が相容れないのも当然のことであった。

高政編『誹諧中庸姿《つねのすがた》』（延宝七年〈一六七九〉刊）に対し、貞門側の中嶋随流《ずいりゆう》が『誹諧破邪顕正《はじやけんしよう》』（同年跋）で論駁を加える中での、たとえば「所帯はいまがはじめ也けり／八雲たつ出雲に親の恩をしる」（高政独吟百韻）への批判など、その立場の違いをよく浮かび上がらせる。新所帯を詠んだ前句を受け、「所帯はじめ」から「親の恩をしる」を導いたのは順当ながら、その文脈とは別に、「はじめ」に「八雲たつ出雲」を付けた（前掲「八雲起つ…」が歌の祖と理解されていたことによる）ため、一句は句意不通となる。貞門の立場からは非道であり、談林の立場に立てば、ここに新しさがあったわけである。両者に接点はないようでありながら、付合の根底に詞と詞の縁を置く点で、それらは根を同じくしていたのでもあった[8]。

芭蕉における貞門・談林・天和調

天和二年(一六八二)は、俳諧史(あるいは日本文学史)の大きな転回点に当たる年といえる。三月二八日に宗因が没すると、これに合わせたように、惟中・高政・松意・幽山ら談林俳諧の中核的な人々が俳諧の表舞台から去り、西鶴は浮世草子の第一作『好色一代男』を一〇月に刊行して、以後はこの方面で大きな足跡を残すことになる。一方、松尾桃青が文献上に芭蕉号を初めて名乗るのもこの年であり、その由来は、前年冬に日本橋から深川への移居を果たした後、門人が植えてくれた芭蕉の株が繁茂し、その住居が芭蕉庵と呼ばれるようになったことにある。深川移住の原因・理由は不明ながら[9]、これ以後、俳諧が大きく変わっていくことだけは間違いない。芭蕉の発句をたどりながら、そのことの内実と意義を確認してみよう。

図３　江東区芭蕉記念館前に茂る芭蕉の木

宗房《そうぼう》を名乗った伊賀在住期の作中、最初期の句と見られる一つに、寛文三年(一六六三)の「月ぞしるべこなたへ入《いら》せ旅の宿」(『小夜中山集』)がある。月を便りにこの旅宿にお入りください、といった句意で、謡曲「鞍馬天狗」の「奥は鞍馬の山道の花ぞしるべなる、こなたへ入らせ給へや」の文句を使い、「旅」に「給《た》べ」（「給《たま》へ」と同意）の意を掛けている。私見によれば、貞門の句の大半は、掛詞・見立て・頓知的発想のいずれか（ないしその組み合わせ）を用い、先行文学からの摂取が往々これに加わる形で仕立てられており、芭蕉もその一実践者であったことが知られる。二年後の「霰《あられ》まじる帷子《かたびら》雪はこもんかな」（『続山井』）は、帷子雪（薄く積もった雪）の上に霰が降るさまを、「帷子雪」と「帷子」の掛詞により、小紋（細かな模様）の帷子（薄い織物）と見立てたもの。[10] 貞門が「詞」の俳諧であると再認識できるほか、一句が「○○は□□である」式の判断を示している点も注目される。[11]「木葉《このは》うつあられは天狗礫《てんぐつぶて》かな　親重」「雪はげに天のあたへの見物哉《みものかな》　重頼」（『犬子集』）など、これも初期俳諧（貞門・談林）の大きな特色であり、発句とは、ある事物（主として季題）に対する自分なりの認定を示すものにほかならなかったのである。

この点は、桃青号を使うころの、談林調といわれる時期の作でも大差はない。延宝五年（一六七七）の「白炭《しらずみ》やかの浦島が老《おい》の箱」（『江戸通町』）は、黒炭を再び焼いて作る白炭を、玉手箱を開けて白髪になった浦島と見なしたもので、「や」を「は」として末尾に「哉」を付ければ、そのまま、先に見た判断の文型となる。もちろん、そうした類ばかりではなく、同年の「あら何共なやきのふは過《すぎ》て河豚汁《フクト》」（『桃青三百韻』）では、字余りの上五で切れる形式が採られている。これは、謡曲「蘆刈《あしかり》」の「あら何ともなや候。…昨日と過ぎ今日と暮れ」を使い、「何ともなや」を何でもなくてよかったの意にして（謡曲では「つまらない」の意）、鰒《ふぐ》を食べた翌日の感慨を示したもの。ともに発想はユニークながら、これらも「詞の俳諧」には違いなかろう。

俳壇に字余りや漢詩文調が流行した天和期、芭蕉の句にもそうした特徴が顕著となる。天和元年(一六八一)の「芭蕉野分《のわき》して盥《たらひ》に雨を聞《きく》夜かな」(『むさしぶり』)を例にとれば、ここに大きく二つのことが指摘できる。一つは、字余りの上五が屋外で暴風に揺れる芭蕉、中七・下五が室内の雨漏りとその音を聞く自分を描き、和歌における描写や叙述に近いことが一句の中で行われているということ。すなわち、短歌の上句(五七五)・下句(七七)がそれぞれの内容をもちながら結びつき、豊かな内容の表現を可能にするのと同じことが、ここにも認められるということである。二つめは、盥の雨音を聞く「自分」が詠句対象になっているということ。余所事《よそごと》に対する判断を「○○は□□である」式に示すのとは、明らかに異なる表現姿勢がここにはある。

二年後の「あられきくやこの身はもとのふる柏《がしは》」(『続深川集』)などにもそれは共通する。霰の音を聞くわが身を客観視した上で、その自分を古柏同然の存在だと見なしたのであり、これも一種の見立てではあれ、見立てること自体に眼目のあった初期俳諧の作例と同一ではない。掛詞にしろ見立てにしろ、それがよいか悪いかという問題ではなく、どのように用いられているかが重要なのである。この句でもう一つ指摘すべきは、やはり字余りの上五で切れ(この「や」は「は」と代替不能)、二段構造をなしているということ。字余りにも必然性があったわけで、それが、字余りを流行と心得て追随する俳壇一般と、自覚的に句の表現や構造を模索する芭蕉との、決定的な違いといえる。

一般に、こうした天和期の試み(天和調《てんなちょう》という)は、談林末期のものと位置づけられがちである。が、その見方は早計で、この時期の芭蕉は、意識的に俳諧を変えようと努め、初期俳諧(貞門・談林)とは異なる作を残している。しかも、それは、貞享・元禄期の芭蕉につながるものといってよく、延宝と天和の間にこそ、俳諧史上で最も大きく重要な転換があったと見るべきであろう。

芭蕉発句の成果

貞享以後の芭蕉発句を通覧すると、その多彩な表現世界に驚かされる一方、その中に二つの句型が認められることにも気づく。右に見た「……哉《かな》」「…や／…（体言）」の二つであり、この点でも、芭蕉の天和調はその後の芭蕉俳諧を生み出す原点であったといえる。現代俳句でも普通に使われるこの二型が、芭蕉の実践を通して定着していったものであることは、注目に値しよう。[12]

実例を挙げると、前者は、貞享元年（一六八四）の「馬をさへながむる雪の朝《あした》哉」（『野ざらし紀行』）のように、上からたたみかけながら、末尾の「哉」で感動の焦点を明示するもの（「哉」が省略される場合もある）。雪の降った朝はすべてが新鮮で、見慣れた馬にも目が引かれるというのであり、具象性を伴いながら、「雪の朝」の気分を表すことに成功している。すべてが桜の花びらで包まれたさまを詠んだ元禄三年（一六九〇）の「木《こ》のもとに汁も膾《なます》も桜かな」（『ひさご』）や、露を付けたまますみごとな撓《しな》い方を示す萩を詠んだ元禄六年（一六九三）の「しら露もこぼさぬ萩のうねり哉」（『芭蕉庵小文庫』）など、いずれもこの型が効果的に作用した発句例といってよかろう。

後者は、貞享三年（一六八六）の「古池や蛙飛《かはづとび》こむ水のおと」（『蛙合』）がその典型であるように、「や」による切れが途中にあり、句末が体言止めになっているもので、これは、第三句で切れ第五句を体言止めにした短歌の歌型に匹敵する。[13] 元禄二年（一六八九）の「荒海《あらうみ》や佐渡によこたふ天河《あまのがは》」（『おくのほそ道』）、元禄七年(一六九四)の「菊の香やならには古き仏達」(『笈日記』)など、枚挙にいとまがなく、いずれも「や」で明確に切れながら、その上で二つの事象が連結・融和して、広がりのある文学空間を形成している。字余りを伴わない「五/七五」によって、先に見た二段構造を一句に実現している点にも注目したい。

このようにして、芭蕉は、五七五の中に豊かな内容を盛る方法を開発し、その成果は現代俳句にまでつながっていく。もちろん、芭蕉がもたらしたものはそれだけではない。和歌や連歌が俗(日常的な現実世界)を切り捨て、雅(貴族的・古典的な美的世界)の文芸として大成したのに対して、俗を扱いながら和歌・連歌に匹敵する作を示そうとしたところに、芭蕉の最大の功績があったと見ることができよう。たとえば元禄元年(一六八八)の「蛸壺《たこつぼ》やはかなき夢を夏の月」(『猿蓑《さるみの》』)では、月光の下、明日は捕食されると知らずに壺で眠る蛸を取り上げ、その俗な素材の中に生命のはかなさ・哀しさを見つめている。いうまでもなく、夏の月も明けやすくはかないもので、そうした和歌的本意を観念的に踏襲するのではなく、それを現実の事象によってとらえ直した点に、芭蕉の新しさと普遍性があったわけである(前書「明石夜泊」を視野に入れれば、古戦場であり、『源氏物語』の舞台でもあったこの土地の歴史的伝統が、一句にさらなる厚みを加えることになる)。

そのことを芭蕉自身で語ったのが、「詩歌連俳はともに風雅也。上《うへ》三のものは余す所も、その余す所迄、俳はいたらずと云《いふ》所なし」(『三冊子』)の言で、俳諧を漢詩・和歌・連歌に並ぶ「風雅」(ここは言語芸術としての詩歌といった意)と規定した上で、それらが扱わない対象も詩材とするところに、俳諧の独自性があるという。(14) こうした認識を背景に、芭蕉はたしかに発句のありようを変えたのであった。

芭蕉連句の成果

芭蕉は「新しみは俳諧の花也」(『三冊子』)と断言しており、俳諧には不断に新しさを追求する姿勢が必要と考えていた。そもそも、連句そのものが、打越(前句の一つ前の句)と前句でできた情景・人物像などとは別のものになるよう前句に付ける、変化追求の文芸であった。『猿蓑』「市中は」歌仙の冒頭、「市中は物のにほひや夏の月　凡兆／あつし〳〵と門々《かどかど》の声　芭蕉／二番草取りも果《はた》さず穂に出《いで》て　去来」を例にとると、発句と脇《わき》(発句の次の句)では都会の夏の夜の暑苦しさが表現されたのに対し、第三[15](連句の三番目の句)の作者は前句に別の可能性を看取して、「あつし〳〵」を農民の発したものと読み換える。その上で、二回目の草取りも終わらないうちにもう稲穂が出てきたと詠んだもので、結果、脇と第三とでは農村の暑い昼間を描いたことになる。このように、連句の魅力は、句が付くごとにどんどん場面が転換していくことにあり、芭蕉はそれを「たとへば歌仙は三十六歩也。一歩も後に帰る心なし」(『三冊子』)と表現した。三句の転じが悪いものを「三句がらみ」、前句をはさんで打越と付句が似た形になったものを「輪廻《りんね》」「観音開《かんのんびら》き」などといって嫌うのも、何より変化を尊ぶからにほかならない。

芭蕉の連句からは、年代による風調の変化も確認され、それは「蕉風三変」などと呼ばれている。蕉風を世に示したとされる山本荷兮《かけい》編『冬の日』(貞享元年〈一六八四〉奥)の頃、蕉風の真髄を示して「俳諧の古今集」ともいわれる向井去来《きょらい》・野沢凡兆《ぼんちょう》編『猿蓑』(元禄四年〈一六九一〉刊)の頃、さらに〈かるみ〉の新境地を求めた志《し》太《だ》野《や》坡《ば》ら編『すみだはら(炭俵)』(元禄七年〈一六九四〉序)の頃の三回、芭蕉俳諧は大きく変わったとする見方で、これらの書を通見すれば、たしかに変わり続ける芭蕉とその俳諧の姿が確認できる。各書ともさまざまな要素を含みもつものの、特徴的なことにしぼれば、風狂性（常軌を逸するほどに風雅に徹する姿勢）と劇的場面が印象的な『冬の日』、雅と俗のみごとな調和を見せる『猿蓑』、平明な表現で日常の一場面をいきいきと描く『すみだはら』、といった具合になろう。このような変化の相を見せる一方、そこに一貫したものを認めることもできる。すなわち、想像力を駆使して付けるという行き方である。

一般に、詞の縁によってぴったり前句に付けたものを「親句《しんく》」といい、初期俳諧の物付はおおむねこれに該当するの[16]に対し、芭蕉連句のいわゆる「にほひ付《づけ》」は、これを脱して「疎句《そく》」（二句の関係を言語上は明示しない付句）をめざしたとされる。蕉門の俳論書に見える「にほひ」「ひびき」「うつり」「俤《おもかげ》」等の語は、要は二句間に見られる余情の共振をいったもので、そこに蕉風の特色があることは間違いない。が、あまりこれだけを強調し過ぎると、芭蕉連句は気分・情調だけで付いているような誤解を与えることにもなりかねない。各付合を読む際には、①付句作者は前句から何を想起したか、②それをもとにどのような場面・情景・人物像を思い描いたか、③そのことを句にするために題材や詞をどう選んだか、という三段階で考えるとわかりやすく、そのように分析していくと、作者たちの連想回路もよく見えてくる。晩年の『すみだはら』「むめがゝに」歌仙から例を挙げ、その実際を見ていこう。

第三と初表四句目の付合「家普請《やぶしん》を春のてすきにとり付《つき》て　野坡／上のたよりにあがる米の直《ね》　芭蕉」は、農閑期（手隙《てすき》）に家の工事をするという前句に、米価上昇の知らせが上方から届くと付けたもの。三段階で示せば、①前句の主体を景気のよい農民と見定め、②農家にとって好都合な米の値の高騰という話題を取り上げ、③その情報が上方から伝わってくると句作した、となる。「米」の語でかろうじて回路は残しつつも、できあがった句からは農民の姿が消えたため、一見、つながりがわかりにくい付合(すなわち疎句)となっている。作者の脳裡では、こうした独創的思考が短時間の内になされていたわけで、この点を見逃すと、蕉風の付合はひらめきの産物であるかのように勘違いすることとなる。

もう一例、「東風《こちかぜ》々に糞《コヘ》のいきれを吹《ふき》まはし　芭蕉／たゞ居るまゝに肱《かひな》わづらふ　野坡」(名残表初句・二句目)は、春風が肥料の匂いをまき散らす田園風景の前句に対して、腕を病んでぶらぶらする人を出したもので、二句間の距離はきわめて遠い。これも三段階で考えると、①前句の景の中には農作業に精を出す人がいると想定し、②対照的に働きたくても働けない人もいるだろうと思いやって、③「肱わづらふ」の具体的描写を探り当てたものと見られ、副次的には、前句から春先の気候の変わりやすさを連想し、病者はその影響を受けやすいとしたものでもあろう。起情《きじょう》(「景気(＝情景)」の句に「人情(＝人事)」の句を付けること)の付けであると同時に、向付《むかいづけ》(前句と対照的な人物を出す付け方)的発想も取り入れられており、①②③の全段階にわたって、作者は想像につぐ想像をめぐらしていたのであった。[17]

こうした付合が断片的情報を並べただけのようにも見えるのは、作者が、①②で行った想定や選択を、③で句姿を定める際にほぼ見えない形にしたからなのである。可視化された句は、驚くべき想像力の働きに支えられていたのであり、読者がその過程に思いを馳せた時、二句の間には一気に豊かな世界が広がっていく。先に見た貞門・談林の付合と大きく異なることは明らかで、[18]ここでも土芳の言の正当性を思い知ることになる。例示は省略するものの、そうした試みの端緒はやはり天和期の模索にあり、以後、芭蕉は『冬の日』『猿蓑』等の実践を重ねて、「詞の俳諧」からの訣別を成し遂げたわけである。[19]

芭蕉の俳文と俳論

発句や連句ばかりでなく、芭蕉の試みは文章の上にも及んでいる。中国の宋代に編まれた『古文真宝』が詩集(前集)と文集(後集)から成るように、また、『古今和歌集』の編者紀貫之が『土佐日記』を書いてもいるように、韻文と散文の揃うことをよしする考え方が、文芸の世界には伝統的にあった。よって、漢詩に漢文、和歌に和文があるように、俳諧には俳文が必要と芭蕉が考えたのも道理といえる。「俳文」の定義は未確定ながら、このことからすれば、俳諧に携わる人間による俳諧性を内包した文章といったことになろう。

芭蕉には、「世上、俳諧の文章を見るに、…人情をいふとても、今日のさかしきくま〴〵迄探り求め、西鶴が浅ましく下れる姿あり」(『去来抄《きょらいしょう》』)の言があり、評価は低いものの、西鶴の浮世草子と自分たちの文章を同じ土俵上に見ていたことが知られる。その上で、「我徒《わがと》の文章」は「作意」(何を書きたいのか)を明確にし、なだらかな文章を心がけ、俗な話題を扱う際にも読者が慕わしく感じるようでなければならないとする。自らの営為に自覚的な芭蕉の姿が確認されるところであり、「事は鄙俗《ひぞく》の上に及ぶとも、懐しくいひとるべし」の一文は、俳文のみならず、芭蕉俳諧の要諦をみごとに表したものといえよう。

一例として、『おくのほそ道』の福井の条、「等栽《とうさい》と云《いふ》古き隠士」を「あやしの小家」に訪ねる場面を見てみよう。その冒頭近くに「いかに老《おい》さらぼひて有《ある》にや、将死《はたしに》けるにや」とあるため、読者の中には老残者のイメージができ、果たして会えるのかと心配になる。訪ね当てた家は「夕皃《ゆふがほ》・へちまのはえかゝりて、鶏頭《けいとう》・はゝきゞに戸ぼそをかくす」というありさまで、出てきた「侘《わび》しげな女」は何やらうさんくさげな対応。それだけに、邂逅を果たして一泊した後、「等栽も共に送らんと、裾《すそ》おかしうからげて、路《みち》の枝折《しをり》とうかれ立《たつ》」という出立時の記述に、飄々と楽しげな人物像が彷彿として、思わず笑みもこぼれるという次第。「むかし物がたりにこそ、かゝる風情は侍れ」の一文も効果的で、「懐しくいひとる」とはこういうことかと納得される。作者の演出が功を奏した一段で、この作品には、さらに大胆な虚構（文芸化）の跡も多く確認されている。その意味で、これらを西鶴の小説と同一地平上に位置づけることも、理にかなうことなのであった。

ここで、俳論についても触れておくことにしたい。芭蕉自身は俳論書の類を残していないものの、『三冊子』や去来著『去来抄』（宝永元年〈一七〇四〉頃成）など、弟子の著作に発言が記録されており、数多い書簡の中にも俳論的な言辞が見られる。そこから浮かび上がるのは、芭蕉が論者としても一流であったという事実で、論と作が車の両輪の役割を果たしつつ、蕉風は築かれていったのだと知られる。それが作品を読む上で有益なのはもちろんのこと、『去来抄』所載の逸話などは、一門の間のやりとりや人間関係などまでいきいきと浮かび上がらせて、それ自体が味読に値するものとなっている。

多岐にわたる芭蕉の俳論的言辞の中、最も重要な一つに「不易流行《ふえきりゆうこう》」の論がある。不易とは永遠・不変、流行とは無常・変化のことであるから、両者は語義的にも正反対のもの。ところが、『三冊子』には「其本《そのもと》一つ也」とあり、その「一つ」とは「風雅の誠」であると説く。森川許六《きよりく》著『俳諧問答』（元禄一一年〈一六九八〉奥）や『去来抄』にも同趣旨の記事があり、後者によれば、芭蕉は奥羽行脚後にこれを説き始めたという。[20]『おくのほそ道』の平泉・出羽三山などの条からも察せられるように、旅中、変わり続ける諸相の中に普遍的な真理を見つけ、それがこの論に結実したのであろうことは想像に難くない。しかし、すでに天和期前後の資料からも、芭蕉が新しみ（流行性）を追うとともに、和歌・漢詩に通じる確固とした価値（不易性）をも希求していたことが知られ、その淵源は天和調の時代にまで遡ると見なければならない。

考えてみれば、たとえば月は、日ごとに姿を変えつつも一貫として月であるように、この世のすべては流行すると同時に不易性をもっている。そのことに気づき、自分が俳諧に求めてきたこともそれに重なると気づいたのが、「ほそ道」の行脚だったのであろう。そして、無常の何たるかを真に知れば、すべての生命、すべての現象には等しく価値のあることが実感され、その一瞬ごとの輝きが尊いものに見えてくるに違いない。『猿蓑』は、そのことを撰集として体現したものといってよく、行脚後の芭蕉が同書の編集に精魂を傾けたのも当然といえる。論と作とは、芭蕉にあってたしかに車の両輪なのであった。

芭蕉を読むために

最後に、芭蕉や蕉門の作品を読む上で注意を要すると思われることを三点、挙げておきたい。

第一に、彼らにとって、作品は必ずしも個人のものではなかったということ。『去来抄』や書簡類を見れば、芭蕉による添削が恒常的に行われているほか、芭蕉は自身の作に関する意見を門人に求めてもいるし、ある人の七・五にふさわしい上五を皆で案じたり、ある句の作者名を差し替えて撰集に収めたり、といったことも行われている。去来が自句の意図を述べたのに対し、芭蕉は異なる解釈を示し、去来がこれに感嘆するといった逸話もあり、要するに、誰が作ったかより、作品がどうよくなるかが優先されていたといえる。[21]連句が共同体による文芸で、前句に別の可能性を探ることで変化し続けるものであったことを想起すれば、それもまた違和感なく受け入れられてよいことであろう。

第二に、作品はその置かれた場に即して理解する必要があるということ。推敲のある場合はもちろん、そうでなくても、芭蕉は句の意味や意義を改めることがしばしばあり、その点への目配りは欠かせない。ことに撰集に収められた発句を読む場合、一句だけを取り出して味わうのではなく、前後の配列の中で読むことが肝要。許六ら著『宇陀法師《うだのほうし》』(元禄一五年〈一七〇二〉刊)の「誹諧撰集法」を見れば、蕉門では「つゞき(続き)」を重視した「もやう(模様)」を集に示すことが目指されていたと知られる。『猿蓑』など、まさにその代表的な実践例にほかならず、この観点からの読解がもっと盛んに行われるべきであろう。[22]

第三に、芭蕉だけを問題にするのではなく、門人や俳壇全体、あるいは俳諧史の流れを視野に入れるべきであるということ。芭蕉が俳諧史上で最も傑出した存在であることは間違いない。さらにいえば、雅と俗の統合を成し遂げた人物として、韻文史全体において稀有な存在であったともいえる。それにしても、俳諧は集団で行うことを前提にした文芸なのであるから、芭蕉とその作品だけを見てすますわけにはいかない。元禄俳諧一般がどういうものであったのか、その中で蕉風はどういう位置づけになるのか、蕉門の中にもさまざまな傾向があったのではないか、といったことも考えていかなくてはならない。その際、切字の問題を含む句の型や文体、和歌的本意との距離、付合において発揮された想像力の度合い、などが指標になると思われる。

　テキスト類や周辺資料も整備された現在、芭蕉の作品世界は、広く読者の前に開かれている。芭蕉の座（グループ）に加わるつもりで、本書を道しるべに、その沃野に分け入っていただければ幸いである。

■注
（1）「○くにのまほろば」や「くにの○まほろば」の可能性もあるが、ここでは深入りしない。
（2）なぜ五と七なのかについての定説はなく、「の」「が」など一音の助詞で単語をつなぐと奇数になりやすいことや、漢詩（五言・七言）の影響などもいわれている。
（3）和歌を声に出して歌うことがまったくなかったという意味ではなく、朗誦すると同時に、記述して贈答したり、撰集に収めたりするようになったということである。
（4）「誹諧」は本来はヒカイで、おどけた憎まれ口の意。ただし、『古今集』が「誹諧歌」の表記をして以来、「誹諧」も「俳諧」の意で用いられるようになる。
（5）主たる理由は、個人で作るものではないこと、統一的な主題をもつものではないこと、の二点。
（6）「恋草」は恋情がつのることを生い茂る草にたとえたもので、恋情によって甘い気分が強まったことを、「恋草」との縁で「甘草」（漢方薬にも使われるマメ科の多年草）が増したと表現した。
（7）これは、この前句「薬も御ざらずし、のあは雪」の「しし（尿）」を「肉《しし》」の意にとり、「肥られて」と付けたもので、釈迦が薬も食事もとらず入滅した故事を踏まえる。
（8）談林自体、貞門の変形といった見方すらできるものであり、両者を分ける究極的なものは何かといえば、道理を守る（貞門）か乱す（談林）かということに極まろう。
（9）これまでの説には、俳諧の変革を求めた行動と見るもの、火事で焼け出されたというもの、寿貞という女性の問題が関係しているとするものなどがある。

(10) 金子俊之「芭蕉発句の「見立て」表現―和歌・初期俳諧を視野に入れつつ」(『〈見立て・やつし〉の総合研究　プロジェクト報告書』5、国文学研究資料館、平成二二年三月)参照。

(11) 上野洋三「切字断章」(『鑑賞日本古典文学　俳句・俳論』〈角川書店、昭和五二年刊〉)参照。

(12) こうした句型が連歌や初期俳諧にないというわけではない。が、この型の利点を最大限に活用し、発句の文芸性を確立したのが芭蕉であることは疑いえない。

(13) 『新古今集』に顕著なもので、寂蓮歌「寂しさはその色としもなかりけり槇たつ山の秋の夕暮」など、心情(上句)と情景(下句)が切れた上で融合し、すぐれた効果を発揮している。

(14) 芭蕉には「俳諧の益は俗語を正す也」(『三冊子』)の言もあり、俗語を使いながら詩的世界を作り上げ、俗語に雅語と同様の価値を与えようとしていたことが知られる。

(15) 連句では、発句・脇・第三と最後の挙句《あげく》にだけ名称があり、ほかは平句《ひらく》と総称される。興行時、歌仙を記録する際には、二枚の懐紙を横長に二つ折にし、一枚目(初折)では片方(表)に六句、もう片方(裏)に一二句、二枚目(名残の折)では表に一二句、裏に六句を書き付ける。そこで、平句の位置を示す場合は、初折裏二句目、名残表八句目といった呼び方をする。

(16) 心付(句意付)にしても、詞の縁を起点に付けられたものが多く、それらは親句に属するといえる。

(17) 元禄俳諧の一般的な付け方では、この前句に対し、想定した農夫のありようや土地の様子などを描くことになると予想される。

(18) こうした蕉門のめざす方向に対しては、俳諧本来の哄笑性を奪うものとして、これを批判する見方もありうる。鈴木勝忠『俳諧史要』(明治書院、昭和四八年刊)等参照。

(19) 拙著『芭蕉と京都俳壇』(八木書店、平成一八年刊)参照。なお、拙稿「『すみだはら』「むめがゝに」歌仙分析」(『和洋女子大学紀要』50、平成二二年三月)では同歌仙の全付合を分析した。

(20) 尾形仂・堀切実「芭蕉俳論事典」(『芭蕉必携　別冊国文学』〈学燈社、昭和五五年刊〉)参照。

(21) 拙稿「選者という読者―俳諧を中心に」(『俳句教養講座』1〈角川学芸出版、平成二一年刊〉)参照。

(22) 同書の拙解は『和洋国文研究』誌上に連載中。「這出《はひいで》よかひ屋が下の蟾《ひき》の声」の例でいえば、「大坂や見ぬよの夏の五十年　蟬吟」と「夏草や兵共《つはものども》がゆめの跡　芭蕉」の戦死者に対する追悼二句（蟬吟と芭蕉のかつての主従関係を念頭に入れると、この二句の並置もすこぶる興味深い）を受けると同時に、続く蝸牛《かたつむり》・蛞蝓《なめくじり》との虫三句を構成しながら、五月雨一連へと展開する（結果、死と生のイメージの交錯が見えることになる）。一方、『おくのほそ道』では別の三句（「涼しさを我《わが》宿にしてねまる也」「まゆはきを俤《おもかげ》にして紅粉《べに》の花」と曾良の「蚕飼《こがひ》する人は古代のすがた哉」）との一連により、奥州に残る古代性を表現している。

第一部　芭蕉とその作品を知るために

松尾芭蕉

1

芭蕉の生涯

伊藤善隆

伊賀上野時代（寛永〜寛文期）

寛永二一年（一六四四）、伊賀国上野赤坂町で一人の男の子が生まれた。幼名を金作、長じて松尾忠右衛門宗房と名乗り、通称を甚七郎（甚四郎とも）といった。後の芭蕉である。

寛永二一年は、一二月一六日に改元されて正保元年となったが、現在のところ、金作が誕生した月日は判っていない。また、伊賀上野は、北・東・西を山で囲まれた盆地で、その中央に位置する上野台地の北端に、津を本拠地とする藤堂家三二万石の支城が置かれていた。

父は、松尾与左衛門といい、上野の北東約一五キロに位置する柘植郷《つげごおり》の出身である。松尾氏は、柘植七党と呼ばれた土豪の一党で、無足人（由緒ある郷士に、名字帯刀などの士分待遇を与えたもの。扶持はないが、いざという時には武装して戦闘に加わるものとされた）の家系。与左衛門は青年の頃、柘植を離れ、伊賀上野の城東赤坂町に居住したものと思われる。母は百地（桃地）氏の出と伝えられるが、確かではない。長兄は半左衛門命清《のりきよ》（元禄一四年没）といい、他に一姉三妹があった。

明暦二年（一六五六）、金作が一三歳の時に父が没し、近くの菩提寺愛染院に葬られた（享年は未詳）。

その後、金作は藤堂新七郎良精《よしきよ》（伊賀付士《さむらい》大将、食録五千石）に召し抱えられ、その息主計良忠《かずえよしただ》の近習役として仕えることになった。実際の仕事は、台所用人か料理人であったらしい。

主君良忠は、宗房より二歳年上で、俳諧を好み、蟬吟《せんぎん》と号していた。この主君を中心とする伊賀上野の俳壇で宗房は俳諧に親しんでいく。

寛文四年（一六六四）、二一歳の時に、宗房は刊行された俳諧撰集に初めて句を載せた。松江重頼編の『佐夜中山集』がそれで、

月ぞしるべこなたへ入《いら》せ旅の宿
姥桜《うばざくら》さくや老後の思ひ出《いで》

の二句が「松尾宗房」の名で入集されている。

いずれの句も、古典（先行文芸）の詞章を踏まえ、掛詞や縁語によって仕立てたもので、言語遊戯を趣向とした典型的な貞門風である。すなわち、前者は謡曲「鞍馬天狗」の詞章「奥は鞍馬の山道の花ぞしるべなる。こなたへ入らせ給へや」により、「旅」に「給《た》べ」が掛詞となる。後者もやはり謡曲「実盛」の詞章「老後の思ひ出これに過ぎじ」により、「姥桜」と「老後」が縁語となっている。

寛文五年（一六六五）、蟬吟の主催で貞徳翁十三回忌追善百韻俳諧が興行された。宗房も正好《まさよし》・一笑《いっしょう》・一以《いちい》など地元の俳人たちと同席しており、これが芭蕉一座の連句作品としては、伝存する最も古いものとなる。

図１　北村季吟（桜井梅室編『古哲俳家三十六歌仙』（折本）、江東区芭蕉記念館蔵）

なお、この百韻の発句を詠んだのは蟬吟《せんぎん》だが、脇を付けているのは京の季吟《きぎん》である。このことは、蟬吟を始めとする伊賀上野俳壇の連衆が、季吟から指導を受けていたことを示していると考えられる。この脇句も、おそらくは、蟬吟の発句を伊賀上野から京の季吟に届け、季吟から脇句をもらって伊賀上野に戻り、その上で第三以下を続けたものであろう。

さて、順調に続くかと思われた宗房の奉公生活だが、突然の不幸、すなわち、寛文六年（一六六六）、蟬吟が二五歳の若さで病没することにより、あまりにも早く終焉を迎える。芭蕉はその遺髪を高野山報恩院におさめ、菩提を弔ったと伝えられる。

蟬吟が没した後の芭蕉の動静はよくわかっていない。京に出て遊学したとも、禅寺に入って修行したとも言われている。しかし、当時出版された、湖春編『続山井』（寛文七年刊）を始めとする貞門の俳諧撰集には、宗房は伊賀上野の住人として入集されている。とすれば、やはり故郷に留まって俳諧の実力を蓄えていったと推定するのが妥当であろう。伊賀上野と京都は三日もあれば往復可能である（木津経由で一八里、大津経由で一六里)とされる。とすれば、おそらく宗房は、折に触れて京都の季吟たちの許を訪れて俳諧の修行に励んだのであろう。そして、その成果は、やがて『貝おほひ』の奉納と、『誹諧埋木《うもれぎ》』の伝授として結実することとなった。

まず、『貝おほひ』であるが、これは宗房が自ら判詞を書いた三〇番発句合で、寛文一二年(一六七二)に、伊賀上野の天満宮に奉納された。このとき宗房は二九歳。リズミカルな音律と奔放な内容をその特徴とする。たとえば、発句は、

きてもみよ甚《じん》べが羽織花ごろも
女《め》をと鹿や毛に毛がそろふて毛むつかし

といった作風で、あたかも談林調の先駆けのような趣である。判詞も、序文に、

小六ついたる竹の杖、ふしぶし多き小歌にすがり、あるははやり言葉の、ひとくせあるを種として、いひ捨《すて》られし句共をあつめ(後略)

と記してある通り、当時流行した小唄や、六方詞《ろっぽうことば》(旗本奴・町奴や侠客《きょうかく》などの用いた荒っぽい言葉)などを自在に用いており、潑剌とした若々しい才気を感じさせる作品である。

いっぽう、『誹諧埋木』は、季吟の著した俳諧の作法書で、これを季吟から伝授されたということは、

宗房の俳諧修行が一通り終わったことを意味する。いわば卒業証書のようなものである。現存する藤堂家本『誹諧埋木』(芭蕉翁記念館蔵)の奥書には、宗房は俳諧に熱心であるので筆写を許した旨が記してあり、「延宝二年弥生中七」と年記が添えられている。

『貝おほひ』を奉納し、『誹諧埋木』の伝授を受けた芭蕉は、やがて故郷を離れ、江戸へ下向する。江戸下向の時期は、おそらく『誹諧埋木』の伝授を受けた延宝二年(一六七四)の後、同年冬か翌年早々と考えられる。つまり、『貝おほひ』の奉納も、『誹諧埋木』の伝授も、江戸で俳諧師として活動するための準備であったと想像されるのである(なお、『誹諧埋木』の伝授や江戸下向の時期については異論もあることを言い添えておく)。

江戸下向(延宝期)

江戸へ下向した宗房は、初め日本橋の小沢卜尺《ぼくせき》の貸家に落ち着いたと言われている。また一説には、卜宅《ぼくたく》(伊勢久居藩士向日八太夫)が江戸まで宗房に同行し、日本橋小田原町の杉山杉風《さんぷう》方へ案内したともいわれる。杉風は、幕府御用達の魚問屋で、その後、終生身辺の援助をする門人である。このように、江戸下向後の芭蕉の動静には諸説あるが、いずれも確証はない。ともあれ、江戸下向後の芭蕉は、江戸在住の季吟系や重頼系の俳人たちと交流し、そうした機縁によって江戸俳壇のパトロン的存在であった奥州磐城平藩主内藤義概《よしむね》(俳号風虎《ふうこ》)の俳諧サロンにも出入りするようになった。

延宝三年(一六七五)五月、大坂から下向した宗因《そういん》を迎えて行われた大徳院礒画亭《しょうかくてい》興行の九吟百韻に一座する。このとき、「宗房」ではなく、初めて「桃青」という号を使っている。

宗因は、もともと大坂天満宮連歌所の宗匠であったが、寛文末年に宗匠の職を息子の宗春に譲ってからは積極的に俳諧に取り組み、当時流行していた談林俳諧の指導的立場にあった。

談林俳諧とは、守武流の軽口俳諧を標榜した自由闊達な俳諧で、それまでの貞門俳諧の穏やかで微温的な俳風とは一線を画し、西鶴を始めとする大坂の新興町人層にもてはやされて、またたく間に京や江戸にも広まっていた。

その指導的立場にあった宗因と一座したことで、以後、桃青は談林風に傾倒していく。他にこの百韻に同席した俳人には、信章(素堂)・似春らがいた。

延宝五年には、小石川上水の浚渫《しゅんせつ》作業の監督を務めたことが知られる(なお、その折に住んだといわれる場所は、現在、東京都文京区にある関口芭蕉庵の所在地で、敷地内には芭蕉堂や瓢箪池がある)。

その後、延宝五年もしくは六年に、桃青は宗匠として立机したと推定されている。延宝五年とすれば三四歳。立机とは一人前の宗匠として文台を持つこと。立机披露のためには万句俳諧の興行を行うのが慣例で、大勢の俳人の参加を得て世間に認知されるとするのが通説ながら、実証はされていない。田中善信氏が「桃青万句考」(『芭蕉 転生の軌跡』〈若草書房、平成八年〉)で説くように、芭蕉は万句興行によって立机の事実を強くアピールしようとしたのであろう。

この時期に芭蕉が万句興行を行ったと推測されるのは、たとえば蝶々子《ちょうちょうし》編『玉手箱』(延宝七年九月刊)に「桃青万句の内千句巻頭」という前書のある泰徳の発句や、調和《ちょうわ》編『富士石』(延宝七年四月序)に「桃青万句に」という前書のある等躬《とうきゅう》の句が載ることによる(泰徳も等躬も桃青万句の参加者であったということである)。

また、梅人《ばいじん》編『桃青伝』には「延宝六午年歳旦帳、手前に所持」とあり、延宝六年に桃青が歳旦帳（新年を祝う一門の句を集めたもので、旧年中に編集をした。これを出すことが宗匠の証でもあった）を出していたことを窺わせる記述がある。独自に歳旦帳を出したということは、その時までに一人前の宗匠として立机していたことが推測される。ただし、この歳旦帳の現存は確認されていない。

同じ頃、京都俳壇との交流も活発になる。延宝五年冬から翌六年春まで、京の信徳《しんとく》が江戸に下向滞在し、桃青・信章（素堂）と一座した。この成果が、『桃青三百韻附両吟二百韻』である。これは、延宝五年冬に興行した桃青・信章・信徳の三吟百韻と、翌年春に同じメンバーで成就した百韻二巻、さらに前々年の桃青・信章による両吟二百韻を収めて、江戸の本屋（山内長七）から刊行したもの。一方、信徳は、この『桃青三百韻』の三吟百韻三巻を、その順序を入れ替えて（自分が発句を詠んだ百韻を巻頭に置いて）『江戸三唫』と題し、京の本屋（寺田重徳）から刊行している。

なお、この時期の桃青の句には、談林俳諧らしい特徴が見られるようになる。たとえば、発句には、

天鉀《てんびん》や京江戸かけて千代の春　（蝶々子編『誹諧当世男』延宝四年序）
あら何共なやきのふは過《すぎ》て河豚《フクト》汁　（桃青編『桃青三百韻』延宝六年刊）
かびたんもつくばはせけり君が春　（二葉子編『江戸通町』延宝六年跋）

のように、奇抜で大胆な発想や、新奇な素材が用いられている。同様に連句にも、

臍《ヘソ》の緒《ヲ》を吉原がよひきれはて、　桃青
かみなりの太鼓うらめしの中　信章
地にあらば石臼《いしうす》など、ちかひてし　桃青
（『桃青三百韻』）

のように、やはり談林俳諧らしい特徴を見ることができる。

延宝七年、未達《みたつ》編『俳諧関相撲』（天和二年刊）の批点を依頼された。これは、三都（江戸・京・大坂）の宗匠一八名に未達の独吟歌仙を送り、それぞれの評点を集めたものであるが、これに桃青の評点が掲載された。ということは、当時の俳壇で注目されていた一八名の一人に数えられたことになる（なお、現在、同書は上巻のみしか伝わらず、中巻に載っていたはずの桃青の評点の詳細は、残念ながら不明である）。取り上げられた宗匠は、京の常矩《つねのり》・如泉《じょせん》・自悦《じえつ》・似船《じせん》・一晶《いっしょう》・高政《たかまさ》、江戸の幽山《ゆうざん》・言水《ごんすい》・調和《ちょうわ》・露言《ろげん》・才丸（才麿《さいまろ》）・桃青、大坂の宗因・由平《ゆうへい》・幾音《きおん》・保友《ほゆう》・一時軒《いちじけん》（惟中《いちゅう》）・西鶴《さいかく》、という面々であった。

延宝八年四月、『桃青門弟独吟二十歌仙』が刊行される。これは、杉風・卜尺・嵐蘭《らんらん》・嵐亭《らんてい》（嵐雪《らんせつ》）・螺《ら》舎《しゃ》（其角《きかく》）・北鯤《ほっこん》ら、門人たちの独吟歌仙を集めたもので、収録された門人の半数は無名の作者であったが、ともあれ自派のまとまりを世にアピールすることとなった。

ついで同年九月には、『田舎句合《いなかのくあわせ》』『常盤屋之句合《ときわやのくあわせ》』が刊行された（両書は『俳諧合田舎其角』・『俳諧合常盤屋杉風』としてセットで刊行された）。それぞれ、其角と杉風の二五番の句合で、桃青はこれに判詞と跋文を与えている。跋文には「栩々斎《くくさい》主桃青」（「栩々」は『荘子』の「斉物論」に見える語）と署名しており、両書とも、寓言や比喩による気宇壮大な思想書『荘子』の影響が顕著に見受けられる。

深川移居(延宝末〜天和期)

さて、新進の宗匠として活躍を始めた桃青だったが、何故か突然に、日本橋小田原町の繁華な地から深川のもの寂しい土地へと転居してしまう。延宝八年(一六八〇)冬のことであった。

その理由には諸説あるが、不特定多数の愛好家の相手をしなければならない点者生活に満足できなかったから、また談林俳諧の奔放さや遊戯性に限界を感じていたから、などの要因が考えられている。たしかに、新境地を求めて臨川庵の仏頂禅師に参禅したのはこの頃であり、後年には「点者をすべきよりは乞食をせよ」(『石舎利集』)と述べていて、点者生活に飽き足らぬものを感じていたようだ。また、移住の直接のきっかけは、江戸市中で発生した火事のため焼け出されてしまったからだ、とする説(横浜文孝氏)もある。いずれにしても、この深川移住をきっかけとして、その句風にも変化が見られるようになる。たとえば、

図2 芭蕉庵があったとされる深川の小名木川と隅田川の合流地点

富家ハ喰《クラヒ》二肌《き》-肉《にく》ヲ、丈夫ハ喫《キツス》二菜-根一、予ハ乏し
雪の朝《あした》独リ干鮭《からざけ》を噛《カミ》得タリ　(言水編『東日記』延宝九年序)

侘《わび》テすめ月侘斎《わびさい》がなら茶哥　(千春編『むさしぶり』天和二年刊)

深川冬夜ノ感
櫓《ろ》の声波ヲうつて腸《はらわた》氷ル夜やなみだ　(『むさしぶり』)

これらの句は、談林俳諧の行き詰まりと点者生活の限界とを、草庵での孤独な生活によって乗り越えようとしていたことを窺わせる作品である。「侘《わび》テすめ」の句のように、「わび」の世界への共感が読み取れる句も多い。

こうした談林俳諧の超克を目指した運動は、京でも天和元年（一六八一）に信徳らが『七百五十韻』を刊行するという形となって現われる。桃青も、それに呼応して、其角・才丸・揚水と四吟で五十韻一巻、百韻二巻を興行し、同年七月に『追京七百五十韻二百五十句 俳諧次韻《じいん》』（いわゆる『俳諧次韻』）として刊行した。『俳諧次韻』は『荘子』の影響を強く受け、漢詩文調のリズムの中に閑雅な境地を示そうとしたものである。たとえば、五十韻の巻頭は次のようにある。

鷺《さぎ》の足雉脛《きじはぎ》長く継添《つぎそへ》て　　桃青
　這《コノ》句以二荘子《さうじ》一可レ見《みつべし》矣　　其角
禅骨の力たはゝに成《なる》までに　　才丸

（『俳諧次韻』「鷺の足」の巻）

桃青の句は一見すると難解だが、其角の句はこれを『荘子』を参考にして解釈せよといっている。ここで其角の念頭にあったのは、『荘子』駢拇《べんぼ》篇にある「鳧ノ脛ハ短ト雖ドモ之ヲ続《つ》ガバ則チ憂へ、鶴ノ脛ハ長ト雖ドモ之ヲ断タバ則チ悲ム」という一節であったはずだ。とすれば、桃青の発句は、「長い鷺の足のように優れた『七百五十韻』の成果を、短い脛の雉のように拙劣な我々だが、『次韻』によって継ぎ添えていくぞ」という新風への決意表明を詠んだ句であると理解することができよう。そして、

図３　一説では芭蕉庵跡であるとされる芭蕉稲荷神社

禅小僧とうふに月の詩ヲ刻《キザム》　　桃青
雷盆《スリバチ》鳴て芭蕉には風　　揚水
花の今朝駅《エキ》に羊を直《ネ》切る也　　其角
楼にわらぢをつるす比《ころ》春　　才丸

（『俳諧次韻』「春澄にとへ」の巻）

のように超俗的な世界を描くことで、従来の談林俳諧を克服しようとしていることが窺えるのである。

ところで、この時期、天和二年三月刊行の『むさしぶり』で、初めて「芭蕉」の号が用いられている。この号は、前年に門人の李下《りか》から芭蕉の株を贈られたことに因んだものである。しかし、その芭蕉庵も、天和二年一二月に火災の被害に遭い、類焼してしまう。芭蕉は麋塒《びじ》（秋元藩家老高山伝右衛門繁文）を頼って甲州の谷村《やむら》に移るが、翌三年五月に江戸に戻る。

その天和三年には、其角編『みなしぐり』（同年五月の芭蕉跋を収録する）が刊行された。延宝九年の『俳諧次韻』を経て出版された本書の意義は大きく、独自な吟調を示したこの撰集の作風は「虚栗調《みなしぐりちょう》」と呼ばれている。

憂テハ方《まさ》ニ知リ二酒ノ聖ヲ一　貧シテハ始テ覚ル二銭ノ神ヲ一

花にうき世我《わが》酒白く食《めし》黒し　　芭蕉

未熟な表現も見られるものの、漢詩文調や破調を主として、新たな世界を拓こうとした意図を窺うことができる。そのため、天和期蕉門の風調を代表する撰集と見なされ、貞享期に確立される芭蕉独自の俳風（蕉風）の胎動期に当たる撰集と位置づけられている。

同年冬、芭蕉は再建された芭蕉庵に入った。その折の吟として伝わる句は、

あられきくやこの身はもとのふる柏《がしは》　（梅人編『続深川集』寛政三年序）

というもので、芭蕉の自省の感慨が強く示された印象的なものである。芭蕉はこの年、四〇歳であった。

『野ざらし紀行』の旅

貞享元年（一六八四）八月、芭蕉は『野ざらし紀行』の旅に出発する。東海道を上り、伊賀・大和・吉野・山城・美濃・尾張などを巡歴、伊賀で越年の後、木曽・甲斐を通って貞享二年四月に江戸に戻る。

大垣の木因《もくいん》の招きに応じた旅であったが、前年に亡くなった母親の墓参という目的もあった。門人の千《ち》里《り》（粕谷甚四郎、大和竹内村の人）が同行して芭蕉の面倒を見ている。

　その出発に当たっては、

　　野ざらしを心に風のしむ身哉

と、悲壮な覚悟を詠んだが、貞享元年九月下旬に大垣の木因の許に到着した際には、

　　しにもせぬ旅寝の果《はて》よ秋の暮

と素直にその感慨を詠んでいる。

　このように、前半と後半でその雰囲気を大きく変えていることが、『野ざらし紀行』の大きな特徴として指摘されている。ほかにも、たとえば前半では、

　　猿を聞人捨子《きくひとすてご》に秋の風いかに　（富士川）
　　馬に寐《ね》て残夢月遠し茶のけぶり　（小夜の中山）
　　明ぼのやしら魚しろきこと一寸《いっすん》　（桑名）

など、漢詩文調を残した句が見られるが、後半になると、

草枕《くさまくら》犬も時雨《しぐる》ゝかよるのこゑ　（名古屋）
春なれや名もなき山の薄霞《うすがすみ》　（奈良）

など、嘱目の景物を素直に詠んだ句が見られるようになる。つまり、旅の前半の漢詩文調を脱して、しだいに閑寂な「わび」の世界が表現されてくるようになるのである。

こうした俳風の変化は、実際に旅をすることによってもたらされたもので、それまでの観念的な世界が旅の経験によって実際的なものに変化した結果であると考えられている。

さて、『野ざらし紀行』の途中、名古屋に立ち寄った芭蕉は尾張の荷兮《かけい》・野水《やすい》・重五《じゆうご》・杜国《とこく》・正平らの連中と一座した。その折の歌仙五巻と追加六句を収録して刊行されたのが『冬の日』である。その作品世界は風狂のポーズと詩的緊張を特徴とし、いわゆる「芭蕉七部集」の第一とされる。すなわち、

狂句こがらしの身は竹斎《ちくさい》に似たる哉　芭蕉
たそやとばしるかさの山茶花《さざんくわ》　野水
有明の主水《もんど》に酒屋つくらせて　荷兮
（『冬の日』「狂句こがらしの」巻）

では、仮名草子の主人公で藪医者の竹斎や、有明の主水という架空の人物、また、

しばし宗祇《そうぎ》の名を付《つけ》し水　　杜国
笠ぬぎて無理にもぬるゝ北時雨《きたしぐれ》　　荷兮
（「狂句こがらしの」巻）

では、宗祇の名前の付けられた名水でわざわざ笠を脱いで北時雨に濡れる人物、さらには、

日東《じっとう》の李白が坊《ばう》に月を見て　　重五
巾《きん》に木槿《むくげ》をはさむ琵琶打《びはうち》　　荷兮
（「狂句こがらしの」巻）

では、日本の李白と呼ばれる人の家で襟元に木槿の花を挿して興じている琵琶法師など、超俗的な面影をもつ風狂人を描くことが多い。こうした点が特徴で、「風狂」というポーズを取りながら、従来の過渡的な漢詩文調から脱皮した点が高く評価される。「蕉風開眼の書」、あるいは「蕉風俳諧確立の書」と呼ばれる所以である。

草庵生活と『鹿島詣《かしまもうで》』『笈《おい》の小文《こぶみ》』『更科紀行《さらしなきこう》』の旅

貞享二年四月末に『野ざらし紀行』の旅から戻った芭蕉は、同三年・四年と、江戸で草庵生活を送る。有名な、

古池や蛙飛《かはづとび》こむ水のおと
（仙化《せんか》編『蛙合』貞享三年刊）

図4　『蛙合』「古池や」句の丁（江東区芭蕉記念館蔵）

の句を詠んだのは、この時期である。この句は、貞享三年の春に芭蕉庵で開かれた蛙の発句合で詠まれたもので、和歌・連歌の世界の「鳴く蛙」の束縛を脱し、新しい詩を「飛ぶ蛙」に見出した点で画期的な作品とされる。すなわち、芭蕉は「飛ぶ蛙」を単なる滑稽なものとしてではなく、静寂さを引き立たせるものとして提示し、これによって和歌・連歌と対等な詩情を俳諧にもたらしたのである。この句によって蕉風俳諧は揺るぎないものとなり、この句こそが俳諧そのものを象徴するような存在ともなったのである。

貞享四年八月一四日から下旬にかけ、芭蕉は門人の曾良《そら》と宗波を伴って『鹿島詣』の旅に出る。鹿島では旧知の根本寺の前住職仏頂禅師を訪ね、月見をしようとした。しかし、あいにくの雨となり、「月はやし梢《こずゑ》は雨を持《もち》ながら」の句を作っている。

一方、秋の内には庵住の四季の発句を「あつめ句」として染筆する。この「あつめ句」によって、この時期の芭蕉が理想とした草庵生活を想像することができるのである。

そして、一〇月二五日、芭蕉は「旅人と我名《わが》よばれん初しぐれ」と吟じて、『笈の小文』の旅に出発した。出発に先立ち、露沾《ろせん》(風虎の息)の許や其角亭で餞別の句会が行われている。江戸を出発した芭蕉は、東海道を上り、鳴海・熱田・三河伊良湖崎、名古屋などを経て年末に伊賀上野へ到着。途中、伊良湖崎に蟄居していた門人の杜国を、越人《えつじん》の案内で訪ねている。

翌年(貞享五年=元禄元年)二月、伊勢参宮を果たした後、いったん亡父三十三回忌法要のため生家に戻るが、三月に再び伊勢に出て杜国と落ち合い、吉野・大和・紀伊を経て大坂へ向かう。そして、四月には須磨・明石を巡歴し、やがて京へ入って杜国と別れている。この旅では、吉野を始めとする多くの歌枕を歴訪したことが大きな収穫であった。この時期の作風は、

何の木の花とはしらず匂《にほひ》哉
春の夜や籠《こも》り人《ど》ゆかし堂の隅《すみ》
雲雀《ひばり》より空にやすらふ峠《たうげ》哉
ちゝはゝのしきりにこひし雉《きじ》の声
(『笈の小文』)

などの句によく表れている。

その後、五月には京を出て大津・岐阜・名古屋・鳴海などを訪れ、八月には名古屋から越人を伴い信州更科の姨捨山へ『更科紀行』の旅に出発した。八月一五日に姨捨山で名月を眺め、その後は善光寺に参詣、八月下旬に江戸へ戻っている。

この際、越人も芭蕉に同行して江戸へ向かい、一〇月中まで滞在した。滞在中は江戸の蕉門俳人たち

と交遊した。芭蕉との両吟歌仙（「雁がねも」の巻）、其角との両吟歌仙（「落着に《おちつき》」の巻）、嵐雪との両吟半歌仙（「我もらじ」の巻）など、江戸滞在中の作品は、後に、荷兮編『あら野』（元禄二年刊）に収められた。

『おくのほそ道』の旅

元禄二年（一六八九）三月二〇日、芭蕉は門人の曾良を伴って『おくのほそ道』の旅に江戸を出発した。下野・陸奥・出羽・越後・越中・加賀・越前の各地を訪れ、八月下旬に美濃大垣に到着。さらに九月六日に伊勢の遷宮を拝もうと船出をするまで、約五ヶ月、行程六〇〇里（約二四〇〇㎞）に及ぶ一大行脚が『おくのほそ道』の旅である。

この旅で芭蕉が訪れた地方は、芭蕉にとっては未知の世界であった。とくにこの年は西行の五百回忌に当たるので、西行が歌に詠んだ歌枕、あるいは能因が詠んだ歌枕など、名所旧跡を訪ねることが大きな目的であった。

夏草や兵共《つはものども》が夢の跡　（平泉）
閑《しづか》さや岩《いは》にしみ入《いる》蟬の声《こゑ》　（山寺）
五月雨《さみだれ》をあつめて早《はや》し最上川《もがみがは》　（最上川）
荒海《あらうみ》や佐渡によこたふ天河《あまのがは》　（出雲崎）
あか〳〵と日は難面《つれなく》もあきの風　（加賀）

結果として、右に挙げたような数々の名句と『おくのほそ道』という優れた紀行文が生み出されることになるが、ほかにも、次のような要素を旅の成果として考えることができる。

まず、多くの有力な門人を獲得したこと。すなわち、羽黒の呂丸《ろがん》や鶴岡の公羽《こうう》、酒田の不玉《ふぎょく》、金沢の北枝《ほくし》・牧童《ぼくどう》などの人々が新たに門人となった。とくに、その後の加賀蕉門の発展を考えれば、金沢の俳人たちが入門した意義はとくに大きかったと評価することができよう。

つぎに、西行や能因といった憧れの古人ゆかりの歌枕を訪れ、強く感激したこと。そして、歴史の有為転変を実際に目にしてさまざまな感慨にふけったこと。これにより、「万代不易」「天地流行」の二面から俳諧の本質をとらえようとする「不易流行」説が発展していった。

「不易」とは永遠に不変な本質をいい、「流行」とは一時たりとも停滞しない変化をいう。そして、この矛盾する両者を統一させる絶対的な理念として「風雅の誠」があるという。

呂丸の『聞書七日草』や北枝の『山中問答』には「天地流行の俳諧」「天地固有の俳諧」といった考え方が書き留められており(両書とも偽書と見られるものながら、旅中の芭蕉の言が反映している可能性は大きい)、さらには『去来抄』に「此行脚の内に工夫し(中略)此年の冬、初《はじめ》て不易流行の教を説給《とき》へり」と述べていることから、「不易流行」説を着想したのは、まさに『おくのほそ道』の旅を通じてのことであったことがわかる。この「不易流行」は、晩年に提唱した「かるみ」と合わせて、芭蕉の到達した俳諧観を考える上で重要な問題である。

『猿蓑』の成立

元禄二年九月中旬に伊勢神宮を参拝した後、芭蕉は伊賀上野へ向かう。途中、久居から上野への山中で「初しぐれ猿も小蓑《こみの》をほしげ也《なり》」の吟を得た。これが後に『猿蓑』の巻頭に据えられることになる。一二月には京の落柿舎《らくししゃ》で「長嘯《ちやうせう》の墓もめぐるか鉢叩《はちたた》き」の句を作り、歳末は近江義仲寺無名庵にあって越年する。

元禄三年の歳旦吟に「薦《こも》を着て誰人《たれびと》ゐます花のはる」と吟じて京都俳壇の人々から非難される。歳旦句に乞食を詠んだことが非常識であるという非難であった。しかし、芭蕉の歳旦吟は、高徳の聖が乞食の姿に身をやつして平然としていた、という『撰集抄』に見える故事によったもので、俳諧に対する志を同じくする俳人への呼びかけであったと考えられる。

元禄三年正月三日には伊賀上野に帰るが、三月中旬再び膳所へ戻り、四月六日から七月二三日まで静養のため国分山の幻住庵に入る。風邪を引き持病の痔の下血にも悩まされるが、その間にも「市中《いちなか》は物のにほひや夏の月」の凡兆の発句に始まる芭蕉・去来《きよらい》の三吟歌仙(『猿蓑』に収録)を興行するなど、京や膳所へも赴いて活動している。

この幻住庵滞在の様子は「幻住庵記」として残されているが、そこには、

倩《つらつら》年月の移《うつり》こし拙《つたな》き身の科《とが》をおもふに、ある時は仕官懸命《しくわんけんめい》の地をうらやみ、一《ひと》たびは仏籬《ぶつり》祖室《そしつ》の扉《とぼそ》に入らむとせしも、たどりなき風雲《ふううん》に身をせめ、花鳥《くわてう》に情《じやう》を労《らう》して、暫《しばら》く生涯《しやうがい》のはかり事とさへなれば、終《つひ》に無能無才《むのうむさい》にして此一筋《このひとすぢ》につながる。楽天《らくてん》は五臓之神《ござうのしん》をやぶり、老杜《らうと》は痩《やせ》たり。

賢愚文質《けんぐぶんしつ》のひとしからざるも、いづれか幻《まぼろし》の栖《すみか》ならずやと、おもひ捨《すて》ふしぬ。

という一節がある。とくに有名な「無能無才にして此一筋につながる」という表現は、謙譲的な言葉遣いでありながら、逆説的に俳諧に対する強い自信を示したものと考えられている。なお、「幻住庵記」も『猿蓑』に収録されている。

元禄三年後半は、引き続き大津や義仲寺を居所として近江や京都の門人たちと俳席を重ねた。『猿蓑』に収録されることになる「灰汁桶《あくをけ》の雫《しづく》やみけりきり〴〵す」の四吟歌仙、「鳶《とび》の羽《は》も刷《カイツクロヒ》ぬはつしぐれ」の四吟歌仙が成立したのもこの時期のことであった。この年は大津の乙州《おとくに》宅で越年するが、「人に家をかはせて我は年忘《としわすれ》」と吟じている。

元禄四年四月、芭蕉は嵯峨の去来の別荘である落柿舎に入り五月四日まで滞在する。この間の日記が「嵯峨日記」である。

落柿舎を出た芭蕉は、京の凡兆宅に移り、『猿蓑』の編集に去来・凡兆らと取り組んだ。『猿蓑』は七月三日に刊行され、編者は去来・凡兆となっているが、実際は芭蕉の強い指導下に成立したものである。発句・連句ともに蕉門俳諧の到達点を示す作品群が収録されていて、「俳諧の古今集」と称される。『猿蓑』刊行後の九月下旬になって、ようやく芭蕉は江戸への帰途に就く。

『おくのほそ道』の成立と「かるみ」への志向

元禄四年一〇月二九日、芭蕉は久しぶりに江戸へ戻った。翌年の元禄五年五月中旬には旧庵の近くに芭蕉庵が新築される。また、八月には桃隣の紹介で許六《きょりく》が入門している。

元禄六年三月下旬、甥の桃印が三三歳で没する。芭蕉も七月になると暑さのため衰弱が激しく、盆過ぎから約一ヶ月間は門戸を閉ざして面会を断った。この時、芭蕉五〇歳。その心情を、

人来れば無用の弁有。出ては他の家業をさまたぐるもうし。（中略）友なきを友とし、貧《まづしき》を富《とめ》りとして、五十年の頑夫、自書《みづからしょし》、自禁戒《みづからきんかい》となす。

と述べたのが、「閉関の説」である。

元禄六年の冬頃から、新たに門人となった三井越後屋の手代の野坡《やば》・利牛《りぎゅう》・孤屋《こおく》らと「かるみ」の俳諧を目指してゆく。「かるみ」とは「高く心を悟りて俗に帰」（『三冊子』）すもので、高い心境を心にもちつつ、表現は軽く平淡に詠むことを理想とする。たとえば、

むめが丶にのつと日の出る山路《やまぢ》かな　芭蕉
処〴〵《ところどころ》に雉子《きじ》の啼《なき》たつ　野坡
家普請《やぶしん》を春のてすきにとり付《つき》て　同
（野坡・孤屋・利牛編『すみだはら』元禄七年序）

といった句に描かれた世界は、誰でも容易に想像できる平明な情景である。それを難しい言葉を使わず、詩情豊かに描く。それが「かるみ」の俳諧であった。最晩年となった元禄七年の作品には、

此道《このみち》や行人《ゆくひと》なしに秋の暮　（泥足《でいそく》編『其便』元禄七年刊）

秋深き隣は何をする人ぞ　（支考《しこう》編『笈日記』元禄八年序）

のように、「かるみ」の俳諧を具現化した名吟が多く見られるようになる。

また、元禄七年四月には、推敲を重ねた『おくのほそ道』の清書を素龍に依頼した。清書が仕上がると行成表紙（鳥《とり》の子紙《こがみ》を色で染め、雲母で文様を刷った行成紙《こうぜいがみ》による表紙）をかけて紫の糸で製本し、その表紙に貼った題簽《だいせん》には自ら「おくのほそ道」と記して自分の所持本とした。現在、『おくのほそ道』という表記が用いられるのは、この素龍清書本に貼付された芭蕉自筆の作品名を尊重してのことである。なお、これは芭蕉最後の旅に携帯される本となった。現在は重要文化財に指定されている。

最後の旅へ

元禄七年五月、寿貞尼《じゅてい》の子次郎兵衛を伴って、芭蕉は伊賀上野へ向かった。途中、豪雨のため大井川を渡れず島田の宿に四泊五日し、あるいは名古屋の荷兮と交流し、五月二八日に上野に着く。そして生家に二〇日近く逗留した後、湖南・京へ赴く。

六月には、野坡・孤屋・利牛の共編で『すみだはら（炭俵）』が刊行された。

七月、盆会のため伊賀上野へ戻り、去る六月二日に芭蕉庵で亡くなった寿貞尼に対して「数《かず》ならぬ身となおもひそ玉《たま》祭り」の追悼句を手向けている。

この寿貞尼については、風律（元禄一一年〜天明元年、野坡の門人）の『小ばなし』によって芭蕉の妾

（内妻）説が紹介されていたが、昭和三〇年代には甥の桃印の妻とする説（岡村健三氏）が出て、反論（大内初夫氏）も提示された。近年になっても、諸家（今栄蔵氏・阿部正美氏・大内初夫氏・尾形仂氏・岡本勝氏など）によって活発に論争が行われ、とくに、「芭蕉の妾であった寿貞と甥桃印が道ならぬ関係になり（延宝末年の深川移居は、これが原因で江戸市中に居られなくなったことによるという）、後に寿貞は桃印の妻となった」という説（田中善信氏）を巡ってはさまざまな見解が示されている（論争の詳細は、金子俊之氏「【解説】動向と展望」〈『日本文学研究大成 芭蕉』国書刊行会、平成一六年〉を参照されたい）。

なお、この伊賀上野滞在中には、支考らとともに『続猿蓑』の編集を行っていることが注目される。

九月九日、奈良を経て大坂着。九月一〇日、晩方より寒気がし熱が出て頭痛も激しく門人たちを心配

図5　芭蕉涅槃図
（早稲田大学會津八一記念博物館蔵）

させるが、二〇日頃には症状も回復。洒堂と之道の間を仲裁したり、連日の俳席を務めるなどした。

しかし、九月二九日の夜より泄痢（下痢）のため床に伏し、その後、容態が悪化。一〇月五日には南御堂前の花屋仁右兵衛《にえもん》の貸座敷に移り、膳所・大津・伊勢・名古屋など各地の門人に急が知らされる。八日には深更まで看病していた呑舟《どんしゅう》に墨を擦らせ「病中吟」として「旅に病《やん》で夢は枯野《かれの》をかけ廻《めぐ》る」の句を書かせた（これが事実上の辞世の句となった）。一〇日には支考に遺書三通を書かせ、自らは兄半左衛門宛に一通認めた。一一日の夕方には、上方行脚中の其角が病床に駆けつけている。

そして、ついに一二日申《さる》の刻（午後四時頃）、逝去。その夜、遺骸は川船で淀川を伏見まで上った後、翌一三日に陸路で膳所の義仲寺に着く。遺言により義仲寺の境内、木曾義仲の墓の傍に埋葬されたのは、一四日夜子《ね》の刻（午後一二時頃）であった。門人焼香の者八〇名、会葬者は三〇〇余名だったという。

おわりに

以上、芭蕉の生涯を、俳風の変遷とともに概観した。あたりまえのことだが、芭蕉は最初から芭蕉であったわけではない。貞門俳諧から出発し、談林俳諧や漢詩文調の影響を受けながら蕉風俳諧を確立し、晩年は「かるみ」の境地にたどりついた。

しかし、俳諧をあくまで〝文学作品〟としてとらえるならば、以上のような作者の伝記的事項についての知識などに左右されることなく、テキストとしての作品の価値のみを論じるべきであるという立場も当然あるだろう。だが、俳諧は短詩形文学であり、座の文芸である。作品の背後にあるさまざまな事実を解明することによって、新たな読み方の可能性を探ることができるはずである。

たとえば、本論では触れなかったが、実は、芭蕉の成長とともに変わるのは、その俳風だけではない。興味深いことに、筆跡、すなわち書風も変わっていく（書風の変遷については、本書第二部の「芭蕉の筆蹟と俳諧」で解説されている）。今後は、その俳風のみならず、書風について注目することも、これまで以上に必要になることだろう。

最後になるが、芭蕉は、江戸時代の俳人としては異例なほど、（前半生を除けば）かなり細かな点まで伝記的事実が判明している人物である。これは、芭蕉の俳諧史上における特殊な立場を反映している。すなわち、生前から多くの弟子たちに尊敬されていた上、後世になると次第に崇敬の対象になっていった（二条家から神号を与えられ、神として祀られるほどであった）。その結果として書簡を始めとする多くの資料が大切に保存されてきたのである。

そのため、現在でも、新しい芭蕉資料が発見されることはしばしばある。発見によって、それまで不明だった伝記の空白部分が埋まっていく。芭蕉が生きていたのはもう三〇〇年以上も前である。そのことを考えれば、これは実に驚くべきことであり、また嬉しいことでもある。

■参考文献

阿部正美『新修芭蕉傳記考説　行実篇』（明治書院、昭和五二年）

上野市編『上野市史 芭蕉編』（上野市、平成一五年）
雲英末雄編『新潮古典文学アルバム18 芭蕉』（新潮社、平成二年）
雲英末雄監修『カラー版 芭蕉、蕪村、一茶の世界』（美術出版社、平成一九年）
雲英末雄・金子俊之編『日本文学研究大成 芭蕉』（国書刊行会、平成一六年）
今栄蔵『芭蕉年譜大成〔新装版〕』（角川書店、平成一七年）
田中善信『芭蕉 転生の軌跡』（若草書房、平成八年）
横浜文孝『芭蕉と江戸の町』（同成社、平成一二年）

蕉門を彩る人々

中森康之

一言で「蕉門」と言っても、そのあり方は多様である。俳風だけをとっても、たとえば芭蕉と其角《きかく》とではだいぶ違う。宿念かなって初めて芭蕉と対面した許六《きょりく》は、「許子ガ俳諧と晋氏《（子）》が俳諧は曽《かつ》て符合せず。愚老が俳諧と許子が俳諧とは符合す。」(『俳諧問答』)といわれたという。実際、其角がよしとする許六の句と、芭蕉が評価する句は、全く違っていた。「予が不審こゝにあり。師の高弟は晋子也。師弟の胸旨《きょうし》、ケ様ニかはりては頼母《たのも》しからず」。そこで許六は、「不審を明《あか》し給へ」と芭蕉に迫る。芭蕉はこう答えた。

「許子俳諧をすき出《いづ》る時、閑寂にして山林にこもる心地するをよろこび、元来俳諧数寄出《すきいで》ずや」といへり。答云ク、「しかり」。「師もすく所かくのごとし。晋子がすく所は、曽《かつ》て此趣にあらず。俳諧は伊達風流にして、作意のはたらき面白《おもしろき》物と、すき出たる相違也。故ニ晋子と許子と符合せざる」といへり。

あなたと私は「閑寂」(の心地)を好み、其角は「伊達風流」(の作為)を好んでいる。それぞれ「すく所」が違っているので、それが現れ出た作風が違っているのですよ。許六は得心し、「初《はじめ》て眼ひらき、一言に寄て筋骨《すじぼね》に石針するがごとし」と述べている。しかし許六の疑問はここでは終わらない。そうだとすると、何をもって其角は芭蕉の弟子といえるのか。一体師は何を教え、弟子(其角)は何を学んだのか。

又問テ云、「師ト晋子ト、師弟は、いづれの所を教へ、習ひ得たりといはむ」。
答テ云、「師ガ風、閑寂を好でほそし。晋子が風、伊達を好でほそし。此細き所、師が流也。爰《ここ》に符合ス」といへり。

自分は、「閑寂」を好んで「ほそし」。其角は、「伊達」を好んで「ほそし」。この「細き所」が私の流儀であり、その点で私たち師弟は一致している。つまり、個性の現れ出たその出方は全く異なるが、その底にある本質的な部分で、其角は自分の教えをきちんと「習ひ得た」、そう芭蕉は答えたのである。この「ほそし」を具体的にいうのは難しいが、人間や自然の存在の儚さとそれに対する繊細さ、と解することもできるかもしれない。

当時の其角は、既に自分の境地を切り開いており、その頃芭蕉が熱心に説いていた「かるみ」には全く興味を示さなかった。そのことに芭蕉は不満ももっていたようだが、だからといって、其角を破門にしたり激しく非難するということはなかった。それが蕉門のあり方だったからである。

芭蕉は今日でいう教師ではなかった。あくまで自分の理想を追求する俳諧の実践者であり、弟子もまた同様であった。其角が「伊達風流」の道へと歩み出したのも、芭蕉が「閑寂」の世界に安心して遊ぶことが出来たのも、お互いへの信頼があってこそであった。芭蕉もこの一七歳年下の奇才に刺激を受けながら、自分の境地を切り開いていったのである。

逆に、自分の感性を刺激しない弟子を芭蕉は好まなかった。

連衆を撰みてすべし。先師一代、志の通ぜぬ人と俳諧せず。歴々の門人に俳諧の手筋通ぜぬ人多し。其人《その》と終《つひ》にいひ捨てもなし。（『宇陀法師』）

連衆を選べ。芭蕉は、自分の志を理解しない人とは生涯、一緒に俳諧をしなかった。身分の高い門人に芭蕉俳諧の「手筋」（本質や技法）を理解しない人が多かったが、そういう人とは芭蕉は、即興の読み捨て俳諧さえもしなかった、というのである。この文章は蝶夢の『蕉門俳諧語録』（安永三年序跋）にも引かれている。

このような師弟のあり方は、当時の諸芸に見られるものと基本的には同じである。ただし芭蕉の場合は、著しくその境地と俳風を変化させてゆき、その時々で、自分の最も関心のあることを語り、それに共鳴する弟子と交わった。したがって、芭蕉と親しく接した時期によって、それぞれの弟子の理解や活動、俳風はかなり違っている。途中で離れた門人も多い。また芭蕉没後も、支考《しこう》や野坡《やば》、其角やその弟子たちによってさらに展開してゆく。それらの総体を私たちは「蕉門」と呼んでいるのである。

図1　芭蕉と蕉門十哲図(南峯筆、江東区芭蕉記念館蔵)

以下、少し具体的に見てみたいが、紙幅の都合もあり、芭蕉生前の一部の門人に限定する。

最初期から没後まで蕉門であり続けた人々

芭蕉が江戸に下った頃から、芭蕉が没するまで門人であり続けた弟子は意外に少ない。芭蕉の変化についていくのは、並大抵のことではなかったのである。それほど芭蕉は新しみを求めてやまなかった。

【杉風《さんぷう》】

蕉門最初期の門人杉風は、鯉屋の屋号をもつ豪商で、終生芭蕉の生活を支援した。延宝八年、芭蕉

（桃青）一門を世に知らしめた『桃青門弟独吟二十歌仙』（以下『二十歌仙』）の巻頭を飾り、その数ヶ月後には、杉風の独吟句合に芭蕉が判詞を加えた『常盤屋之句合』を上梓している。その跋文で芭蕉は、「誠に句々たをやかに、作新敷《あたらしく》、見るに幽也、思ふに玄也。是を今の風躰といはんか」と褒め称えている。

「襟巻《えりまき》に首引入《ひきいれ》て冬の月」（『猿蓑』）、「がつくりとぬけ初《そむ》る歯や秋の風」（同）、「月の頃は寝に行く夏の川辺哉」（『別《べつ》座鋪《ざしき》』）、「初雪やふところ子にも見する母」（『俳諧勧進牒』）など、日常の感覚や心情を軽妙に言い取った句を残した杉風は、芭蕉が晩年に説いた「かるみ」のよき理解者であった。杉風が後援した子珊《しさん》編『別座鋪』（元禄七年奥）について、元禄七年六月八日付杉風宛書簡、同六月二四日付書簡で、芭蕉は、『別座鋪』の「かるみ」が上方筋で大好評であることを杉風に知らせている。さらに同九月一〇日付書簡でも「上方筋、別座鋪・炭俵にて色めきわたり候。両集共《とも》手柄を見せ候」と、くり返している。これは其角や嵐雪が「かるみ」に理解を示さなかったことを強く意識しての

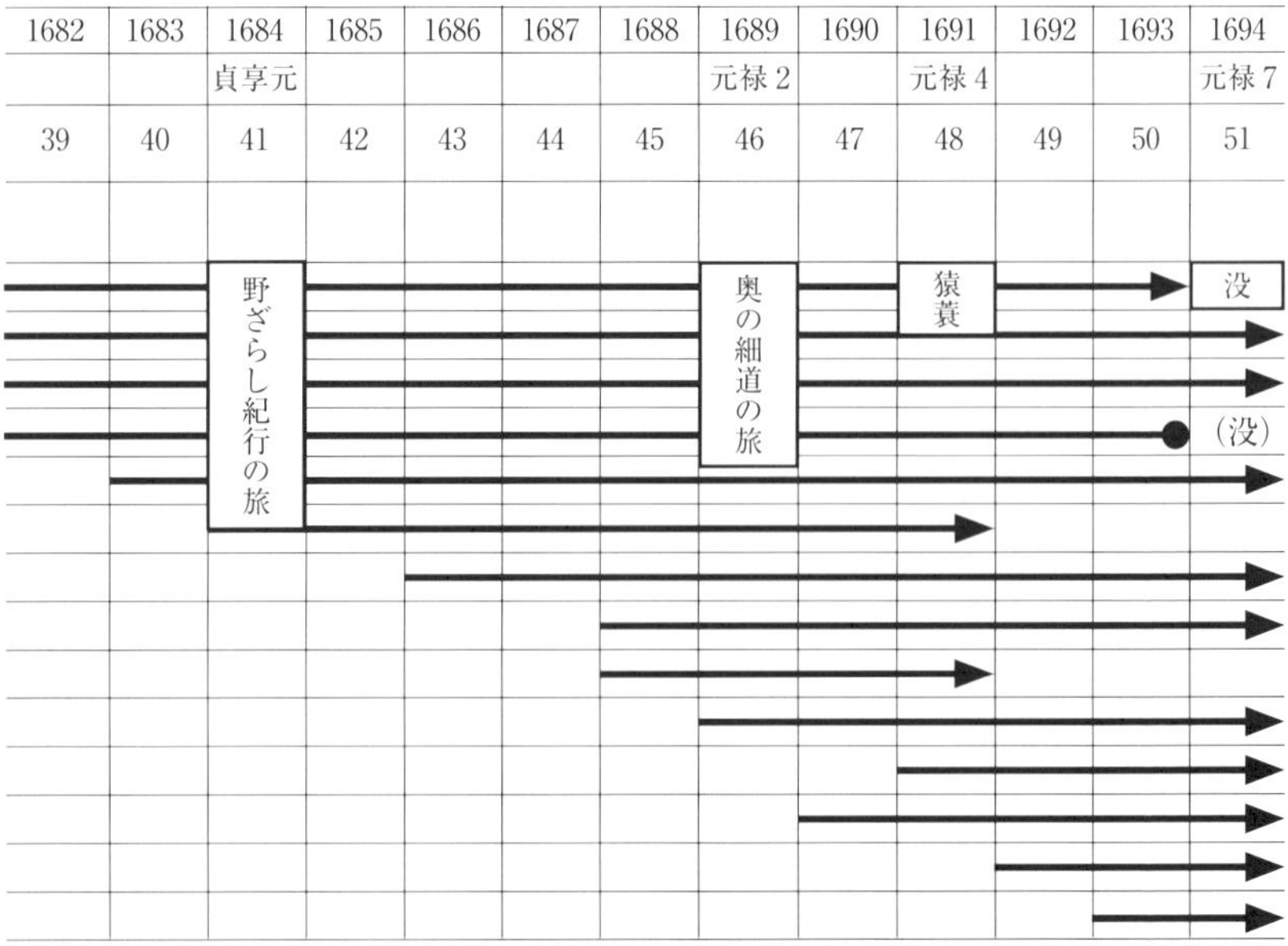

ことである。

芭蕉は遺状で、「杉風へ申候。久々厚志、死後迄《まで》難レ忘存候。不慮なる所にて相果《あひはて》、御暇乞不レ致段、互に存念無ニ是非一事ニ存候」と述べているが、その杉風には、芭蕉亡き後の其角・嵐雪中心の江戸俳壇で活躍の場はなかった。享保一五年に訪れた奥羽俳人風光に、八四歳の杉風は「今江戸中に愚老を訪《とぶらふ》者一人もなし」(『宗祇戻』)と語ったという。なお、杉風は芭蕉の肖像画を数点残しており、芭蕉の風貌を知る貴重な資料となっている。

【其角《きかく》】

其角が芭蕉に入門したのは、延宝の初め、一四、五歳頃といわれている。時に芭蕉、三一、二歳。ちなみに、其角一四歳の延宝二年は、杉風二九歳、嵐雪二三歳、嵐蘭《らんらん》は二九歳であり、芭蕉の初期の弟子の中で群を抜いて若い。この新進気鋭の若者は『二十歌仙』に名を連ね、その数ヶ月後、杉風『常磐屋之句合』と合わせて刊行された『田舎句合』を上梓している。其角の独吟発句合に芭蕉が判詞を加

図1　蕉門の人々の芭蕉に師事した時期一覧

	1644	1672	1673	1674	1675	1676	1677	1678	1679	1680	1681
		寛文12			延宝3					延宝8	
芭蕉の年齢	1	29	30	31	32	33	34	35	36	37	38
	生年（年齢差）										
杉風	1647（3）	江戸に下る			宗因と一座					『桃青門弟独吟二十歌仙』。深川へ	
其角	1661（17）										
嵐雪	1654（10）										
嵐蘭	1647（3）										
曾良	1649（5）										
越人	1656（12）										
去来	1651（7）										
惟然	16??（?）										
凡兆	16??（?）										
丈草	1662（18）										
露川	1661（17）										
支考	1665（21）										
許六	1656（12）										
野坡	1662（18）										

えたものである。芭蕉は「芋をうへ《（ゑ）》て雨を聞《きく》風のやどり哉」句を、「誠に冷《すさま》じく淋しき体、尤感心多し」と評したほか、「余情かぎりなく」「さびたり」「幽玄」などの評語を付している。

同年の芭蕉深川移住後も、其角は芭蕉と親しく交わった。深川移住後『野ざらし紀行』の旅に出るまでに江戸で巻かれた芭蕉連句九巻の全てに、其角は一座している（嵐雪一回、嵐蘭二回、杉風なし）[1]。

さらに芭蕉が天和年間に、いわゆる漢詩文調を試みたときも、その先頭に其角がいた。『むさしぶり』（天和二年）に最多の七句が入集し、翌三年には自ら『みなしぐり』を刊行した。「詩あきんど年を貪ル酒債《サカテ》哉」「傘《からかさ》にねぐらかさうやぬれ燕」「蚊をやくや褒姒《ほうじ》が閨《ねや》の私語《ささめごと》」などの句を収めている。

芭蕉は、元禄五年五月七日付去来宛書簡で、点取俳諧の流行を嘆きつつも、「その中にも其角は紛れず居り申し候」と述べ、『桃の実』（元禄六年跋）では、「草庵に桃桜あり、門人にキ角・嵐雪有」と前書し、「両の手に桃とさくらや草の餅」と讃えている。しかし其角の俳諧は、やがて芭蕉の目指す方向とは大きく乖離してゆく。元禄七年二月二五日付許六宛書簡では、芭蕉は「其角・嵐雪が義は、年々古狸よろしく鞁《つづみ》打はやし候半《さうらはん》」と、「かるみ」に理解を示さない両名に不満を漏らしている。

芭蕉没後の江戸俳壇は、「かるみ」を排した其角らが中心となる。しかし忘れてはならないのは、其角は芭蕉を終生敬愛し、芭蕉もまた同様であったということである。

人口に膾炙した其角の句は多いが、一例を挙げると次のごとくである。

日の春をさすがに鶴の歩《あゆみ》哉（『続虚栗』）　　うつくしき顔かく雉子《きじ》の距《けづめ》かな（『其袋』）
この木戸や鎖《じやう》のさゝれて冬の月（『猿蓑』）　　名月や畳の上に松の影（『雑談集』）

鯛は花は江戸に生《うま》れてけふの月（『句兄弟』）　声かれて猿の歯白し岑《みね》の月（『句兄弟』）

夕立や田を見めぐりの神ならば（『五元集』）　夕すゞみよくぞ男に生れけり（『五元集拾遺』）

【嵐雪《らんせつ》】

嵐雪も延宝三年頃入門した。『二十歌仙』に名を連ね、其角『田舎句合』の序を認《したた》め、『みなしぐり』にも協力し、白露『俳論』（明和元年序）に「芭蕉翁の骨肉を得て、其角は花を咲かせ、嵐雪は実を結び、故に花実相対して芭蕉翁と共に行ふ」とあるように、其角と並び称された。

しかし元禄三年、『其袋《そのふくろ》』の刊行に際し、他派を入れ、杉風や曾良《そら》を疎外したことから、江戸蕉門に軋轢を生じさせる。芭蕉もまた『其袋』上梓に関して相談がなかったことや、嵐雪が点取俳諧に興じたこと、『別座鋪』を批判したことに対し、不満を漏らしている。江戸俳壇で「かるみ」の新風に共鳴するのは、杉風グループ、曾良を中心とする深川グループ、越後屋グループ（弧屋・野坡・利牛）、沾圃《せんぽ》グループ（沾圃・馬莧《ばけん》・里圃）くらいのもので、ほとんどは「かるみ」には全く興味を示さず、前句付点取俳諧に狂奔していたのである。(2)

一時期点取俳諧に手を染め、「かるみ」には同調しなかった嵐雪であるが、師に反旗を翻した訳ではない。むしろ、『或時集《あるときしゅう》』（元禄七年跋）序に芭蕉の教えを掲げ、その教えを終生守るなど、彼には彼の信じる芭蕉俳諧があったのである。師の訃に接した嵐雪は、すぐさま墓前に馳せ参じ、落柿舎では其角・去来らと語り合った。翌年には参禅し、法体となり、江戸蕉門の主流から退いたのであった。

嵐雪は次のような句を残している。

元日や晴《はれ》てすゞめのものがたり（『其袋』）　竹の子や児《ちご》の歯ぐきのうつくしき（『すみだはら』）
蒲団着て寝たる姿や東山（『枕屏風』）　梅一輪一りんほどのあた丶かさ（『庭の巻』）

晩年に入門し「俳諧の心」を受け継いだ人々

晩年の芭蕉の周辺には、芭蕉の境地、「俳諧の心」に引き寄せられた人々が集ってくる。彼らは独特の個性でそれを展開してゆくが、そこには驚くほどの共通点も見られるのである。

【支考《しこう》】

蕉門きっての論客といわれる支考は、幼くして大智寺に入り、禅の修行をした。一九歳で下山後、儒教や老子・漢詩・神道を学び、元禄三年、近江で芭蕉に入門。幻住庵滞在中の芭蕉の薪水の労をとった。芭蕉入門時の支考は、俳諧については全くの素人だったと思われる。支考の関心の中心は、俳風ではなく、芭蕉の「俳諧の心」を学ぶことであり、それを人生の道と結びつけて理解することであった。芭蕉生前唯一の蕉門俳論書『葛《くず》の松原』（元禄五年刊）を執筆したのも、その後独自の俳論を展開し、「俳諧とは何か」を語り続けたのも、支考にとっては自然な流れなのであった。

支考の俳論で注目すべきは『俳諧十論《じゅうろん》』（享保四年奥）である。「論」の文体を強く意識して書かれているため、文章は難解であるが、その核心は明快である。支考が一貫して主張しているのは、俳諧の本質は、虚実自在の心（囚われ、偏りのない自在の心）にあり、それは文芸に止まらず、日常生活（人倫）にまで応用できる優れた心法である、ということである。これは、芭蕉の「風雅の誠」「造花随順」の思想を支考流に展開したものであり、享保以降の人々の知的関心によく応えるものであった。

その他、『本朝文鑑』(享保二年序)、『和漢文藻』(享保一二年刊)などの俳文集の編纂、仮名詩の創始、大和詞の創始、『徒然草』や『論語』の注釈など、俳諧師としては異色の仕事をしているが、これらは全て、師芭蕉から継承した「俳諧の心」の実践であった。もちろん文芸としての俳諧を忘れた訳ではない。各地の行脚で俳諧を指導し、「七名八体」(連句作成マニュアル)を考案し、式目作法書『俳諧古今抄』(享保一四年序)も著した。また多くの俳諧撰集も編んだ。

文考のもう一つの大きな仕事は、美濃派の組織と、それによる芭蕉と蕉風俳諧の普及である。基本的には行脚による夜話と芭蕉追善興行、伝書の伝授と俳諧撰集の出版によってそれを行った。芭蕉没後、美濃派は地方を中心に大きな勢力を誇った。芭蕉の古池句を「蕉風開眼の句」として喧伝《けんでん》し、それを「閑寂」と結びつけ、侘びの詩人という芭蕉像を形成したのは、文考と美濃派なのである。それは、蝶《ちょう》夢《む》の芭蕉顕彰活動に媒介され、今日まで継承されている。また、「かるみ」の展開である「俗談平話を正す」を標榜した彼らの俳諧は、近世中後期から近代俳句に至るまで、非常に大きな影響を与えた。なお平成二三年三月現在、美濃派は第四一世まで道統が継承されている。

支考は、「造花随順」「風雅の誠」「かるみ」といった晩年の芭蕉の思想的境地を深く理解し、それを時代に合わせて自分流に展開した。同門を始め批判も多い(ほとんどは反感、理解不足による)が、逆に近代になって、東洋的美学の確立を目指した田岡嶺雲《れいうん》が支考俳論を大絶賛するなど、評価する人も多いのである。

支考には次のような句がある。

馬の耳すぼめて寒し梨の花（『葛の松原』）　しかられて次の間に出る寒さ哉（『枯尾花』）

春雨や枕くづる、うたひ本（『続猿蓑』）　哥書よりも軍書にかなし芳野《よしの》山（『俳諧古今抄』）

【許六《きょりく》】

芭蕉入門前から其角や嵐雪の指導を受けるなど、蕉風俳諧を志してきた彦根藩士森川許六は、元禄五年芭蕉庵にて、念願だった芭蕉との対面を果たしたとき、「十団子《とをだご》も小粒になりぬ秋の風」（『韻塞《いんふたぎ》』）という句を差し出し、芭蕉に激賞されたという。また漢詩・和歌・武芸など諸芸をよくし、とくに画については芭蕉が「画はとって予が師とし、風雅は教へて予が弟子となす」（「許六離別の詞」）と述べている。ほかには、「うの花に芦毛《あしげ》の馬の夜明哉」（『すみだはら』）、「新藁《しんわら》の屋ねの雫《しづく》や初しぐれ」（『韻塞』）、「梅が香や客の鼻には浅黄《あさぎ》わん」（『篇突』）などの句がある。

許六が芭蕉と時を共にしたのは、元禄五年八月九日から翌六年五月六日までの九ヶ月間である。この間、芭蕉は、俳文集編纂についても熱く語ったのだろう。支考に先駆けて、『本朝文選』（宝永三年）を刊行している。また許六は、芭蕉から『誹諧新々式』『大秘伝白砂人集』『俳諧新式極秘伝書』という伝書を伝授されたという。その後、「蕉門二世　五老井森川許六」と名乗り、自らも伝書を執筆、門弟に伝授するなど、彦根俳壇の中心として活動し、『韻塞』（元禄一〇年刊）、『篇突《へんつき》』（同一一年刊）、『宇陀法師』（同一五年刊）、『歴代滑稽伝』（正徳五年跋）などを刊行した。

曲輪の説、血脈の説、取り合せの説などを説き、去来や野坡と論争するなど、論をよくした点、芭蕉の遺志を継ぎ俳文集を編纂した点、蕉門二世を名乗り伝書を伝授した点、そして何より芭蕉晩年の風雅の心に共鳴していた点など、意外にも許六と支考には、多くの共通点が見られるのである。

【丈草《じょうそう》】

禅を修めていた丈草は、元禄二年、史邦《ふみくに》の紹介で落柿舎で芭蕉に入門する。やはり新参でありながら、『猿蓑』には「まじはりは紙子の切《きれ》を譲りけり」「水底を見て来た貌《かほ》の小鴨哉」など一二句入集し、跋文を書くという名誉を得ている。それ以降も、しばしば芭蕉と同行した。芭蕉の病床で詠んだ「うづくまる薬の下の寒さ哉」(『枯尾花』)は、「丈草、出来たり」と芭蕉に賞賛されたという。

芭蕉が没すると、『寝ころび草』を書き、三年間の喪に服した。元禄八年頃、龍ヶ丘の仏幻庵に移り住む。元禄一四年には、禁足三年の誓いを立て、芭蕉追善に千部の法華経読誦と、一石一字の法華経を書写した経塚建立を決意し、同一六年に経塚の建立を果たした。

貧寒を侘びる風狂の魂を芭蕉から受け継ぎ、「句におゐ《い》て其しづかなる事丈草に及ばず」(『旅寝論《たびねろん》』)と評され、自らも「腹中から淋しければ、句もさびたりけり」(元禄一五年四月一五日付潘川宛書簡)と述べた丈草は、徹底した貧寒生活を送った。撰集を編まず、俳論も書かず、行脚による普及活動もなかった丈草であるが、「翁死後には東西の門人、丈草をしたひ申事、此人さのみ世に差出る程の事もなく候へども、翁の俳神を得られ候にや、うらやみ申事に候」(『許野消息《きょやしょうそこ》』)と野坡が述べるように、多くの俳人との交流があった。中でも、支考・去来・史邦らが、丈草の俳諧活動を支えていたのである。

その生き方によって芭蕉の魂を継いだ蕉門俳人丈草は、宝永元年、四三歳で没した。

【惟然《いぜん》】

惟然もまた、晩年の芭蕉の心に引き寄せられ、次のような境地に行き着いた。

水鳥やむかふの岸へつういくく(『きれぐく』)

梅の花赤いはくくあかひ(い)はさ(『有の儘』)

きりぐくすさあとらまへたはあとんだ(『きれぐく』)

「これは句ではない」と去来はいった。許六にも「蕉門の内に入て、世上の人を迷はす大賊なり」(『俳諧問答』)と非難された。風羅念仏(芭蕉の発句を組み合わせ、念仏風に節を付けて唱えたもので、惟然の創始)を唱えながら行脚したり、数々の奇行の逸話も伝えられている。しかし、惟然にしてみれば、草庵に住むのも、諸国行脚するのも、「句をわるくせよくく、求めてよきはよからず」(『けふの昔』)、「戯言俗諺、飾り無く巧み無く、突然として頓《とみ》に出て、思慮を煩はさざる」(原漢文)(『二葉集』)と説くことも、全て芭蕉の「無分別」の心、「かるみ」の実践だったのである。惟然が最も芭蕉に近かったのは、元禄七年、上方で芭蕉を迎えてから病没するまでの間なのであった。

堀切実氏が指摘するように、(3) 惟然は早すぎたのかもしれない。やがて近代になって、口語自由詩を私たちは見ることになるからである。

【野坡《やば》】

去来に「軽き事野坡に及ばず」(『旅寝論』)と評された「かるみ」の体現者野坡は、「かるみ」の代表とされる『すみだはら』(元禄七年序)を、孤屋・利牛とともに編纂した。

むめがゝにのつと日の出る山路《やまぢ》かな　芭蕉
処〳〵《ところどころ》に雉子の啼《なき》たつ　野坡

右記のような付合のほか、同書には「長松《ちやうまつ》が親の名で来る御慶《ぎよけい》哉」「さみだれに小鮒をにぎる子供哉」「夕すゞみあぶなき石にのぼりけり」などの発句がある。

野坡は芭蕉の死の一〇年後、宝永元年に職を辞し江戸を去って、難波に居を移した。その後は、九州、中国地方に行脚を重ね、蕉門を普及させてゆく。その勢力は、「盟約の門人一千余人、その面をしり、其の講をきくもの(中略)すべて名を録せる、凡《およ》そ三千余人」(『野翁行状記《やおうぎょうじょうき》』)と言われるほどであった。

野坡も惟然同様、無分別に心を遊ばせ、作を離れて「其場を逃《のが》さず其儘《そのまま》」(『許野消息』)に句作することをよしとした。芭蕉の「風雅の誠」「造花随順」「眼前」に通じるものであるが、このような心には「俳神」が宿り、その心から出た自ずからなる句には、「句神」が宿るというのが野坡の考えであった。

また、一歩間違えば低俗に陥る句風や、地方行脚、撰集出版、芭蕉追善興行の開催などによる蕉風の普及活動の方法は、支考と共通するものである。

『猿蓑』を編集した対照的な二人

【凡兆】

蕉門撰集の中でも評価の高い『猿蓑』（元禄四年刊）は、去来と凡兆の共編であるが、その凡兆は、元禄元年頃芭蕉に入門し、同三年以降親密に交わり、翌年『猿蓑』が刊行された直後にはもう芭蕉から離れていった。芭蕉はそのような弟子に、『猿蓑』の編集を任せていたのである。冒頭で述べたように、それが芭蕉のやり方であった。

最も力を入れていた「幻住庵記」草稿を、芭蕉は凡兆に見せた。凡兆は「惣体不出来」と歯に衣着せぬ批評をしている。しかし凡兆のいうことにもっともな点もあるとし、さらに改稿を凡兆に見せるよう去来に依頼している。また『猿蓑』には、「禅寺の松の落葉や神無月」「なが〴〵と川一筋や雪の原」「灰捨《すて》て白梅うるむ垣ねかな」「炭竈《すみがま》に手負《ておひ》の猪《しし》の倒れけり」「百舌鳥《もず》なくや入日さし込女《こむめ》松原」など、凡兆の発句は、最多の四一句が入集している。一瞬の閃光を放ち去った人ながら、芭蕉はこの時、間違いなく凡兆（の感性）を必要としていたのであった。

【去来】

芭蕉から西の俳諧奉行と称された（東は杉風、『杉風句集』序を参照）去来の蕉門との関係は、貞享元年、上方へ旅行中の其角との出会いから始まる。芭蕉には初め文通で教えを請う。貞享三年冬、江戸で芭蕉に対面し、翌年まで滞在、其角・嵐雪・杉風らと交わる。元禄二年から四年にかけて、上方滞在中の芭蕉に親しく教えを受けるが、この時芭蕉が熱心に説いたのが「不易流行」だった。去来は、『俳諧問答』（元禄一一年奥）、『旅寝論』（元禄一二年序）、『去来抄』（宝永元年頃成）など多くの俳論を残しているが、それらの中で「不易流行」を熱心に説いている。同じく俳論を多く残した支考は、逆に不易流行をほとんど説かない。逆に支考が熱心に説いた「虚実論」を、去来は全くといっていいほど説いていない。[4]つまり芭蕉と親しく接した時期、それぞれの門人の個性によって、芭蕉の教えは多様に展開されたのである。

俳論というと、支考は野心によって芭蕉の説を曲解し、去来は温厚篤実な性格を反映して忠実に記録していると考えられがちだったが、たとえば式目作法の当座の裁きなどは、支考の方が去来よりも的確に芭蕉の真意を理解していたことや、『去来抄』「故実篇」には、蕉風俳諧の独自性を印象づけるためのさまざまな仕掛がされていることなどが論証されている。[5]

去来には次のような句がある。

秋風やしらきの弓の弦《つる》はらん（『あら野』）　尾頭《おがしら》のこゝろもとなき海鼠《なまこ》哉（『猿蓑』）
花守《はなもり》や白きかしらをつき合せ（『薦獅子集』）　応々《おうおう》といへど敲《たた》くや雪の門（『句兄弟』）

おわりに

そのほか、途中で離反するも終生「蕉門の古老」を自認し、「うらやまし思ひきる時猫の恋」(『猿蓑』)で名声を得た越人《えつじん》、元禄四年に芭蕉に入門し、丈草・支考・惟然を後ろ盾として勢力を拡大した露川《ろせん》、『おくのほそ道』の旅に同行した曾良、延宝三年頃から元禄六年に亡くなるまで芭蕉の信頼が厚かった嵐蘭など、触れたい蕉門俳人はたくさんいる。また、尾張蕉門・近江蕉門・伊賀蕉門・加賀蕉門などの地方蕉門も忘れてはならないが、今は省略に従う。

■注

(1) 田中善信『元禄の奇才　宝井其角』(新典社、平成一二年)による。
(2) 上野市編『上野市史　芭蕉編』(上野市、平成一五年)。
(3) 堀切実『芭蕉の門人』(岩波新書、平成三年)。
(4) 大西克礼『風雅論』(岩波書店、昭和一五年)。
(5) 永田英理『蕉風俳論の付合文芸史的研究』(ぺりかん社、平成一九年)。

芭蕉に影響した先行文芸

金田房子

発句合『続《つづき》の原』（貞享五年〈一六八八〉刊）冬の部は芭蕉が判詞を担当した。書いたのは貞享四年（一六八七）冬のことと考えられている。その二番、溪石《けいせき》の「親と子の霜夜をかこふ野馬哉」という句について芭蕉は次のように言う。(1)

「ものいはぬよものけだものすらさへもあはれなるかなや親の子をおもふ」とよみたまひしこのうたに便《たより》して野馬の子をいとふさませつなり。

引用している「ものいはぬ」歌は、源実朝の歌で、所収の『金槐集《きんかいしゆう》』では第三句が「すらだにも」となっている。『金槐集』は、さほど広く読まれたものではないようで、これを典拠としたものは多くはない。(2) しかし、江戸時代を通じての『金槐集』の唯一の版本が、ちょうどこの貞享四年に出版されているることは、芭蕉と『金槐集』との関わりについて次のような想像を可能にしてくれる。

芭蕉はこの年出版されたばかりの『金槐集』を手に取る機会があった。そして、それまで多くを知らなかった実朝の歌に共感し、中でも深く心を惹かれた歌の一つが「慈悲の心を」という詞書をもつこの歌で、記憶に留めた。その後、『金槐集』を手に取る機会はなく、記憶を頼りにしたものであったから三句目は少し違ってしまったが、このような記憶違いは誰しも思い当たるものであろう。

　確かなことは、芭蕉がこの歌を心に刻んだということで、それが親子の情愛を詠んだものであることは、『野ざらし紀行』の捨子を憐れむ一節、「いかにぞや汝《なんぢ》ちゝ《(父)》に悪《にく》まれたる歟《か》、母にうとまれたるか。ちゝは汝を悪むにあらじ、母は汝をうとむにあらじ。」や、『笈《おい》の小文《こぶみ》』所収の「ちゝはゝのしきりにこひし雉子の声」などを想起させ、芭蕉の心の奥に親子の情愛についての深い思い入れがあったことを窺わせる。

　引用された先行文学は、作品を重層化させイメージを豊かにするとともに、作者の心の内奥にあるものも示してくれるのである。

　芭蕉は多くの先行作品を読み、糧として自らの作品に結実させた。本を購入することもあったであろうが、経済的なことや当時の出版事情を考えれば、あまり多くはなかったに違いない。あるいは借りて写し、あるいは記憶に留めたのであろう。

　岡田利兵衛『芭蕉の筆蹟』(春秋社、昭和四三年)には、『大和物語』の一〇二段から一一四段までを写した「松尾桃青翁真蹟古歌写」というものが発見され、極め手はないが筆意の感じが芭蕉に似ていること、支考の書簡(九月五日付)には芭蕉自筆の「百人一首秘抄」を五両で譲りたい旨が記されていて、これが貴重視されていたとわかること、また、芭蕉筆と伝えられる『和漢朗詠集』の墨帖があり、(3)但しこれは偽書と考えられることが解説されている。この墨帖が偽書であるにしても、芭蕉は作品に『和漢朗詠集』をしばしば踏まえており、熟読していたことが窺われ、当時教養の基本であり書道の手本でもあった『和漢朗詠集』を写したことがあったとしても、不自然ではない。

芭蕉がどのような書物を読んだか。いくつかの代表的なものを除いては、必ず読んだと断定することは難しい。仮に目を通したことがあり、影響を受けていたとしても、その後、手元にその本がなく手控えもなかったとすれば、直接の引用関係は指摘できないであろう。しかし、その書物が当時一般の教養書であるならば、直接の引用関係がないゆえに読まなかったと断定するのも早計であると思う。

以下に、当時の人々の一般的な教養と芭蕉の作品から考えて、深く影響したと思われる古典を中心に取り上げてゆくこととしたい。なお個々の作品への具体的な影響関係については、後にごく一部を参考文献として掲げたが、既に多くの詳細な研究がある。また小学館の『日本古典文学全集』などの各注釈にも細かな指摘があるので参照していただきたい。ここでは芭蕉の作品を読み解いてゆく上で、必要最小限と思われるものを取り上げてゆくことにする。

漢詩文

蕉風の開眼に漢詩文は大きな役割を果たした。延宝末から天和にかけて漢詩文調の俳諧が流行する。それは漢字ばかりの句作りをするなど見た目の新奇さをねらった趣向であったが、芭蕉たちは漢詩文のもつ意味、そこに表現された豊かな詩的世界に注目した。

『白氏集』(『白氏文集』『白氏長慶集』とも。白楽天の詩集)・『本朝一人一首』(林《はやし》鵞峰《がほう》編、寛文五年

〈一六六五〉刊。日本漢詩）は、『嵯峨日記』に芭蕉自身が書名を記している。また、芭蕉の書簡には、心に慕う先人達の名が挙げられている。（括弧内は筆者による。以下同じ。）

唯李（李白）・杜（杜甫）・定家・西行等の御作等、御手本と御意得《おこころえ》可レ被レ成《なさるべく》候。

（貞享二年〈一六八五〉正月二八日付・半残宛）

はるかに定家の骨《こつ》をさぐり、西行の筋をたどり、楽天が腸《はらわた》をあらひ、杜子（杜甫）が方寸ニ入《いる》やから、わづかに都鄙《とひ》かぞへて十《と》ヲの指ふさず。

（元禄五年〈一六九二〉二月一八日付・曲水宛）

また、芭蕉の弟子の嵐雪が書いた『田舎句合』（其角編、延宝八年〈一六八〇〉刊）の序文には、

桃翁（芭蕉）、栩々斎《くくさい》にゐまして、為《ため》に俳諧無尽経《むじんきょう》をとく。東坡《とうば》（蘇東坡）が風情、杜子（杜甫）がしやれ、山谷（黄山谷）が気色《けしき》より初《はじめ》て、其躰幽《いう》になどらか也。

とあって、李白・杜甫・白楽天・蘇東坡・黄山谷、さらに陶淵明も加えることができるが、これらの詩人の作品を手本とし、その境地に倣おうとしていた芭蕉たちの憧れの気持ちが伝わってくる。

芭蕉は当時版行されていた、たとえば『分類補註李太白詩』（延宝七年〈一六七九〉刊）や『杜少陵先生詩分類集註』（明暦二年〈一六五六〉刊）などといった、これらの先人達の詩集に目を通したことはあったであろう。しかし、より深く味読したのは、『杜律集解《とりつしっかい》』(4)や『古文真宝』といった、ダイジェス

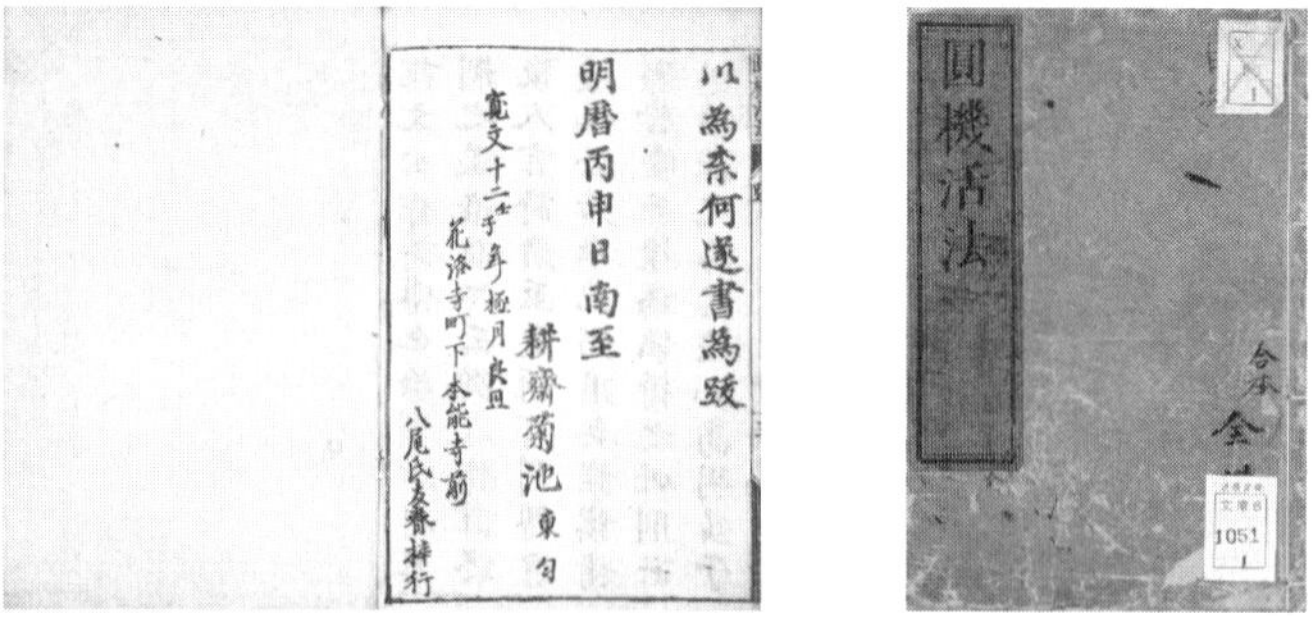

図１　『円機活法』(早稲田大学図書館蔵)

ト版やアンソロジーであったと思う。このような書物としては、ほかに『三体詩』『錦繍段《きんしゅうたん》』が挙げられる。

　詩学書としては、『詩人玉屑《しじんぎょくせつ》』『聯珠詩格《れんじゅしかく》』『氷川詩式《ひょうせんしき》』、そして『円機活法《えんきかつぽう》』を挙げることができる。『円機活法』について、田中善信氏は『芭蕉新論』(新典社、平成二一年)で、「芭蕉は『円機活法』を見ていなかったのではないか、と私は思っている。」としているが、見ていないと断定することはできないと思う。『円機活法』は、寛文から延宝にかけて何度も版行されるほどに流行していた。また仁枝忠《にえだただし》氏は、芭蕉と同時代の俳諧師・才麿《さいまろ》(才丸)の判詞と『円機活法』との関わりについて指摘している。[5]『円機活法』を典拠とするとして挙げられている芭蕉の用例が、仮にもし、他の書物からの引用であるとすることができたとしても、芭蕉たちがこれを通して豊かな詩的イメージを心に養ったということは、十分にありえることだと思う。

　また同時代、作詩についての基礎的な教養がどのようなものであったかを知るためには、『詩林良材《しりんりょうざい》』(貞享四年〈一六八七〉刊)などの初心者向け漢詩作法書が、題や詩句についてわかりやすく解説するとともに必須の語彙も用例付きで挙げられていて、便利である。

芭蕉への影響を語る上で、決して外すことのできないものに『荘子』がある。先に引用した『田舎句合』序にも「桃翁、栩々斎《くくさい》にゐまして、為に俳諧無尽経《むじんきょう》をとく。」とあった。「栩々斎」は、『荘子』「斉《せい》物論《ぶつろん》篇」の「荘周夢為胡蝶《ゆめにこてふとなる》。栩栩然胡蝶也《くくぜんとしてこてふなり》。」を踏まえ、「俳諧無尽経」は『荘子』を「南華真経《なんかしんきょう》」というのに倣って「俳諧」を大げさに言ってみたものである。『荘子』の「胡蝶の夢」の寓話は、非常によく知られていたもので、

おきよ〳〵わが友にせむぬるこてふ　（天和年間〈一六八一～八四〉）
君やてふ我や荘子が夢心　（元禄三年〈一六九〇〉）

などの句の典拠にもなっている。また、単に典拠とされるだけではなく、そこに説かれる無為自然の境地は、芭蕉の生き方、ものの考え方、価値観に深く影響した。版本の中ではとくに、林希逸《りんきいつ》の註になる『荘子《そうじ》鬳斎《けんさい》口義《くぎ》』（寛文五年〈一六六五〉刊）をよく読んでいたと考えられる。

当時の教養の基本であった『蒙求《もうぎゅう》』『文選《もんぜん》』など、ほかにも挙げるべき書名はあるが、ここでは割愛する。

また、遠い古人だけではなく、石川丈山《いしかわじょうざん》・林羅山《はやしらざん》ら、近い時代の日本の漢詩人の作品にも芭蕉は多くを学んでいた。「芭蕉庵十三夜」（貞享五年〈一六八八〉）には、

隣の家の素翁、丈山老人の「一輪いまだみたず二分虧《かけたり》」といふ唐歌《からうた》は此夜《このよ》折にふれたりと、たづさへ来《きた》れるを、壁の上にかけて草の庵のもてなしとす。

と、『覆《ふ》醤《しょう》集《しゅう》』所収の石川丈山の詩を介して、旧友の素堂《そどう》と風雅な交わりがもたれたことが記されている。広田二郎氏(6)は、

宋学的論理と芭蕉とのかかわりの脈絡は一筋だけではなくて、羅山や(松永)昌三《しょうさん》・(藤原)惺窩《せいか》などの啓蒙的、入門的著述から習得した所もからみあって複雑な脈絡の糸筋を形成していたものと考えられよう。以上、近世初期漢学と芭蕉とのかかわりは、丈山の漢詩と、主要漢学者の啓蒙的、入門的著述とを通して展開したものであり、(以下略)　(括弧内と傍線は筆者による。)

と指摘しているが、啓蒙的著述だけではなく、羅山の詩も芭蕉の作品に大きく影響し、典拠としては中国の古典よりむしろこちらを考えるべきではないかという指摘が最近ではなされている。(7) 彼らの詩や文が芭蕉にどのように影響したのか、さらに検討してゆく必要があろう。

和歌　付・連歌

和歌において芭蕉が最も慕った先人は、言うまでもなく西行である。前掲の書簡(曲水宛)にも「西行

の筋をたどり」とあったように、芭蕉の生き方は、花を愛で月を愛で旅に生きた西行の生涯に憧れて、そのゆかりの地を訪ねつつ、自らをその姿になぞらえてゆこうとするものであった。

西行の和歌を踏まえたものは、とても多い。一つの和歌を踏まえて、そこに表現された西行の思いに応答する気持ちで作られたものもあれば、西行の歌に多く見られる表現を意識的に用いたものもある。

たとえば、「西行のなみだをしたひ、増賀の信《まこと》をかなしむ」と前書のある句「何の木の花とはしらず匂《にほひ》かな」(貞享五年〈一六八八〉)は、伊勢神宮に詣でた時に、西行の作と伝えられていた歌、

何事のおはしますをば知らねどもかたじけなさの涙こぼるる

を踏まえて詠まれたものである。前書に西行と並べられる増賀は、平安中期の天台宗の僧で、狂をよそおい名利を避けた逸話が『撰集抄《せんじゅうしょう》』巻頭第一話に載る。鎌倉時代の仏教説話集『撰集抄』は作者未詳であるが、『西行撰集抄』などの書名で版行され、芭蕉の頃の人達は西行の撰と信じていた。この『撰集抄』も、芭蕉の作品にしばしば踏まえられている。

後者の、西行の好んだ表現を用いた例としては、

歎けとて月やは物を思はするかこちがほなるわが涙かな　(千載集・百人一首)

などに見られる、「○○顔」という表現が、「山吹の露菜の花のかこち顔なるや」(延宝九年〈一六八一〉)

や「寺にねて誠がほなる月見哉」（貞享四年〈一六八七〉）といった句に生かされている。

芭蕉は『山家集』を熟読したであろう。江戸初期に刊行された『六家集』（長秋詠藻・山家集・秋篠月清集・拾遺愚草・壬二集・拾玉集）本で見ていたのかもしれない。『六家集』には先の書簡に「定家・西

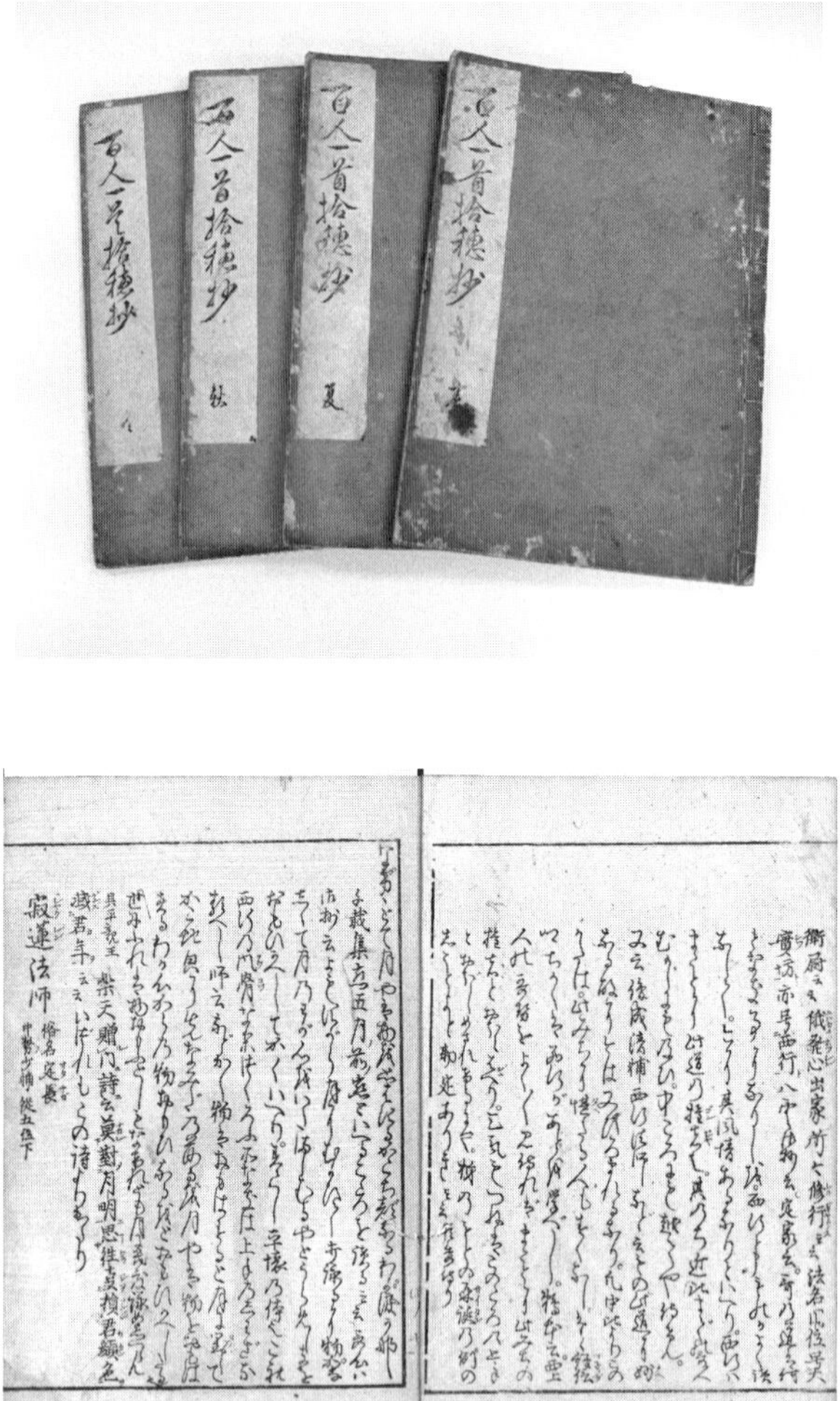

図２『百人一首 拾穂抄』

行等の御作等」（半残宛）と名を挙げられている藤原定家の家集『拾遺愚草《しゅういぐそう》』も含まれており、『あら野』所収の野水「詩題十六句」の題は慈円『拾玉集《しゅうぎょくしゅう》』によったものである。(8)『古今集』に始まる八代集も、しばしば典拠とされている。『古今集』はもちろん当時の和歌における教養の基本であるが、『千載集』や『新古今集』に多くの影響を受けているように感じられる。俳諧師の教養として『夫木和歌抄』には目を通していたと考えてよいであろう。数は多くはないが、『万葉集』を典拠とした句、たとえば、

這出《はひいで》よかひやが下のひきの声　（『おくのほそ道』）

〔典拠〕朝霞鹿火屋《かひや》が下に鳴くかはづ声だに聞かば我恋ひめやも（巻一〇）

朝霞鹿火屋が下の鳴くかはづ偲ひつつありと告げむ児もがも（巻一六）

もあるが、これらの歌は『古来風体抄』『袖中抄』などいくつもの歌学書に引用されており、直接『万葉集』によったのではないと考えられる。師の北村季吟に注釈書『万葉集拾穂抄《しゅうすいしょう》』があるが、芭蕉は『万葉集』自体を目にする機会はほとんどなかったと思う。

芭蕉筆の『百人一首』註があったことが文考の書簡に記されていることは先にふれたが、『百人一首』からの引用は多い。やはり記憶しやすかったのであろう。

戦国時代から江戸初期に生きた歌人木下長嘯子《ちょうしょうし》の影響も大きい。芭蕉は長嘯子を敬慕し、「長嘯の墓もめぐるかはち敲《たたき》」（元禄二年〈一六八九〉）の句を詠んでもいる。また『嵯峨日記』には、

長嘯隠士の曰《いはく》「客は半日《はんじつ》の閑を得れば、あるじは半日の閑をうしなふ」と。

と、『挙白集《きょはくしゅう》』所収「山家記」から引用している。芭蕉は『挙白集』を愛読していたと考えられ、所収の和文は、芭蕉によって一つの完成を見た俳文の成立に多くの影響を与えた。

芭蕉は、歌学書も読んで教養を身に付けていた。少なくとも藤原清輔の『奥義抄《おうぎしょう》』（慶安五年〈一六五二〉版本あり）・『袋草紙』（貞享二年〈一六八五〉、同三年版本あり）は読んでいたと考えられる。『おくのほそ道』白河の関の条には、

古人冠をたゞし、衣裳を改《あらため》し事など、清輔の筆にもとゞめ置れしとぞ。

と、『袋草紙』が踏まえられている。また、「許六離別詞《りべつのことば》」（元禄六年〈一六九三〉）には、

後鳥羽上皇のかゝせ玉ひしものにも、「これらは歌に実ありて、しかも悲しびをそふる」とのたまひ侍しとかや。

と、『後鳥羽院御口伝《ごくでん》』から引用している。

芭蕉は『おくのほそ道』の旅で多くの歌枕を訪れた。歌枕は古歌に詠まれた名所である。近世初期にはいくつもの名所和歌集が刊行されている。芭蕉が見た可能性のあるものをいくつか挙げれば、『類字

名所和歌集』（里村昌琢編、元和三年〈一六一七〉刊ほか）、『名所方角抄』（伝宗祇編、寛文六年〈一六六六〉刊ほか）、『松葉名所和歌集』（六字堂宗恵編、万治三年〈一六六〇〉刊ほか）などがある。このうち『松葉名所和歌集』は、『嵯峨日記』の冒頭に記される落柿舎に置かれていた書物名にある「松葉集」がこれに当たると考えられる。

芭蕉の憧れた連歌師には宗祇《そうぎ》がいる。『笈の小文』冒頭、風雅論として知られる一節に、

西行の和歌における、宗祇の連歌における、雪舟の絵における、利休が茶における、其貫道する物は一なり。

と名が挙げられている。宗祇の句「世にふるもさらにしぐれの宿りかな」は、和歌以来定めなさをイメージにもつ時雨に託して無常観を詠んだものであるが、その心を受けとめて、芭蕉は「世にふるもさらに宗祇のやどり哉」（天和二年〈一六八二〉）と応えている。

また、芭蕉が近江の門人千那《せんな》の名で書いた『忘梅《わすれうめ》』の序（元禄四年〈一六九一〉）には、

和歌は定家・西行に風情あらたまり、連歌は応安の式に定る。

とあり、連歌を確立した書として『応安新式《おうあんしんしき》』（二条良基《にじょうよしもと》著）を評価していたようである。

物語・随筆・紀行文

物語としては、『源氏物語』『伊勢物語』を踏まえたものがとくに多い。『源氏物語』が当時の教養の基本であったことや、江戸時代に出版された『伊勢物語』注釈書の多さからすれば当然ともいえるだろう。たとえば、『おくのほそ道』旅立ちの章の「明ぼの丶空朧々として、月は有明にてひかりおさまれる物から、冨士の峯幽《かすか》に見えて」が『源氏物語』「帚木」巻の、

月は有明にて光をさまれるものから、かげさやかに見えて、なかなかをかしきあけぼののなり。

によるものであることは、よく知られている。

また福井の章では「夕顔」巻を踏まえて、美貌の光源氏が夕顔の君を訪れる場面を、僧形の主人公(芭蕉)が「いかに老《おい》さらぼひて有《ある》にや、将死《はたしに》けるにや」と、やや失礼な心配をしながら、旧知の等栽を訪ねてゆく場面としてパロディ化しており、『源氏物語』が独創的な形で生かされている。

『嵯峨日記』には、落柿舎で座右に『源氏物語』があったことが記されているが、大部の『源氏物語』をいつも参照できたとは考えられない。江戸前期に刊本のあった『源氏小鏡』や『十帖源氏』といった梗概を書いた本によることが多かっただろうと思うが、具体的にどのような書物によったのか今のところ特定はできない。

『平家物語』などに記される源平の戦いの物語は、芭蕉は折にふれて思い起こしている。たとえば、ゆかりの地、一ノ谷を訪れた折には、

其代のみだれ、其時のさはぎ、さながら心にうかび、俤《おもかげ》につどひて、二位のあま君、皇子を抱《いだき》奉り、女院の御裳《おんも》に御足もつれ、船やかたにまろび入らせ給ふ御有さま（中略）、千歳のかなしび此浦にとゞまり、素波《しらなみ》の音にさへ愁《うれひ》多く侍るぞや。

（『笈の小文』）

と、平家の最期に深い哀悼の心を手向けている。『平家物語』は、必ずしも書物によったのではなく、「尾張十蔵、越人と号す。（中略）酔和する時は平家をうたふ。これ我友なり。」（「二人見し」前書、貞享五年〈一六八八〉）とあるように、語り物として耳にすることが多かったと思われる。

随筆としては、『枕草子』『方丈記』『徒然草』が多く引用されている。『方丈記』は、俳文という新しい文体を目ざして「幻住庵記《げんじゅうあんき》」を執筆する際に、慶滋保胤《よししげのやすたね》の「池亭記」や木下長嘯子の「山家記」などとともに手本としていた。「幻住庵記」執筆中の元禄三年（一六九〇）に書かれた去来宛の書簡で芭蕉は、

長明方丈の記を読《よむ》に方丈の事いはむとて、新都の躁動《さうどう》・火事・地震の乱《みだれ》、皆是《みなこれ》栖の上をいはむとなり。

と、推敲中の文章について、『方丈記』を参考にしたことを記して弁明している。『徒然草』は愛読書であったらしく、たとえば「閉関之説」(元禄六年〈一六九三〉)では、『徒然草』七段・三八段・二四〇段が踏まえられており、傾倒が顕わである。これらの引用は『徒然草野槌《のづち》』(林羅山著・元和七年〈一六二一〉)などの注釈書によって書いたものであることが指摘されている。(9)

紀行文としては、『笈の小文』所収のいわゆる〈紀行論〉に、

抑《そもそも》、道の日記といふものは、紀氏・長明・阿仏の尼の、文をふるひ情を尽してより、

とあって『土佐日記』『海道記』『東関紀行』『十六夜日記』が挙げられている。『海道記』『東関紀行』は、現在では作者未詳の中世紀行文であるが、芭蕉の頃には『鴨長明海道記』『長明道之記』の書名で版行されており、鴨長明の作であると考えられていた。一例を挙げれば、『鹿島詣』に「秦甸《しんでん》の一千里とかや、めもはるかにみわたさるゝ」とある一節は、『東関紀行』の「秦甸《しんでん》の一千余里を見渡したらむ心地して草土ともに蒼茫《そうばう》たり。」によったものであることが、諸注に指摘されている。

謡曲・歌謡

謡曲も漢詩文と同じく、談林の時代に新しい素材として歓迎され流行したものであった。謡曲の詞章をそのまま句に取り入れることに興じた、

あら何共なやきのふは過《すぎ》て河豚《フクト》汁　（延宝五年〈一六七七〉）

〔典拠〕「あら何ともなや候。（中略）昨日と過ぎ今日と暮れ」（謡曲「蘆刈」）など。

のような句作りを芭蕉も初めはしていたが、次第にそこに語られる物語の悲しい美しさに心惹かれてゆく。謡曲には、小町・業平や西行ら、恋に生き、あるいは歌にすべてを托した歌人たち、源義経や平忠度・敦盛といった破れて非業の死をとげた武士たちの魂が登場する。談林の頃と同じく詞章をそのまま採ったものではあっても、『おくのほそ道』所収の句、

むざんやな甲《かぶと》の下のきり〴〵す

〔典拠〕「あなむざんやな、斎藤別当にて候ひけるぞや」（謡曲「実盛」）

は、白髪を黒く染めて、幼かった頃に育てた源義仲と戦って、壮絶な最期をとげた平家の武将・斎藤別当実盛への、悲痛な哀悼の気持ちが込められている。『おくのほそ道』は、そのような魂に回向《えこう》を手向ける能の「ワキ僧」に自らを擬し、ゆかりの地を訪ねてゆく旅でもあった。

主に延宝期までであるが、小唄などの歌謡も典拠とされている。寛文一二年〈一六七二〉、芭蕉二九歳の正月、故郷伊賀上野の天満宮に奉納し、携えて江戸に下った『貝おほひ』の序や判詞には、当時流行した小唄がちりばめられている。序は「小六ついたる竹の杖。ふし〴〵多き小歌にすがり。」と始まるが、小六は慶長（一五九六～一六一五）頃江戸に住んだ、美男で小唄がうまいと評判の馬方で、「ころ

く突いたる竹の杖、もとは尺八中は笛」（『糸竹初心抄』寛文四年〈一六六四〉刊）と歌われた人物である。発句にも小唄の文句取りをした、

女《め》をと鹿や毛に毛がそろふて毛むつかし　（寛文一一年〈一六七一〉）

〔典拠〕扨も毛に毛が揃《そろ》うたえ。（小唄「和田酒盛鼻毛抜」）

や、元和・寛永頃の流行小唄「弄斎節《ろうさいぶし》」の名を取り入れた「艶奴《エンナルヤッコ》今やう花にらうさいス」（天和二年〈一六八二〉）などがある。

おわりに

芭蕉追善集『雪の葉』（一吟編、元禄一三年〈一七〇〇〉刊）は、義仲寺の無名庵《むみょうあん》に遺された芭蕉の遺品を「無名庵の品々」として列記しているが、その中に「翁所持」として、『荘子』『孟浩然《もうこうねん》詩集』『柏玉和歌集』『観心洛《（略）》要集』の書名を挙げている。芭蕉晩年の読書の範囲の一端を示すものとして、興味深い。

『観心略要集《かんじんりやくようしゆう》』は、天台宗の僧・源信（恵信僧都《えしんそうず》）の著。右の品々の中にはほかに『法華経』の一巻「普《ふ》門品《もんほん》」も挙げられている。芭蕉は仏頂和尚に従って参禅したことが知られている。禅宗の書物も読んだことだろう。『鹿島詣』に「無門の関もさはるものなく」と名が挙げられる『無門関《むもんかん》』は、当時よく読

まれていたようであり、『臨済録《りんざいろく》』も幾種も抄物が刊行されていて、読んでいた可能性が考えられる。

芭蕉が読んだ本を特定することはとても難しいが、芭蕉は先行の文学作品を読むことを通して、跡を追ってゆきたい古人《いにしえびと》の心に出会った。感動した心、響きあった魂が、研ぎ澄まされて句や文章などの作品に結晶したといえよう。芭蕉の作品と先行文学との関わりを読み解いてゆくことは、古人と芭蕉とのふれあった心の琴線を、より深く知ることに繫がってゆくであろう。

■注

（1）詳細は俳文学会東京例会ホームページ（http://haibuntokyo.cside.com/）「輪講」（佐藤勝明担当）参照。
（2）素堂の『とく〳〵の句合』の一七番で「箱根」と前書する句、「峠涼し沖の小島のみゆ泊」について の判詞に、「実朝卿のはこね路をけさ越来れば、と詠じ玉ふを峠のしゅく泊にとりなされて」と、実朝の和歌が引かれている。これは、『金塊集』以外に『続後撰集』や『桐火桶』にも見えるものであるが、素堂も『金槐集』を見ていたと考えることもできよう。
（3）「桃青真蹟墨帖」として、慶応二年に刊行されており、『和漢朗詠集の版種』（青裳堂古書目録、平成一八年）に写真が載っている。
（4）寛文から元禄にかけて刊行された杜甫の詩集は三〇点にのぼり、そのうち一点をのぞいてすべて『杜律集解』か、それに基づいたものであることが、黒川洋一「芭蕉文学における杜甫」（大阪大学教養部『研究集録』昭和五〇年二月、同『杜甫の研究』創文社、昭和五二年）で指摘されている。
（5）「伊丹発句合の才麿の判詞と円機活法」（仁枝忠著『俳文学と漢文学』笠間書院、昭和五二年）
（6）広田二郎「近世初期漢学と芭蕉」（山岸徳平編『日本漢文学史論考』岩波書店、昭和四九年）

（7）陳可冉「芭蕉と羅山の紀行文―造語「好風」を手がかりに」（俳文学会東京例会口頭発表、平成二一年一一月）、同『嵯峨日記』私考―林鵞峰編『本朝一人一首』による本文の解読―」（総研大日本文学研究専攻中間報告論文発表会口頭発表、平成二一年一二月）。

（8）岩波新日本古典大系『芭蕉七部集』（岩波書店、平成二年）頭注など。

（9）注（6）及び、神谷勝広「芭蕉俳文と『徒然草』注釈書」（『連歌俳諧研究』92号、平成九年三月）。

■検索のために

和歌・連歌　『新編国歌大観』（角川書店　CD-ROMも）・『典拠検索新名歌辞典』（明治書院）・笠間索引叢刊〈『西行法師全歌集』『類字名所和歌集』『松葉名所和歌集』など〉・『連歌の新研究　索引編』（おうふう）

漢詩　『漢詩大観』（鳳出版〈復刊〉）・『大漢和辞典』（大修館書店）・『佩文韻府』（台湾商務印書館など　CD-ROM雕龍―中国古籍全文検索叢書シリーズ8）・『唐詩選三體詩総合索引』（禅文化研究所）・『定本禅林句集索引』（禅文化研究所）・『文選索引』（中文出版社）・『杜詩引得』（上海古籍出版社）・『荘子引得』（上海古籍出版社）〔影印資料〕『和刻本漢詩集成』（汲古書院）・『影印仮名つき　錦繍段・三体詩・古文真宝』（クレス出版）・『和刻本文選』（汲古書院）

謡曲・小唄　『謡曲二百五十番集索引』（赤尾照文堂）・笠間索引叢刊〈『「隆達節歌謡」全歌集』『近世流行歌謡』〉

物語・紀行文・随筆　『源氏物語大成』（中央公論社）・『CD-ROM　角川古典大観　源氏物語』（角川書店）・『CD-ROM版　源氏物語本文研究データベース』（勉誠出版）・『枕草子総索引』（右文書院）・『平家物語〈高野本〉語彙用例総索引』（勉誠出版）・『徒然草総索引』（至文堂）・笠間索引叢刊〈『西行物語』『撰集抄』『東関紀行』『海道記』『十六夜日記』など〉

■参考文献（本文及び注で取り上げたものは省略した。紙幅の都合上ごく一部を抜粋した。）

石川八朗「芭蕉の杜甫受容小論―「杜子がしゃれ」を手がかりに―」（『語文研究』、昭和四九年二月）

伊藤博之「詩語・芭蕉と漢詩文の世界」（『国文学　解釈と鑑賞』至文堂、昭和五一年三月）

稲垣安伸『芭蕉の軌跡』（角川書店、平成五年）
井上敏幸「「幻住庵記」序説―「方丈記」受容をめぐって―」（宮本三郎ほか『俳文学論集』笠間書院、昭和五六年）
太田青丘『芭蕉と杜甫』（法政大学出版局、昭和四四年）
大平桂一「芭蕉と黄山谷」（『文学』、平成一〇年春）
尾形仂編『芭蕉必携　別冊国文学』（学燈社、昭和五五年）
小西甚一「禅林詩と芭蕉俳諧」（山岸徳平編『日本漢文学史論考』岩波書店、昭和四九年）
佐藤圓「芭蕉と先行文学―源氏物語・枕草子―」（『文学・語学』52、昭和四四年六月）
佐藤圓『芭蕉と禅』（桜楓社、昭和四八年）
島津忠夫「雅語・芭蕉と和歌連歌の世界」（『国文学　解釈と鑑賞』至文堂、昭和五一年三月）
鈴木秀一「芭蕉の俳文と『挙白集』―その漢詩文的表現について―」（『近世文芸研究と評論』、平成一五年六月）
塚越義幸「芭蕉と「詩人玉屑」―杜甫の受容をめぐって」（『日本文学論究』、平成元年三月）
仁枝忠『芭蕉に影響した漢詩文』（教育出版センター、昭和四七年）
広田二郎『芭蕉　その詩における伝統と創造』（有精堂、昭和五一年）
広田二郎『芭蕉と古典　元禄時代』（明治書院、昭和六二年）
広田二郎『芭蕉と杜甫―影響の展開と大系―』（有精堂、平成二年）
光田和伸「芭蕉と先行文芸」（『国文学　芭蕉を読むための研究事典』、平成六年三月）
村松友次「芭蕉俳文と挙白集」（『文学論藻』、昭和四七年一二月）

芭蕉関連の俳書

越後敬子

江戸時代から現代に至るまで、芭蕉を取り上げた俳書はどのくらいあるのだろうか。ここで「芭蕉関連俳書」を網羅的に挙げることとは、紙幅の都合から不可能である。そこで本論では、芭蕉が編纂に関わった俳書のほか、宗房名で発表された最初の発句・連句や、桃青・芭蕉号の初出となる句を収めた俳書、芭蕉没後に刊行された芭蕉の発句集・連句集・書簡集・伝記・『おくのほそ道』注釈書・芭蕉全集など、それぞれの分野の嚆矢となる俳書、そして蕉風俳論を知る上で重要な俳論書などを主に集め、年代順に配列し、それらの史的位置づけを試みた。「関連俳書」のごく一部にしか触れられないことを心残りに思うが、「芭蕉の生涯」と重ねてご覧いただければ幸いである。

寛文四年（一六六四）　二一歳

『佐夜中山集《さよのなかやま》』

松江重頼編。寛文四年九月二六日奥書。巻一〜三に発句、巻四に付句、巻五に俳論、巻六に名所付合等を収める。「松尾宗房」の名で「姥桜《うばざくら》さくや老後の思ひ出《いで》」「月ぞしるべこなたへ入《いら》せ旅の宿」の二句が載り、これが現存文献中に見える最初の芭蕉発句である。

寛文一二年（一六七二） 二九歳

『貝おほひ』

松尾宗房（芭蕉）撰・判。寛文一二年正月二五日自序。伊賀上野の俳人および宗房の発句合わせて六〇を左右三〇番につがえ、宗房が判者となって勝負を判定し、その理由を判詞に認めた発句合。宗房は本書を上野天満宮に奉納し、俳諧師として立つ前途を祈願した。宗房はこの年の春江戸に下り、本書は三年後の延宝三年（一六七五）に同地で刊行された。宗房の句は「きてもみよ甚《じん》べが羽織花ごろも」「女《め》をと鹿や毛に毛がそろふて毛むつかし」の二句である。

延宝三年（一六七五） 三二歳

『談林俳諧』

写本。延宝六年八月奥書。同三年五月、江戸東下中であった大阪の西山宗因を本所大徳院に迎えて、宗因の「いと涼しき大徳《だいとこ》也けり法《のり》の水」を発句に、礒画《しょうかく》（大徳院住職）・幽山・桃青（芭蕉）・信章（素堂）らで巻いた百韻、その他連句の書留を収める。この百韻の四句目「石壇《いしだん》よりも夕日こぼるる」に「桃青」の署名があり、これが文献に見える「桃青」号の初出である。

『千宜理記《ちぎりき》』

広岡宗信編。延宝三年九月中旬跋。巻一～四に発句、巻五に付句等を収める。本書中に「伊賀上野宗房」として発句六句が入集するが、そのうちの一句に「廿九日立春ナレバ／春や来《こ》し年や行《ゆき》けん小晦日《こつごもり》」の句がある。「廿九日立春」に該当するのは寛文二年（一六六二）、芭蕉一九歳の年であり、これは作句時期の判明する芭蕉最古の発句とされてきた。しかし、当時の改暦問題を踏まえ、延宝初年の作と見る説も提起されている。

延宝六年（一六六八）　三五歳

『桃青三百韻 附《つけたり》両吟二百韻』

桃青（芭蕉）編。延宝六年、江戸書林山之内長七刊。同五年、京都の伊藤信徳を江戸に迎えた際に桃青・信章（素堂）で巻いた三吟百韻三巻と、同四年の桃青・信章両吟二百韻とを合わせて刊行したもの。前者は同年、『江戸三唫』の書名で京都でも刊行されている。三吟百韻三巻のそれぞれの発句と作者は、「延宝五之冬／あら何共なやきのふは過《すぎ》て河豚《フクト》汁　桃青」「さぞな都浄瑠璃小歌こゝの花　信章」「物の名も蛸《たこ》や古郷のいかのぼり　信徳」となっている。また両吟二百韻の発句はそれぞれ、「奉納貳百韻／此梅に牛も初音と鳴つべし　桃青」「梅の風俳諧国にさかむなり　信章」となっており、他の資料と合わせ、これら二百韻を同四年二月に天満宮へ奉納したと推察される。作風の基調は談林調である。

『十八番発句合』

調泉編か。写本。延宝六年一〇月、坐興庵桃青（芭蕉）跋。六番と一二番の二つの句合からなり、桃青が判者として勝敗を定め、判詞を記している。発句の作者は調泉八句、調盞《ちょうさん》子二句、破衾《はきん》子一句のほかは不明である。調泉らは江戸の岸本調和の門人であり、桃青は他門の句合に評を依頼されたことになる。

延宝七年（一六七九）　三六歳

『玉手箱』

神田蝶々子編。延宝七年九月、京都笹屋三良左衛門刊。編者の収集した古今諸家の発句を収める。本書中に「桃青万句の内千句巻頭／天地《あめつち》や一二を生じて千々の春　泰徳」の句が見えることから、桃青（芭蕉）はこの時までに宗匠として立机し、万句興行を行ったことが判明する。桃青句は一句入集する。

延宝八年（一六八〇）　三七歳

『桃青門弟独吟二十歌仙』

桃青（芭蕉）撰。延宝八年四月、江戸本屋太兵衛刊。杉風《さんぷう》・卜尺《ぼくせき》・巌泉《がんせん》・一山《いっさん》・緑系子《りょくけいし》・仙松《せんしょう》・卜宅《ぼくたく》・白豚《はくとん》・杉化《さんか》・木鶏《もくけい》・嵐蘭《らんらん》・楊水之《ようすいし》・嵐亭治助《らんていじすけ》（嵐雪《らんせつ》）・螺舎《らしゃ》（其角《きかく》）・巌翁《がんおう》・嵐窓《らんそう》・嵐竹《らんちく》・北鯤《ほっこん》・岡松《こうしょう》・吟桃《ぎんとう》の二〇人の独吟歌仙、追加に舘子《かんし》の独吟歌仙を収める。無名の作者が多いものの、書名に「桃青門弟」と銘打ち、江戸での桃青の俳壇的地歩が確立されつつあることを示している。この年の冬、桃青は俳諧師生活を精算して深川の草庵に入り、以後「乞食の翁」として生きることになる。

『田舎《いなかの》句《く》合《あわせ》』

宝井其角編。桃青（芭蕉）判。延宝八年八月序。原題簽に『俳諧合田舎其角』とあり、杉風編『常盤屋之句合』（原題簽『俳諧合常盤屋杉風』）とともに『俳諧合』として刊行された。其角の発句五〇を左右二五番につがえ、桃青が勝敗を定めて判詞を認めた発句合。嵐亭治助（嵐雪）の序に、「判詞、荘周が腹中を呑んで、希逸が弁も口にふたす」とあるように、桃青の判詞は『荘子』を会得したものと認識されており、それまでの談林風からの脱却を目指していたことが知られる。

『常盤屋《ときわや》之《の》句合《くあわせ》』

杉山杉風編。桃青（芭蕉）判。延宝八年九月、華桃園（芭蕉）跋。杉風の発句五〇を左右二五番につがえ、桃青が勝敗を定めて判詞を認めた発句合。『田舎句合』と同様に、桃青の判詞には『荘子』の影響が見られる。

天和元年（一六八一）　三八歳

『俳諧次韻』

桃青（芭蕉）編。延宝九年七月、京都寺田重徳刊。桃青・其角・才丸（才麿）・揚水で巻いた五十韻一巻、百韻二巻等を収める。本書の巻頭に置かれる五十韻は桃青句「鷺の足雉脛《きじはぎ》長く継ぎ添へて」で始まるが、表題に「続《つ》二グ信徳ガ七百五十韻一ヲ」とあるように、同年一月に京都の信徳・春澄らによって刊行された『誹諧七百五十韻』の巻軸であるの五十韻を次ぐ五一句目という位置づけで、両書を合わせて千句を満尾させたことになる。これより三年後の『冬の日』刊行（貞享元年）を蕉風の始まりとする見解があるが、『俳諧問答』（元禄一一年）には「師の風雅見およぶ処次韻にあらたまり」と述べられており、芭蕉に近く接した門人たちの中には、本書をもって蕉風確立の転機と見なす者もあった。内容は談林風を残すものではあるが、それを乗り越えようとする意欲も見られ、いずれにしても蕉風確立への重要な作品であることには間違いない。

天和二年（一六八二）　三九歳

『むさしぶり』

望月千春編。天和二年三月上旬、京都寺田重徳刊。この年春、京都の俳人千春が江戸に遊んだ折、諸家と興行した連句や発句を収める。芭蕉の発句は六句入集するが、俳書中に「芭蕉」号の使用された最初である。その作品は「櫓《ろ》の声波ヲうつて腸《はらわた》氷ル夜やなみだ」「夕顔の白ク夜ルの後架《こうか》に紙燭《しそく》とりて」などの破調が多く、この翌年刊行の『みなしぐり』で示されることになる、いわゆる「虚栗調《みなしぐり》（漢詩文調）」の序章として注目される。

天和三年（一六八三）　四〇歳

『みなしぐり』

其角編。天和三年六月、江戸西村半兵衛ほか刊。同年五月、芭蕉跋。発句・歌仙・三つ物・二五句等を収める。作者は其角・嵐雪・杉風・芭蕉ら蕉門のほか、貞門・談林の俳人も含む。芭蕉の跋文に「李・杜が心酒を嘗《な》めて」「寒山が法粥《ほうしゆく》を啜《すす》る」「西行の山家をたづねて」「白氏が歌を仮名にやつして」と記すように、本書の理想とするところは李白・杜甫・寒山・西行・白楽天などであった。作風は芭蕉を例にすれば「夜着《よぎ》は重し呉天《ごてん》に雪を見るあらん」「氷苦く偃鼠《えんそ》が咽をうるほせり」のように、漢語の多用、字余り、破調などが特徴で、後年「虚栗調（漢詩文調）」と呼ばれることになる。

貞享元年（一六八四）　四一歳

『冬の日』

山本荷兮《かけい》編。貞享元年奥書。同二年刊。芭蕉・野水《やすい》・荷兮・重五《じゅうご》・杜国《とこく》・正平・羽笠《うりゅう》の歌仙五巻と追加表六句を収める。この年八月、芭蕉は「野ざらし紀行」の旅のため江戸を発ち、九月、郷里伊賀上野に帰り、その後大和・美濃国を訪れ、一一月には名古屋に入った。その地で荷兮を始めとする連衆たちと巻いた五歌仙が本書の作品である。巻頭に前書きとともに置かれた芭蕉句「笠は長途の雨にほころび、紙衣《かみこ》はとまり〳〵のあらしにもめたり。侘つくしたるわび人、我さへあはれにおぼえける。むかし、狂歌の才士、此国にたどりし事を不図おもひ出《いで》て申侍《まうし》る／狂句こがらしの身は竹斎《ちくさい》に似たる哉」に代表されるように、全巻を通して風狂の相を基調としており、また前年の『みなしぐり』に見られたような異体・破調からの脱却を図り、安らかな句体へと移行しつつある。本書は蕉門や後年の俳人によって蕉風開眼の書と位置づけられ、「俳諧七部集」の第一集に選定された。

貞享二年（一六八五）　四二歳

『野ざらし紀行』

芭蕉著。貞享二年四月以降成。同元年八月、芭蕉は江戸深川を発足し、まずは郷里伊賀上野に帰り、この前年に没した母の遺髪を拝して慟哭。その後大和国吉野、美濃国大垣、尾張国名古屋を巡り、この年は郷里に戻って越年。明けて同二年は、京都・伏見・大津・名古屋を訪ね、途中甲斐国に立ち寄り、四月に深川に帰るまでの紀行文。「野ざらしを心に風のしむ身哉」と悲壮な覚悟で深川を出立したが、途中、名古屋連衆との交歓により、後に蕉風開眼の書と位置づけられる『冬の日』の成果を生み、また旅の様子が紀行文『野ざらし紀行』にまとめられるなど、有意義な旅であった。本書に収められる作品は、途中富士川で詠んだ「猿を聞人《きくひと》捨子《すてご》に秋の風いかに」のような破調句も見られるが、一方では「山路来て何やらゆかしすみれ草」のような平明な句も得るなど、先の虚栗調を脱しようとする意図が感じられる。本書には芭蕉の自筆稿本、自筆自画の巻子本が伝えられている。刊行されたのは『泊船集』(元禄一一年)所載のものが初めてである。

貞享三年(一六八六)　四三歳

『初懐紙《はつかいし》評註』

芭蕉著。貞享三年正月奥書。同年一月に興行された、芭蕉・其角・文鱗・杉風・仙化・挙白らによる一七吟百韻の前半五十韻に、芭蕉が評注を加えたもの。写本で伝わり、後に闌更《らんこう》の『花の故事《ふるごと》』(宝暦一三年)・『落葉考』(明和八年)などに収められる形で刊行された。其角の発句「日の春をさすがに鶴の歩みかな」に対し、「元朝の日のはなやかにさし出て、長閑《のどか》に幽玄なる気色《けしき》を、鶴の歩みにかけて言つらね侍る。祝言外にあらはす。「流石《さすが》に」といふ手尓葉、感おほし」と述べるほか、句作・付け様・典拠など、総じて新しみに対する賞賛の辞を記すことで、新風への理解を広めようとしている。

『蛙合《かわずあわせ》』

仙化編。貞享三年閏三月、江戸西村梅風軒刊。同年春、深川芭蕉庵において蛙の句二〇番の発句合を行い、その際の句と衆議判を収録したもの。参加した作者は芭蕉・仙化・素堂・文鱗・嵐蘭・去来《きょらい》・嵐雪・杉風・曾良・其角ら四〇名。句合の第一番に置かれた「古池や蛙飛《かはづとび》こむ水のおと」の芭蕉句は、後に蕉風開眼の句として人々の関心を集め、句の誕生に関する逸話や句の解釈・評価などが盛んに行われた。

『はるの日』

荷兮編。貞享三年八月、京都寺田重徳刊。歌仙三巻・表合と発句五八を収める。作者は歌仙・発句とも、荷兮・重五・旦藁《たんこう》・野水・越人《えつじん》・羽笠ら、尾張地方の俳人を中心としている。芭蕉句は近詠の「古池や蛙《かはづ》飛こむ水のを《（お）》と」「雲折〳〵人をやすむる月見哉」「馬をさへながむる雪のあした哉」の三句を収めるのみであるが、『あら野』（元禄二年）の芭蕉序文に、「予はるかにおもひやるに、ひとゝせ此郷《このさと》に旅寝せしおり〳〵の云捨《いいすて》、あつめて冬の日といふ。其日かげ相続《あひつづき》て、春の日また世にかゝやかす」と述べるように、『冬の日』の続編として芭蕉の指導があったと推察される。作風は平明・安らかで、後の蕉風の向かうべき方向を示唆している。「俳諧七部集」の第二集。

貞享四年（一六八七）　四四歳

『かしまの記』

芭蕉著。貞享四年八月二五日奥書。この年八月、芭蕉が曾良・宗波を伴って常陸国鹿島根本寺の前住職仏頂和尚を訪ね、ともに仲秋の名月を観賞した折の紀行で、仏頂和尚の歌と芭蕉らの発句、また帰路に立ち寄った行徳の自準（似春）亭での三物《みつもの》を収める。芭蕉の紀行文としては『野ざらし紀行』に続くもので、紀行文という文体様式の模索という点で注目される。本書には芭蕉自筆本が伝わり、書名はこの真跡が収められた杉風遺品の箱書きによる。また似春の家に伝わった別の芭蕉真跡により、後年『鹿島《かしま》詣《もうで》』の書名で刊行された。

『続虚栗《みなしぐり》』

其角編。貞享四年一一月、江戸万屋清兵衛刊。作者は其角・芭蕉・蚊足・文鱗・去来・嵐雪ほか全一一四名で、発句・歌仙・世吉などを収める。天和三年の『みなしぐり』を継ぐ意図での命名であるが、作品は『みなしぐり』の異風を離れ、「貞享連歌体」と言われるような、和歌的・連歌的な作風へと変遷している。

元禄元年（一六八八） 四五歳

『続《つづき》の原』

岡村不卜《ふぼく》編。貞享五年三月自序。作者は露沾《ろせん》・不卜・其角・嵐雪・野馬《やば》（野坡）・去来・芭蕉らで、上巻に句合、下巻に歌仙と発句を収める。句合の判者は、春・素堂、夏・調和、秋・湖春、冬・桃青（芭蕉）が務めている。判詞により各判者の俳諧観を窺うことができ、貴重な書である。

『笈《おい》の小文《こぶみ》』

芭蕉著。貞享四年一〇月末に江戸を発った芭蕉は、尾張・三河の門人を訪ね、年末には伊賀上野に帰省した。さらに翌年春から夏にかけて伊勢国・大和国吉野・紀伊国紀三井寺などを巡って、播磨国須磨・明石に至るまでの、およそ半年に及ぶ旅の紀行文。芭蕉の所持していた草稿（「小記」）を譲り受けた乙州《おとくに》が、これに続く「更科紀行」の旅と合わせて、宝永六年（一七〇九）に『笈の小文』と題して刊行した。芭蕉の草稿は現在伝わっていない。

『更科紀行』

芭蕉著。『笈の小文』の旅を終えた芭蕉は、貞享五年八月、門人越人を伴って尾張国名古屋を発ち、美濃国岐阜を経て信州更科の姨捨《おばすて》山で仲秋の名月を観賞、その後善光寺に参詣し、中山道経由で江戸に帰着した。この時の尾張から更科までの旅を記したのが本作品である。執筆は江戸帰庵後まもなくのことと思われ、芭蕉自筆本が現存する。公刊されたのは『木曾の谷』(宝永元年)所収のものが最初であり、ほかに刊本・写本合わせて数種が現存し、かなりの異同があるものの、芭蕉作の本文は自筆本のみと見られる。これまでの上方・東海地方をめぐる旅は、家族・門人・知友を訪ねるものであったが、この旅は知る者のいない、未知の世界への旅であった。

元禄二年(一六八九)　四六歳

『あら野』

荷兮編。元禄二年三月、芭蕉序。京都井筒屋庄兵衛刊。上巻を巻一から巻四、中巻を巻五から巻八に分類し、合わせて一七九名の発句七三五句を、また下巻には、員外として連句一〇巻を収める。作者の顔ぶれは、現今の蕉門俳人のみならず、連歌師や貞門・談林の古今の俳人にまで及んでいる。芭蕉は序文中で、『冬の日』『はるの日』に「いさゝか実《じつ》をそこなふものもあればにや。いといふのいとかすかなる心のはしの、有かなきかにたどりて、(中略)無景のきはまりなき、道芝のみちしるべせむと、此野の原の野守とはなれるべし」と記し、蕉風の進むべき「みちしるべ」としたいとの期待を寄せている。

「俳諧七部集」の第三集。

元禄三年（一六九〇）　四七歳

『ひさご』

浜田珍碩《ちんせき》（洒堂）編。元禄三年八月、京都井筒屋庄兵衛刊。同二年九月に『おくのほそ道』の旅を終えた芭蕉は、同年冬から翌年夏にかけて、近江国湖南地方を五度ほど訪れており、その折に同地の門人たちと巻いた歌仙等を収める。作品は芭蕉の「木《こ》のもとに汁も鱠《なます》も桜かな」を発句とする珍碩・曲水（曲翠）の三吟歌仙、珍碩・芭蕉・路通・荷兮・越人の五吟歌仙（芭蕉は脇句のみ）、野径《やけい》・里東《りとう》・泥土《でいど》・乙州・怒誰《どすい》・珍碩の六吟歌仙、乙州・珍碩・里東らの九吟歌仙、正秀《まさひで》・珍碩両吟歌仙の計五歌仙である。作風は奥羽行脚後の新風「かるみ」への志向を示しており、この翌年に刊行される『猿蓑《さるみの》』への序章として貴重な作品集である。「俳諧七部集」の第四集。

元禄四年（一六九一）　四八歳

『嵯峨日記』

芭蕉著。元禄四年四月一八日から五月四日まで、洛西嵯峨にある去来の別荘落柿舎《らくししゃ》に滞在した折の芭蕉の日記。この間の日々の出来事や感想、落柿舎を訪れた門人たちの動静などを記す。芭蕉自筆本は現在伝わっておらず、その写本二種が伝存する。

『猿蓑《さるみの》』

向井去来・野沢凡兆編、芭蕉監修。元禄四年七月、京都井筒屋庄兵衛刊。乾巻は巻之一から巻之四に冬・夏・秋・春の順に発句を収める。坤巻は巻之五に、去来の「鳶《とび》の羽《は》も刷《カイツクロヒ》ぬはつしぐれ」を発句とする芭蕉・凡兆・史邦《ふみくに》の四吟歌仙、凡兆の「市中は物のにほひや夏の月」を発句とする芭蕉・去来の三吟歌仙、凡兆の「灰汁桶《あくをけ》の雫《しづく》やみけりきり〴〵す」を発句とする芭蕉・野水・去来の四吟歌仙、芭蕉の「梅若菜まりこの宿のとろゝ汁」を発句とする乙州・珍碩（洒堂）・素男・智月《ちげつ》・凡兆・去来・正秀・半残《はんざん》・土芳《どほう》・園風・猿雖《えんすい》・嵐蘭・史邦・野水・羽紅《うこう》の一六吟歌仙の計四歌仙を、また巻之六に俳文「幻住庵記」、去来の兄震軒《しんけん》の「題芭蕉翁国分山幻住庵記之後」、「几右《きいう》日記」を収める。入集作者は一一八名、そのほとんどが蕉門俳人で、句数は全三八二句に及ぶ。去来が『俳諧問答』（元禄一一年奥）で「故翁奥羽の行脚より都へ越えたまひける、当門のはい諧すでに一変す。我ともがら笈を幻住庵にになひ、杖を落柿舎に受て、略《ほぼ》そのおもむきを得たり。瓢《ひさご》・さるみの是也」と述べ、また『去来抄』（宝永元年成）の「先師評」でも「猿みのは新風の始」と述べるように、芭蕉が奥羽行脚中より模索していた新風を具現化したもので、幻住庵に仮寓する芭蕉のもとを去来・凡兆が訪ね、また去来の別荘落柿舎に芭蕉を招いて指導を受けるなどしながら、三人が一丸となって編集作業に当たったことが窺われる。また、許六《きよりく》も本書を「俳諧の古今集也」（『宇陀《うだの》法師』元禄一五年刊）と述べるなど、後人によって俳書の規範として賞賛された。「俳諧七部集」の第五集。

『曾良旅日記』

河合曾良著。曾良の自筆稿本。元禄二年及び四年の旅日記。元禄二年の分は芭蕉に同道して奥羽地方を巡った折のものであり、(一)この旅で接する神社名を『延喜式《えんぎしき》』より抜粋した「延喜式神名帳抄録」、(二)同じく歌枕を記した「名勝備忘録」、(三)旅中の日記「奥の細道随行日記」、また同四年の分は、(四)同年三月より七月まで、曾良が上方・近畿地方を訪ね歩いた折の日記「近畿巡遊日記」を収める(名称はすべて仮のもの)。さらに両年に共通して、(五)旅中の発句・連句等を書き留めた「俳諧書留」、(六)さまざまなメモ類の雑録も合わせて収められている。紀行文『おくのほそ道』には描かれない、実際の旅の様子を知ることができ、大変貴重である。

元禄五年(一六九二)　四九歳

『葛《くず》の松原』

各務支考《しこう》著。元禄五年、京都井筒屋庄兵衛刊。同年春から夏にかけて、師芭蕉を慕って奥羽行脚を行った支考がこれを記念して編んだもので、随筆風に俳論を記す。内容は、蕉風開眼の句としてもてはやされる芭蕉句「古池や蛙《かはづ》飛こむ水のおと」の成立の経緯に言及し、「俳諧に古人なし」という芭蕉の言葉を伝え、また付句の「付く」と「付かざる」との論、さらに「走り」「ひびき」「にほひ」など蕉風連句の付合論を示すなど、四〇項目に及ぶ。本書は芭蕉在世中の成立であり、芭蕉の言説を忠実に伝えるものとして高く評価される。

『芭蕉庵三日月日記』

芭蕉編。元禄五年五月、門人たちの厚意により第三次芭蕉庵が竣工した。同年八月、芭蕉は諸家から月の句を集め、自身の俳文「芭蕉を移す詞」、芭蕉・素堂両吟和漢連句を加え、これに素堂の序を置いて本書を編んだ。自筆本は江戸滞在中の出羽の呂丸に贈られている。のち享保一五年（一七三〇）、支考が諸家の発句等を加えて『三日月日記』として刊行した。

元禄七年（一六九四）　五一歳

『おくのほそ道』

芭蕉著。元禄七年四月、素龍《そりょう》跋。同二年三月下旬、曾良を伴って江戸を発ち、途中武蔵・下野・陸奥・出羽・越後・越中・加賀・越前国を巡り、八月下旬に美濃国大垣に到着、さらに伊勢へと旅立つまでの紀行文。芭蕉は古歌に詠まれた歌枕を訪ね、神社・仏閣や古戦場の跡を巡るなど、歴史的なものに触れては感動し、また土地の人々との温かな交歓に感激し、そのような場面を紀行文中に描いた。この旅を経て芭蕉の俳諧観は「不易流行」さらには「かるみ」へと変化し、『ひさご』『猿蓑』『すみだはら』等の作品を生み出すことになった。元禄二年の秋に旅を終えた後、およそ五年の歳月を経て本書の完成を見た。本書には諸本が現存するが、中でも平成八年にその存在が紹介された「中尾本」は、芭蕉自筆本であるか否かなど議論が分かれ、いまだに課題を抱えている。なお本書の書名は、「奥の細道」「おくの細道」「おくのほそみち」など、諸本によりさまざまな表記が用いられている。そのうちの一本「西村本」は、紀行本文は芭蕉が素龍に清書させ、表紙題簽は芭蕉自らが記したもので、「おくのほそ道」の表記は、この芭蕉自筆題簽によった。

『誹諧別座鋪《べつざしき》』

子珊《しさん》編。元禄七年五月八日奥書。江戸阪木屋木工兵衛ほか刊。同月上旬、深川の子珊亭別座敷で芭蕉

帰郷の餞別句会が行われた。その折の芭蕉句「紫陽草《あじさい》や藪を小庭の別座鋪」を発句とする子珊・杉風・桃隣・八桑の五吟歌仙、子珊・杉風らの歌仙四巻、蕉門諸家の発句、芭蕉への餞別吟、素龍の「贈芭叟餞別辞」を収める。子珊の序に「今思ふ体は浅き砂川を見るごとく、句の形、付心ともに軽きなり。其所に至りて意味あり」と示されるのは、席上で芭蕉が示した俳談で、晩年の俳風「かるみ」に言及したものである。芭蕉は滞在先の上方から江戸の杉風に宛てて、「『別座鋪』、門人残らず驚き、もはや手帳にあぐみ候折節、此の如くあるべき時節なりと大手を打つて感心致し候」と書き送っており、本書は上方筋で非常な好評を博した。なお「手帳」とは、付句の案をあらかじめ用意し、適当な前句が出たらそれを示すこと。往々にして奇抜な趣向を凝らす傾向にあり、芭蕉はこれに批判的であった。

『すみだはら』

志太野坡・小泉孤屋《こおく》・池田利牛編。元禄七年六月二八日奥書。京都井筒屋庄兵衛・江戸本屋藤助刊。上巻に芭蕉句「むめが丶にのつと日の出る山路《やまぢ》かな」を発句とする野坡との両吟歌仙、嵐雪・利牛・野坡の三吟歌仙、孤屋・芭蕉・岱水《たいすい》・利牛の四吟歌仙、利牛・野坡・孤屋の三吟百韻、春之部発句八四句、夏之部発句七一句、下巻に秋之部発句四六句、冬之部発句五七句、其角・孤屋の両吟三二句、桃隣・野坡・利牛の三吟歌仙、芭蕉句「振売の雁《がん》あはれ也ゑびす講」を発句とする野坡・孤屋・利牛の四吟歌仙、杉風・孤屋・芭蕉・子珊・桃隣・利牛・岱水・野坡・沾圃・石菊・利合・依々・曾良の一三吟歌仙を収める。芭蕉晩年の俳風「かるみ」の代表的撰集で、同年五月刊行の『別座鋪』に続き、本集も上方筋で大評判となったことを、芭蕉は杉風宛の書簡で知らせている。内題は「炭俵」。「俳諧七部集」の第六集。

没後

『枯尾華《かれおばな》』

其角編。元禄七年一二月、京都井筒屋庄兵衛刊。同年一〇月に没した芭蕉の追善集。上巻に其角の「芭蕉翁終焉記」、同年一〇月一八日に義仲寺で興行された芭蕉追善四三吟百韻、諸家の追悼句、下巻に嵐雪の追悼文、江戸の蕉門諸家による追悼歌仙四巻、初月忌の追悼百韻一巻、諸家の追悼句その他を収める。「芭蕉翁終焉記」は芭蕉の臨終前後の様子を詳細に綴っており、芭蕉伝記資料として貴重である。

『笈日記』

支考編。元禄八年八月奥書。京都井筒屋庄兵衛刊。芭蕉は生前、諸家の句文を集めた「笈の小文」の編纂を企画していたが、叶わずに没した。支考がこの遺志を継ぎ、さらに各地を巡って芭蕉の遺吟・遺章を収集し、諸家の芭蕉追悼吟や発句・連句を求め、これらを伊賀・難波・京都・湖南・彦根・大垣・岐阜・尾張・伊勢・雲水の部に分類して加えたもの。とくに「難波部」では、芭蕉臨終から葬送や遺物のことなどを日記風に克明に記しており、其角の『枯尾華』とともに芭蕉の最後を伝える貴重な資料である。

『芭蕉翁行状記』

斎部路通《いんべろつう》編。元禄八年冬、京都井筒屋庄兵衛刊。巻頭に置かれた芭蕉の「行状記」は、芭蕉の出生に始まり、とくに元禄七年の生前最後の旅から臨終・葬送に至る経緯を詳細に記している。ほかに七日ごとに修せられる忌日に寄せられた諸家の連句・発句等を収める。其角の『枯尾華』、支考の『笈日記』とともに、芭蕉伝記資料の重要な一つに数えられる。

『芭蕉庵小文庫』

中村史邦《ふみくに》編。元禄九年三月、京都井筒屋庄兵衛刊。芭蕉一周忌に当たり、史邦は深川長慶寺の芭蕉塚に句を手向け、これを縁に芭蕉の遺稿を収集して本書を編んだ。芭蕉および蕉門諸家の発句・連句、芭蕉の俳文などを収める。芭蕉の遺吟・遺章中には本書を初出とするものもあり、没後初めての芭蕉遺稿集として評価されている。

『俳諧問答』

仮題。去来・森川許六著。許六自筆稿・写本。元禄一〇年一二月、去来奥書。同一一年三月、許六奥書。其角の『末若葉《うら》』(同一〇年序)には、不易流行の風調に移ろうとしない其角を去来が難じた書状「贈晋渉川先生書」が載るが、これについて許六が去来に疑義を寄せ、去来・許六の応答が始まった。本書はそれらを記した俳論書である。許六の質疑に答えた去来の「答許六問難弁」、さらにこれに許六が反論した「再呈落柿舎先生」「俳諧自賛之論」「自得発明之弁」「同門評判」からなる。不易流行論に対する二人の見解や、許六の血脈説・取合論・かるみの論・蕉門俳人批評など、蕉風俳諧を考える上で貴重な俳論である。天明五年(一七八五)、浩々舎芳麿《よしまろ》が別の資料を加えて『誹諧問答青根が峯』を刊行し、さらに寛政年間(一七八九~一八〇〇)にはこの改題本『俳諧問答』も刊行されたが、いずれも杜撰なもので信頼性に欠ける。

『続猿蓑』

宝正沾圃編、芭蕉・文考補編。元禄一一年五月、井筒屋庄兵衛奥書。本書は初め沾圃が選んでいたが、芭蕉が元禄七年の最後の旅中に文考と協議して補撰した。上巻に芭蕉の「八九間空《はっくけん》で雨降る柳かな」を発句とする沾圃・馬莧《ばけん》・里圃の四吟歌仙、馬莧・沾圃・里圃の三吟歌仙、里圃・沾圃・芭蕉・馬莧の四吟歌仙、沾圃・芭蕉・支考・惟然の四吟歌仙、芭蕉の「夏の夜や崩《くずれ》て明《あけ》し冷《ひや》し物」を発句とする曲翠・臥高・惟然・支考の五吟歌仙を、下巻に春・夏・秋・冬之部、釈教之部、旅之部の諸家発句を収める。許六が『俳諧問答』で、「別座鋪・炭俵の風熟吟せざる人、いかでか後猿（『続猿蓑』）の風に入事《いる》を得んや」と述べるように、「かるみ」を目指した『別座鋪』『すみだはら』に継ぐものである。「俳諧七部集」の第七集。

『篇突《へんつき》』

李由・許六編。元禄一一年九月、京都井筒屋庄兵衛刊。汶村《ぶんそん》の序に、今の俳諧点者は格式に暗く、俳道が衰退するのを憂えて編んだと述べるように、主に蕉門の句の格式について用例を挙げつつ解説したもので、同年の『俳諧問答』での許六の説と重なる部分が多い。去来は翌年『旅寝論』を著して本書に反駁を加えた。

『泊船集』

伊藤風国編。元禄一一年一一月、京都井筒屋庄兵衛刊。巻一に「芭蕉翁道の記」と題して『野ざらし紀行』を、巻二から巻五に芭蕉の四季発句五二二を、巻六には蕉門諸家の発句等を収める。芭蕉の貞享元〜二年の旅を記した『野ざらし紀行』は、それまで草稿のまま伝わっており、刊行されたのは本書が初めてである。また本書に載る芭蕉の四季発句は、没後最初の芭蕉句集である点が注目されるが、中には不備も多く、他の俳人より酷評された。

『旅寝論』

去来著。写本。元禄一二年三月、去来序。書名は去来が故郷長崎に旅寝の折に執筆したことによる。前年に刊行された李由・許六の『篇突』に載る所説について、去来の縁者卯七《うしち》・魯町《ろちょう》らが質問をし、それに去来が答える形式をとっている。内容は無季の句、脇・第三の格式、古事・古歌の取り様、取り合せ、不易流行論など多岐にわたり、去来は先師芭蕉の教説を真摯な態度で説いている。芭蕉俳論を知る上で重要なものである。写本で広く流布したが、去来没後、『去来湖東問答』（桃鏡編、宝暦一一年）『旅寝論』（湖桂編、安永七年）が刊行された。

『宇陀法師』

李由・許六編。元禄一五年、京都井筒屋庄兵衛刊。巻頭の「誹諧撰集法」には、撰者の句の入集、発句の配列方法、部立のことなど、撰集編纂に関する一六項目が示されている。続く「当流活法」には、切字・哉留り・「や」文字の習いなど、発句に関する作法を、「巻頭幷俳諧一巻沙汰」には、発句・脇・第三・月花の座など、おもに俳諧一巻の作法について述べている。作法書的な性格が濃いが、中に蕉門の変遷について「『あら野』『ひさご』『猿蓑』『炭俵（すみだはら）』『後猿（続猿蓑）』と段々其風躰あらたまり来るに似たれど、『あら野』の時はや『炭俵』『後猿』のかるみは急度《きっと》顕れたり」「『猿蓑』は俳諧の古今集也」と述べ、あるいは「新しみ」に言及するなど、蕉風俳諧の理念についても重要な指摘をしている。

『三冊子《さんぞうし》』

服部土芳《どほう》著。「白冊子」「赤冊子」「忘水」の三冊からなる。「白冊子」中に元禄一五年刊『宇陀法師』

の記述を引いたと思われる箇所があること、また本書写本の一本を写した猿雖《えんすい》が宝永元年一一月に没していることから、元禄一五年から宝永元年までの成立と考えられる。「白冊子」では俳諧の起源や等類・切字・句合判・懐紙・月花の定座などについて、「赤冊子」では万代不易・一時流行、風雅の誠・高悟帰俗・新しみなど、蕉風俳諧の根本理念を記す。さらに「忘水」では発句・付句の心得など、雑多なことに及ぶ。「師のいはく」として芭蕉の遺語を多く記し、または自己の見聞に諸家の説も踏まえるなど、芭蕉の俳諧理念を忠実に伝えるものとして、『去来抄』と共に重視されている。写本として伝えられ、後安永五年(一七七六)に至って初めて刊行された。

『去来抄』

去来著。半残・土芳宛去来書簡により、宝永元年ごろの成立と考えられる。「先師評」「同門評」「故実」「修行」からなる。去来はこれまでにも『俳諧問答』(元禄一一年)や『旅寝論』(同一二年)で、其角や許六らの芭蕉・蕉風理解に反駁してきたが、本書はその集大成といえる。「先師評」には、芭蕉や蕉門俳人の発句・付句についての芭蕉の教え、「同門評」には、芭蕉や蕉門俳人の発句・付句についての去来や同門の評、「故実」には俳諧の法式や無季句・定座など、芭蕉の教えに基づいた説、「修行」には千歳不易・一時流行、発句の取り合せやうつり・ひびき・にほひなどの所説を収録する。芭蕉の教えを忠実に伝えるものとして、土芳の『三冊子』と共に重要な俳論書である。初め自筆稿本・写本の形で伝えられ、去来の没後に刊行された。

『本朝文選』

許六編。宝永三年九月、京都井筒屋庄兵衛刊。蕉門初の俳文集。当初は三冊本として計画された『猿蓑』の文集編が成就せず、芭蕉や蕉門諸家の文章が去来の元に残されていたのを、許六が譲り受け、大幅な増補を加えて刊行したもの。芭蕉の「幻住庵記」「銀河ノ序」など、二九人の俳文一一六編を、『古文真宝後集』の分類に倣って配列しており、俳文の格を定めた点でも意義が大きい。翌年に『風俗文選』と題を改め、一部に手直しをした再版本が流布する。

『蕉翁全伝』

川口竹人《ちくじん》著。写本。宝暦一二年七月奥書。竹人は伊賀国上野城代家老藤堂采女の家臣。土芳の遺した芭蕉伝記『芭蕉翁全伝』(仮称、現存しない)をもとに、芭蕉の出自から二九歳までの故郷在住時代のこと、江戸移住後に伊賀上野へ帰郷した際の俳事、芭蕉の遺状などを収録する。芭蕉伝記として信頼されるものの一つである。

『芭蕉文集』

小林風徳編。安永二年六月、江戸戸倉屋喜兵衛刊。本文二巻と文集竟宴一巻からなる。稿本として伝わる芭蕉文集には、土芳の『蕉翁句集』(宝永六年、中に文集を含む)、桃鏡の『芭蕉翁文集』(宝暦一一年)があるが、本書は出版された芭蕉文集の最初である。収録された芭蕉俳文全三八篇中には偽作も含まれるが、「松島賦」「洒落堂記」など、芭蕉文集としては本書を初出とするものもある。

『奥細道菅菰《すがごも》抄』

蓑笠庵梨一《さりゆうあんりいち》著。安永七年八月、江戸山崎金兵衛ほか刊。稿本として伝わる『おくのほそ道』注釈書には、すでに村径の『おくのほそ道鈔』(宝暦一〇年跋)があるが、本書は出版された最初のものである。詳細な注釈が施され、以後の注釈本の手本となった。文政一二年(一八二九)には本書の付録『奥細道菅菰抄附録』がなったが、これは刊行されなかった。

『芭蕉翁俳諧集』

蝶夢編。天明六年七月、京都井筒屋庄兵衛ほか刊。芭蕉の連句一七〇余巻のうちから五八巻を選び年代順に配列したもので、刊行された芭蕉連句集の最初である。なお蝶夢には、芭蕉発句を年代順に集成した『芭蕉翁発句集』(安永三年)、芭蕉俳文を集成した『芭蕉翁文集』(安永五年)がある。

『蕉翁消息集』

高桑闌更《らんこう》編。天明六年一一月、京都菊舎太兵衛ほか刊。芭蕉書簡二五通を収めるが、そのうち九通は偽簡である。芭蕉書簡集としては天明三年に『翁反故《ほうぐ》』が刊行されているが、これは現在偽書と判明したため、本書が芭蕉書簡集として最初のものである。

『俳諧一葉集』

仏兮《ぶつけい》・湖中編。久蔵(由誓《ゆうせい》)校。文政一〇年八月、江戸万笈堂大助刊。九冊からなる芭蕉作品集で、一・二冊に発句、三・四・五冊に連句、六冊に紀行と文、七冊に消息と句合評、八・九冊に遺語を収める。以後数多く刊行される「芭蕉全集」の嚆矢である。

『芭蕉桃青翁御正伝記』

四世一叟《いっそう》著。自筆稿本。竹人の『蕉翁全伝』(宝暦一二年)によるところが多く、現在では偽書と断定された『芭蕉翁反古文』(文化一〇年)も参照するなど、芭蕉伝記資料としての価値は高くない。しかし、芭蕉(宗房)が一座する連句として現存最古のものとされる、寛文五年(一六六五)一一月の蟬吟主催「貞徳翁十三回忌追善百韻」の全巻を収めるなど、中には貴重な資料も含まれている。

研究のための案内

大城悦子　小財陽平　黒川桃子　山形彩美

■本案内の編集方針

芭蕉研究は、江戸時代から現在まで俳文学研究のほとんどを占めてきた。紙幅の関係で、ここでは、原則として江戸時代の文献や雑誌掲載論文は割愛し、主に昭和三〇年代以降の主要単行書の紹介に留める。また、多分野にわたる研究書も一箇所にのみ掲載することを原則とする。了承されたい。

本案内で省略した文献の調査方法を簡単に記す。明治時代から昭和前期までの主要な研究は、久富哲雄監修『芭蕉研究資料集成』全三九冊（一九九二〜九六、クレス出版）、同『芭蕉研究論稿集成』全五冊（一九九九、クレス出版）に網羅され、それ以降の研究は雲英末雄編『日本文学研究資料叢書　芭蕉』（一九六九、有精堂）、雲英他編『同　芭蕉Ⅱ』（一九七七、有精堂）、金子俊之他編『日本文学研究大成　芭蕉』（二〇〇四、国書刊行会）に載る。さらに、芭蕉の門人の研究は、佐藤勝明編・解説『蕉門研究資料集成』（二〇〇四、クレス出版）に詳しい。

また、俳文学会学会誌『連歌俳諧研究』偶数号には前年度の連歌俳諧関係論文・研究資料（単行書など）の目録が備わる。この目録等を参照した書に、楠本六男監修『俳諧研究文献目録』（二〇〇八、日外アソシエーツ）、堀信夫他監修『連歌俳諧関係研究文献総目録』（二〇〇九、神戸大学）がある。後者は今後の資料も含め、インターネット検索を予定しているという。

この他、『潁原退蔵著作集』（一九七九〜八四、中央公論社）、『中村幸彦著述集』（一九八二〜八九、中央公論社）等、近世文学研究者の著作集の多くに芭蕉に関する論考が含まれている。参照されたい。

■明治時代から昭和前期までの研究史概観

明治二六年から翌年にかけ、正岡子規は新聞『日本』紙上に「芭蕉雑談」(『獺祭屋俳話』再録、一八九五、日本新聞社)を連載し、長く神格化されてきた芭蕉を一文学者として批判、さらに「発句は文学」であるが「連俳は文学に非ず」と断じ、反響を呼んだ(子規は晩年に俳諧や芭蕉を再評価している)。明治三〇年から俳諧資料の叢書『俳諧文庫』全二四巻(一八九七〜一九〇一、博文館)、同叢書蕉門の部の注釈・作法・俳論中心の『俳諧叢書』全七冊(一九一二〜一六、博文館)が、刊行された。この頃、内田魯庵「芭蕉庵桃青伝」(『俳諧文庫』付載)等の実証的伝記や、内藤鳴雪『芭蕉俳句評釈』(一九〇四、大学館)など芭蕉俳句の新注が刊行され始めた。大正時代の伝記研究に、樋口功『芭蕉研究』(一九二三、文献書院)、荻原蘿月『詩人芭蕉』(一九二六、紅玉堂書店。改訂増補版『芭蕉の全貌』一九三五、三省堂)等がある。同じく発句注釈では、小宮豊隆他の合評をまとめた『芭蕉俳句研究』全三冊(一九二二〜二六、岩波書店)や、半田良平『芭蕉俳句新釈』(一九二三、紅玉堂)等が、また、連句注釈には、訓詁や典拠に詳しい幸田露伴『冬の日抄』(一九二四、岩波書店)、付味に注目した樋口『芭蕉の連句』(一九二六、成象堂)がある。大正末年から昭和初年にかけ、昭和期の俳諧研究者の基本図書となった『日本俳書大系』全一七冊(一九二六〜二八、春秋社)を始め、資料叢書の刊行が続いた。同大系第一巻所収、勝峯晋風『芭蕉一代集』(新訂版一九三一)は豊富な資料と厳密な考証による画期的業績で長く参照された。

昭和前期の伝記研究に、実証主義に徹した志田義秀『問題の点を主としたる芭蕉の伝記の研究』(一九三八、河出書房)、郷土史的研究の菊山当年男『はせを』(一九四〇、宝雲社)、作品鑑賞も含む入門書の頴原退蔵『芭蕉』(日本古典読本、一九三九、日本評論社。改題版『芭蕉読本』一九五五、角川文庫)等がある。発句評釈には志田『芭蕉俳句の解釈と鑑賞』(一九四〇〜四六、至文堂)、頴原『芭蕉俳句新講』全二冊(一九五一、岩波書店)、加藤楸邨『芭蕉秀句』全二冊(一九五二〜五四、角川選書)、山本健吉『芭蕉』全三冊(一九五五〜五六、新潮社)がある。連句では、評論・評釈に太田水穂『芭蕉連句の根本解説』(一九三〇、岩波書店)、評論に能勢朝次『連句芸術の性格』(一九四六、交蘭社。一九七〇、角川選書)等、評釈・鑑賞に小宮他『芭蕉俳諧研究』全四冊(一九二九〜三三、岩波書店)がある。七部集注釈に、幸田の多年の業績を単行本にした『評釈 芭蕉七部集』(一九

五六、中央公論社。一九八三、岩波書店)がある。さらに、多角的な評伝・考証・評釈・鑑賞が載る「講座」が複数企画され出版された。『芭蕉講座』全九冊(一九四二〜五一、三省堂)は平成七年『新芭蕉講座』として改訂出版されている。また、新出資料の翻刻や影印本の出版も盛んに行われ、今日に続く芭蕉研究に貢献している。なお、昭和二五年創設の俳文学会は、学会開催と機関誌『連歌俳諧研究』発行を主な活動とするが、同学会が編纂作業の母体となった『俳諧大辞典』(一九五七、明治書院)と『校本芭蕉全集』(一九六二〜六九、角川書店)は、同時期刊行の『俳句講座』全九巻(一九五八〜五九、明治書院)とともに、現在も基本的参考書として利用されている。

■芭蕉の全集類や蕉風関係のものを多く含む影印・翻刻集

俳諧叢書には、つとに明治に『俳諧文庫』、大正に『俳諧叢書』(ともに前掲)、『古俳書文庫』全二〇冊(一九二四〜二六、天青堂)、『蕉門珍書百種』全三五冊(一九二五〜二九、蕉門珍書百種刊行会。一九七一年、思文閣より全五巻ならびに別巻「和露文庫」「和露文庫総索引」を付して復刻)等があったが、特筆すべきは大正一五年刊行開始の『日本俳書大系』全一七冊(前掲)であった。第一巻「芭蕉一代集」を筆頭に、丁寧な考証に基づく校訂のなされた本叢書には、いまだ他には翻刻のない資料も多く、現在でもなお重要な基本資料として用いられている。

戦後には『校本芭蕉全集』第一巻(前掲)、『定本芭蕉大成』(三省堂)が一九六二年に相次いで刊行された。前者は語釈・補注を備え、八年間で全一〇巻が完結、その後、一九八八年には、注に若干の補綴を施し、「補遺篇」一巻を新たに加えた全一一巻版が富士見書房から刊行された。一方、後者は語釈こそ欠くが、膨大な芭蕉作品を一冊に収める点が便利。一九九九年には、底本の差替え、配列年次・読みの改め、新出資料追加のほか、索引等の付録も充実させた『新編芭蕉大成』として再編されたが、改定によって削除された資料もあるため、旧版と合わせて参照したい。また、一九七〇〜七二年刊行の『古典俳文学大系』全一六巻(集英社)は、貞門から談林、蕉風を経て、享保・中興・幕末に至るまでの俳諧作品を網羅する(CD-ROM版については後項参照)。このうち蕉門関係では、第五巻「芭蕉集(全)」が蕉風の展開を意識して作品を年代順に配列。続く第六・七巻「蕉門俳諧集(一)・(二)」は(一)に芭蕉生前の重要俳書を、(二)に芭蕉没年から享保までの蕉風俳壇資料を収める。さらに第八・九巻「蕉門名家句集(一)・(二)」は、蕉門研究において画期的であった安井小洒編の同題書(一九二九～三四、なつめや書店)の再録。蕉門俳人約二〇〇名の句と作者小伝、引用書目を付す。この他、第一〇巻に「蕉門俳論俳文集」も備わる。

蕉門俳人の全集には『去来先生全集』(一九八二、落柿舎保存会)、『宝井其角全集』全四巻(一九九四、勉誠社)があり、選集では前掲『蕉門名家句集』のほか、堀切実編注『蕉門名家句選上・下』(一九八九、岩波文庫)が主要蕉門俳人三二名の句を収録、丁寧な注と句解を備える。年譜では同じく堀切の『支考年譜考証』(一九六九、笠間書院)、石川真弘の『蕉門俳人年譜集』(一九八二、前田書店)がある。

蕉風を取り巻く元禄俳諧については、荻野清編『元禄名家句集』(一九五四、創元社)、雲英末雄編『元禄京都諸家句集』(一九八三、勉誠社)、同『元禄京都俳壇研究』の資料篇(一九八五、勉誠社)、新日本古典文学大系『元禄俳諧集』(一九九四、岩波書店)がある。また、雲英の『貞門談林諸家句集』(一九七一、笠間書院)にも、似船・如泉のごとく元禄期まで長く活躍した俳人の句が載るため、目を通しておきたい。その他、芭蕉と同時代人の全集として『鬼貫全集』(一九六八、角川書店)、現在刊行中の『西山宗因全集』全六巻(二〇〇四～、八木書店)、『新編西鶴全集』第五巻上・下(二〇〇七、勉誠出版)等もある。

ところで、上述の全集・叢書類は大部だったり、注や語釈が簡略に過ぎたりする場合が多い。もっと手軽に語釈や解説付きで学びたい者には、日本古典文学大系(岩波書店)の『芭蕉文集』(一九五九)・『芭蕉句集』(一九六二)・『連歌論集・俳論集』(一九六一)・『近世俳句俳文集』(一九六四)、新潮日本古典集成(新潮社)の『芭蕉文集』(一九七八)・『芭蕉句集』(一九八二)、日本古典文学全集(小学館)の『松尾芭蕉集』(一九七二)・『連歌論集・能楽論集・俳論集』(一九七三)、新編日本古典文学全集(小学館)の『松尾芭蕉集①・②』(一九九五～九七)・『近世俳句俳文集』(二〇〇一)・『連歌論集・能楽論集・俳論集』(二〇〇一)、新日本古典文学大系(岩波書店)の『芭蕉七部集』(一九九〇)・『元禄俳諧集』(前掲)が役立つ。新日本古典文学大系にはほかに『初期俳諧集』『点取俳諧集』『天明俳諧集』も備わり、近世俳諧史全体の流れがおさえられよう。また、より手頃なのは岩波文庫の一連の俳諧集。中村俊定校注『芭蕉七部集』(一九六六)・『芭蕉俳句集』(一九七〇)・『芭蕉紀行文集 付嵯峨日記』(一九七一)、中村・萩原恭男校注『芭蕉連句集』(一九七五)、萩原校注『芭蕉書簡集』(一九七六)・『おくのほそ道』(一九七九)、また前述の堀切編注『蕉門名家句選』や同『芭蕉俳文集 上・下』(二〇〇六)は、小冊ながら注や語釈、索引等の付録も備え、いずれも充実した内容である。

さて、膨大な量に上る近世期の俳文芸については、上述のほかにも逐次翻刻がなされている。『近世俳諧資料集成』全五巻(一九七六、講談社)は芭蕉庵文庫八六点の翻刻集。また加藤定彦監修『古典文学翻刻集成』(一九九八~九九、ゆまに書房)は、雑誌に掲載された翻刻の中から重要・貴重資料を選出し、転載したもの。蕉風・元禄関係は第二・四・五巻に収まる。また、近年完結した加藤・外村展子編『関東俳諧叢書』全三二巻・編外一(一九九四~二〇〇九、関東俳諧叢書刊行会)も、今後、蕉風の展開の研究に資するところが大きいであろう。

影印についても記しておく。『近世文学資料類従』古俳諧編全四八冊(一九七二~七七、勉誠社)、蕉門俳書研究会編『蕉門俳書集』全六巻(一九八三~八四、勉誠社)は徹底した諸本調査に基づき、善本を集成した点で画期的。また、天理図書館綿屋文庫俳書集成は『蕉門俳書集』四巻(一九九七~九九、天理大学出版部)のほか、『芭蕉追善集』、『元禄俳書集』の其角・地方・大坂・京都・四国の各編、『元禄前句付集』などさまざまな俳書を収める。雲英編『元禄俳諧集』(一九八四、早稲田大学出版部)、蔵角利幸編『影印元禄俳書 石川県立図書館蔵』(二〇〇八、桂書房)もあり、活字本のみならず、原本による研究の必要性を感じてほしい。

■芭蕉や俳諧関係の辞典類

芭蕉を含めた俳文学全般を網羅した辞典類としては、何よりも『俳文学大辞典』(一九九五、角川書店)を挙げなければなるまい。これは、連歌・俳諧・雑俳・川柳・近代俳句に関する人物・書目・雑誌・用語・事項など約一三〇〇〇項目について解説したもので、前身となった『俳諧大辞典』(前掲)の収録項目が約五〇〇〇であるのと比較しても、その膨大さが窺われる。ただし、同一項目を比較した場合、『俳諧大辞典』の方が解説や用例が詳細かつ豊富な場合もあるので、両書を併用したいところである。ほかには、松尾靖秋『俳句辞典(増補版)近世』(一九八二、桜楓社)、有馬朗人・金子兜太監修『俳句用語辞典〈新版〉』(二〇〇五、飯塚書店)、東明雅他『連句辞典』(一九八六、東京堂出版)、岡本勝・雲英末雄『新版 近世文学研究事典』(二〇〇六、おうふう)などが便利。広く国語辞典全般では、『角川古語大辞典』(一九八二~九四、角川書店)と『日本国語

大辞典 第二版』(二〇〇〇～〇一、小学館)が詳しい。

平林鳳二・大西一外『新選俳諧年表 附俳家人名録』(一九二三、書画珍本雑誌社)は、文亀元年から大正一二年までに活躍した俳人七〇〇〇余名の伝記・著書を年表としてまとめた労作。人名辞典では、高木蒼梧『俳諧人名辞典』(一九六〇、明治書院)が便利。今栄蔵『貞門談林俳人大観』(一九八九、中央大学出版部)、雲英監修『元禄時代俳人大観』(二〇一一～一二、八木書店)等もある。芭蕉その人については、中村俊定監修『芭蕉事典』(一九七八、春秋社)や尾形仂他『総合芭蕉事典』(一九八二、雄山閣)が充実している。他には飯野哲二『芭蕉辞典』(一九五九、東京堂出版)、桜木俊晃『芭蕉事典』(一九六三、青蛙房)がある。尾形『芭蕉必携〈改装版〉』(一九八一、学燈社)、同『芭蕉ハンドブック』(二〇〇二、三省堂)はコンパクトで便利。芭蕉以降の俳人については、蕪村と一茶に、松尾他『蕪村事典』(一九九〇、桜楓社)、矢羽勝幸『一茶大事典』(一九九三、大修館書店)、松尾他『一茶事典』(一九九五、おうふう)が備わる。

■芭蕉などの俳諧研究に益する歳時記その他の工具書

四季折々の動植物や年中行事と、それらを詠じた俳句を幅広く知るには歳時記をひもとくのがよい。歳時記は江戸時代から現代まで数多く出版されてきたが、中でも、『図説俳句大歳時記』(一九六四、角川書店)が充実している。これは、『俳諧歳時記』(一九三三、改造社。一九四七年に復刻)の方針を継承し、とくに各項目の考証に力を入れたものである。一方、『大歳時記』(一九八九、集英社)は、『図説俳句大歳時記』の考証を踏まえつつ、俳句だけでなく新たに和歌や漢詩、現代詩などの用例を挙げ、かつ内容的な分類をした新基軸を打ち出している点に特色がある。『角川俳句大歳時記』(二〇〇六、角川学芸出版)は『図説俳句大歳時記』の改訂版。『日本大歳時記』(一九九六、講談社)やその改訂版の『新日本大歳時記』(一九九九～二〇〇〇、講談社)も併せて活用したい。ほかには、『俳句歳時記』(一九五九、平凡社)、『ふるさと大歳時記』(一九九一～九四、角川書店)がある。後者は通常の歳時記をさらに詠じた地方ごとに分類したもの。関森勝夫『難解季語辞典』(一九八二、東京堂書店)、山本健吉『基本季語五〇〇選』(一九八九、講談社学術文庫)、暉峻康隆『暉峻康隆の季語辞典』(二〇〇二、東京堂出版)も重宝する。江戸時代に刊行された歳時記ならば、『近世前期歳時記十三種本文集成並びに総合索引』(一九八一、勉誠社)、同後期版(一九八四)に当たるのがよい。

句の検索には、五・七・五どの句からも引ける『三句索引新俳句大観』(二〇〇六、明治書院)が便利。これは佐々醒雪『三句索引 俳句大観』(一九一六、明治書院)を増補したもので、江戸時代から昭和二〇年代までの近代俳句もカバーしており、合計およそ一万二千句あまりを検索することができる。安藤英方『近世俳句大索引』(一九五九、明治書院)は、初句索引のみだが江戸時代に詠まれた約六万句を収録している。明治以前の句の検索ならば、『古典俳文学大系 CD-ROM版』(二〇〇四、集英社)を活用したい。通常の語彙索引はもちろんのこと、出典別検索、作者別検索、付合・去嫌検索、AND・OR検索など、コンピュータならではのさまざまな検索方法が可能となっている。芭蕉については、山本唯一編『芭蕉七部集総索引』(一九五七、法蔵館)、弥吉菅一編『芭蕉紀行総索引 上・下』(一九七〇〜七七、明治書院)、浜森太郎編『芭蕉付句総索引』(一九八六、近世文化研究会)、道本武彦他編『芭蕉・蕪村発句総索引 本文索引篇』・『同 語彙索引篇』(一九八三、角川書店)、宇田零雨『芭蕉語彙』(一九八四、青土社。東浦佳子編著改訂版、二〇〇七、私家版)等が便利である。

芭蕉を始めとした俳人たちが和歌・謡曲・漢詩などの伝統文学を吸収することで俳諧の質を高めていたことはよく知られている。芭蕉や俳諧を研究する者には、これらの先行文学についても一通りの知識を有し、必要に応じて自在に典拠や用例を検出する能力が求められる。和歌の索引としては、『新編国歌大観』(一九八三〜九二、角川書店)と、それを電子化した『新編国歌大観 CD-ROM版 Ver.2』(二〇〇三、角川書店)を活用したい。謡曲では大谷篤蔵編『謡曲二百五十番集索引』(一九七八、赤尾照文堂)が便利。漢詩を検索するときは、諸橋轍次『大漢和辞典〈修訂版〉』(一九八九〜九〇、大修館書店)と佐久節編『漢詩大観』全一〇巻(一九三六、関書院。一九七四年に鳳出版から全五巻で復刻)を用いるのが一般的。後者には芭蕉が大きな影響を受けた、杜甫や白居易の詩集も収録されている。

■芭蕉講座や俳諧関係の企画ものや図録類

昭和に入り、芭蕉や俳句の講座が刊行され出した。紙幅の都合もあることゆえ主要なもの一二種を列挙するにとどめておくが、図書館などで実際に手にとって内容を確認されたい。

①『俳句講座』全一三冊(一九二八〜二九、俳句講座刊行会)、②

『俳句講座』全一〇冊（一九三二〜三三、改造社）、③『続　俳句講座』全八冊（一九三四、改造社）、④『芭蕉講座』（一九四三〜五〇、三省堂）、⑤『芭蕉講座』全四冊（一九五三〜五六、創元社）、⑥『俳句講座』全一〇冊（一九五八〜七〇、明治書院）、⑦『芭蕉の本』全七冊（一九七〇、角川書店）、⑧『芭蕉講座』全五冊（一九八二〜八五、有精堂）、⑨『講座　元禄の文学』全五冊（一九九二、勉誠社。第三巻目で俳諧を扱う）、⑩『新芭蕉講座』全九冊（一九九五、三省堂）、⑪『歌枕俳枕講座』（二〇〇〇、上野市）、⑫『俳句教養講座』全三冊（二〇〇九、角川学芸出版）。

次に芭蕉に関する雑誌特集について代表的なものを簡単に紹介しておく。まずは『国文学　解釈と教材の研究』（学燈社）を取り上げよう。「芭蕉―逆説の美学」（一九七三・五）は、芭蕉に関する根源的な問いかけを試みた特集。芭蕉にとっての座・時間・言葉・体制・旅とは何かということを追求したり、土芳・去来・許六・支考らの俳論と芭蕉の俳論との距離を考察したりする。「芭蕉の謎／蕪村の謎―いま何が論点か」（一九九一・一二）は、「芭蕉の出自はどこまでわかるのか」、「貞門時代の芭蕉の句はすぐれているのか」等々、芭蕉に関する一〇の疑問に研究者が答える形をとる。附録に「俳諧および俳諧史Q&A」を載せる。ほかにも、「芭蕉の総合探求　附芭蕉研究文献総覧」（一九五七・四）、「芭蕉の思想と文学」（一九六六・四）、「芭蕉―その漂泊の美学」（一九六九・一〇）、「芭蕉の軌跡―出生から枯野の彼方へ」（一九七九・一〇）、「芭蕉を読む―いま、原点から」（一九八八・一）、「芭蕉を読むための研究事典」（一九九四・三）、「俳諧のポエティカ―カノン、コラボレーション、そして笑い」（二〇〇三・七）がある。そうじて、読者層に学校教育に携わる者を想定しての構成・内容になっているといえる。次に『国文学　解釈と鑑賞』（至文堂）を瞥見しておくと、「芭蕉研究総覧」（一九六四・四）、「芭蕉の世界」（一九七二・九）、「芭蕉のものの見方・芭蕉の目」（一九六四・七）、「松尾芭蕉―言語とイメージ」（一九七六・三）、「風狂とロマンの芭蕉―没後三〇〇年」（一九九三・五）などがあり、『解釈と教材』に比べると研究論文を重視した内容といえる。また、『俳句研究』（富士見書房）では「芭蕉の文学」（一九八八・一〇）、『江戸文学』（ぺりかん社）では「俳諧史研究の新視点」（二〇〇二・九）といった特集もある。

誌面に芭蕉特集を謳わなくとも、芭蕉や俳諧に関する研究論文は発表され続けているので、国立情報学研究所が運営する学術文献のオンラインデータベース「ＣｉＮｉｉ」（http://

ci.nii.ac.jp/）や、国文学研究資料館がネット公開する国文学論文目録データベース（http://base1.nijl.ac.jp/~ronbun/）から必要な論文の情報を入手することが求められる。なお、前者は更新ペースが速く、後者は収録雑誌数が多いという特徴がある。

展示図録にも目を向けておこう。毎年、各地で芭蕉や俳諧関係の展示会が催され、それに従って展示図録も数多く出版されている。書簡や短冊など芭蕉の真跡と芭蕉が関わった書物を図版に収めたものならば、『芭蕉全図譜』（一九九三、岩波書店）にほとんどすべて網羅されているが、図録には、芭蕉を含めたその他の関連事項にも言及されていたり、展示のテーマを端的にまとめてあったりと、図録なりの良さもある。

たとえば、『漂泊の詩人 芭蕉―風雅の跡』（二〇〇三、出光美術館）は、芭蕉の筆跡の変化を追いながら、筆跡と作品世界とを関連づけたもの。出光美術館からはほかにも『没後三百年記念　芭蕉展』（一九九三）、『芭蕉―〈奥の細道〉からの贈り物展』（二〇〇九）など多数の図録が上梓されている。

『おくのほそ道』の旅に関しては、『芭蕉と『おくのほそ道』展図録―旅の文学と山形』１・２（一九九二、一九九四、山寺芭蕉記念館）や、同館発行の『芭蕉の生涯―漂泊の詩人とその門人たち―』（一九九六）、『芭蕉展―月日は百代の過客にして―』（二〇〇二）などがある。三重県立美術館からは『松尾芭蕉と『おくのほそ道』』（一九九七）も刊行されている。芭蕉と俳画との関わりを扱った図録では、『俳画の歴史と美』（一九九五、山寺芭蕉記念館）が、宗鑑・立圃から芭蕉・蕪村に至るまでの俳画を五一点収録し、俳画の流れが通覧できる仕組みになっている。他にも『立圃から芭蕉へ―俳画のながれ』（一九九五、柿衞文庫・福山市立福山城博物館）、『俳諧絵画の美―西鶴・芭蕉・元禄の人々』（二〇〇六、天理ギャラリー一二八回展）、『雲英文庫に見る芭蕉・蕪村・一茶と新しい領域』（二〇〇六、柿衞文庫）などがある。

地方俳壇をクローズアップしたものとして、『南山城の俳諧―芭蕉・蕪村・樗良―』（二〇〇七、京都府立山城郷土資料館）、『芭蕉と静岡俳諧の流れ展』（一九九〇、駿府博物館）、『芭蕉と近江の門人たち』（一九九四、大津市歴史博物館）、『芭蕉と支考―その旅のこころ―』（二〇〇一、岐阜市歴史博物館）等がある。芭蕉に関する全般的な展示図録としては、『漂泊の詩人 芭蕉展―遺墨でたどるその詩と人生』（一九八一、俳文学会・柿衞文庫・出光美術館編、日本経済新聞社刊）が充実している。

■芭蕉に関する入門書

白石悌三他編『芭蕉物語』(一九七七、有斐閣)は、芭蕉とその一門の俳諧を七五項目に分け、各数頁で研究者が学問的水準を落とさず解説したものだが、通読すると蕉風の全体像をつかむことができる。その他、宮本三郎他『人と作品 松尾芭蕉』(一九六七、桜楓社)、井本農一『芭蕉入門』(一九七七、講談社)、暉峻康隆『芭蕉の俳諧 上・下』(一九八一、中公新書)、山下一海『芭蕉の世界』(一九八五、角川書店)、今栄蔵『芭蕉 その生涯と芸術』(一九八九、日本放送出版協会)、雲英末雄他『新潮古典文学アルバム 松尾芭蕉』(一九九〇、新潮社)、浜千代清編『芭蕉を学ぶ人のために』(一九九四、世界思想社)、雲英『芭蕉集』(二〇〇〇、貴重本刊行会)、田中善信『芭蕉』(二〇一〇、中公新書)等がある。また、前掲の雑誌の特集類も、問題の所在を知る入門書としても有用である。なお、連句に関する入門書は連句の項に記す。

■芭蕉に関する総合的な研究書

志田義秀『俳文学の考察』(一九三二、明治書院)、小宮豊隆『芭蕉の研究』(一九三三、岩波書店)、潁原退蔵『俳諧史の研究』所収「芭蕉雑考」(一九三三、星野書店)・同『芭蕉・去来』(一九四一、創元社)、石田元季『俳文学考説』(一九三八、至文堂)・同『俳文学論考』(一九四四、養徳社)、重友毅『芭蕉の研究』(一九七〇、文理書院)は、昭和三〇年代以降の新たな俳諧研究史の流れを築いたともいうべき先達の書として紹介しておきたい。

荻野清『芭蕉論考』(一九四九、養徳社)、同『俳文学叢説』(一九七一、赤尾照文堂)は、実証的な方法の厳密さをもって文学の本質にまで切り込み、杉浦正一郎『芭蕉研究』(一九五八、岩波書店)と共に定評がある。山崎喜好『芭蕉と門人』(一九四七、弘文社)・同『芭蕉と初心』(一九四七、靖文社)、栗山理一『芭蕉の俳諧美論』(一九七一、塙書房)、同『芭蕉の芸術観』(一九八一、永田書房)、宮本三郎『蕉風俳諧論考』(一九七四、笠間書院)、大谷篤蔵『芭蕉 晩年の孤愁』(二〇〇九、角川学芸出版)、井本農一『芭蕉の文学の研究』(一九七八、角川書店)、同『芭蕉とその方法』(一九九三、角川書店)も興味深い。

尾形仂『座の文学』(一九七三、角川書店。のち一九九七、講談社)は、蕉風俳諧における孤と座のバランスの重要性を提唱した。本書が研究史上に与えた影響については加藤定彦が

『日本古典文学研究史大事典』(一九九七、勉誠社)「蕉風俳諧」の項に指摘する。俳諧を座の視点からとらえる姿勢は、小西甚一『俳句の世界』(一九九五、講談社)に見られるように、近代俳句を論じる際の基盤ともなっている。

芭蕉に影響した古典に着目する書に、有精堂より刊行された、廣田二郎『芭蕉の芸術』(一九六八)・同『芭蕉』(一九七六)・同『蕉門と『荘子』』(一九七九)、同『芭蕉と古典』(一九八七、明治書院)、仁枝忠『芭蕉に影響した漢詩文』(一九七二、教育出版センター)・同『俳文学と漢文学』(一九七八、笠間書院)、太田青丘『芭蕉と杜甫』(一九七一、法政大学出版部)、目崎徳衛『芭蕉のうちなる西行』(一九九一、角川書店)、伊藤博幸『西行・芭蕉の詩学』(二〇〇〇、大修館書店)等がある。

今栄蔵『芭蕉研究の諸問題』(二〇〇四、笠間書院)、高橋庄次『芭蕉連作詩篇の研究—日本連作詩歌史序説—』(一九七九、笠間書院)、山下一海『芭蕉の論』(一九七六、桜楓社)も貴重。

乾裕幸の『初期俳諧の展開』(一九六八、桜楓社)は、連歌から、貞門・談林・蕉風までを見据えて俳諧の読みを追究した画期的な論「「あしらひ」考」を収める。白石悌三はこれを受ける形で『江戸俳諧史論考』(二〇〇一、九州大学出版会)に載る「親句疎句」を発表した。白石の『芭蕉』(一九八八、花神社)も好著。

石川真弘『蕉風論考』(一九九〇、和泉書院)は蕉風誕生期・元禄・享保期の蕉風俳諧に関する稿を収める。田中善信『芭蕉新論』(二〇〇九、新典社)、上野洋三『芭蕉論』(一九八六、筑摩書房。のち『芭蕉の表現』二〇〇五、岩波書店に所収)、広末保『可能性としての芭蕉』(一九八八、御茶の水書房)、山本唯一『芭蕉の詩想』(一九八六、和泉書院)、堀切実『俳道』(一九九〇、富士見書房)、ぺりかん社刊行の同『芭蕉の音風景』(一九九八)、同『近世文学研究の新展開—俳諧と小説』(二〇〇四)、復本一郎『俳句源流考』(二〇〇〇、愛媛新聞社)、ハルオ・シラネ『芭蕉の風景 文化の記憶』(二〇〇一、角川書店)、東浦佳子『芭蕉語彙考』(一九九九、東京教学社)もさまざまな視点のあり方や今後の研究の方向性を示教してくれよう。

なお、俳諧史・門人の項を併せて参照されたい。

■芭蕉の書簡・筆跡・伝記・年譜に関する研究書

膨大な芭蕉書簡は、発句研究・俳論研究等の根本資料としても活用されているが、ことに伝記研究と密接な関係をもっている。そこで、本項では、書簡・伝記・年譜に関する研究を一括して紹介する。なお、前掲全集類にも書簡集を含む場合が多く、伝記にも言及されている。書簡を含む芭蕉自筆物の真偽を識別する分野で最初の体系的な研究が岡田利兵衛『芭蕉の筆蹟』(一九六八、春秋社)、『図説芭蕉』(一九七二、角川書店)である。萩原恭男に『芭蕉書簡集』(一九七六、岩波文庫)、村松友次に『芭蕉の手紙』(一九八五、大修館書店)がある。芭蕉の伝記には、人物叢書の阿部喜三男『松尾芭蕉』(新装版一九八六、吉川弘文館)、斯界の成果を集大成した阿部正美『芭蕉伝記考説』(新修版一九八二・八三、明治書院)がある。

今栄蔵は、前掲『校本芭蕉全集』『新芭蕉講座』各「書翰篇」の担当、『芭蕉全図譜』共編を経て、『芭蕉年譜大成』(一九九四、角川書店)、『芭蕉書簡大成』(二〇〇五、角川書店)において研究の基礎資料を定めた。また、伝記や新出書簡・筆蹟学などの研究に関する実証的な論考を、『芭蕉伝記の諸問題』(一九九二、新典社)および『芭蕉研究の諸問題』(二〇〇四、笠間書院)にまとめた。田中善信は、白石悌三との共著『永遠の旅人 松尾芭蕉』(一九九一、新典社)、『芭蕉 転生の軌跡』(一九九六、若草書房)で新説を提示した。また、近世諸家の書簡解読にも力を注ぎ、『芭蕉の真贋』(二〇〇二、ぺりかん社)、『全釈芭蕉書簡集』(二〇〇五、新典社)、『芭蕉新論』(前掲)を上梓した。『書簡集』には専門家以外の一般読者向けの工夫が随所に見られる。

■俳文に関する研究書

テキスト・注釈書類には、前掲全集類の項に挙がるもの以外に、米沢家蔵『幻住庵記』の草稿の複製が、山崎喜好解説『幻住庵記』(一九四七、靖文社)に収載される。阿部喜美雄『芭蕉俳文集』(一九五五、河出書房)は、紀行・日記類を除いた範囲の俳文に関して、本文・現代語訳・詳細な序説・評釈を載せ、存疑のものをも含めて収録数が多い。頴原退蔵・山崎『芭蕉俳文集』(一九五五、角川書店)は、頴原・柳澤毅の遺稿『評釈芭蕉俳文集』を整理し、体裁を整えた文庫本。本文・現代語訳・評・語釈・解説を付す。弥吉菅一他『諸本対照 芭蕉俳文句文集』(一九七七、清水弘文堂)は異本掲載、原典との照合を重視し、本文の異同や推敲過程の検討に有用。各文の影印も掲載する。巻頭の「芭蕉の俳文句文伝来史」に加え、所蔵元や俳文に続く歌仙(表六句)の記載、諸本に関する解説もある。前掲岩波文庫本や全集類にも俳文を扱う書があるので、参照されたい。

研究書を挙げる。堀切実『俳文史研究序説』(一九九〇、早稲田大学出版部）は、江戸時代の俳文集を総覧し、俳文史の諸問題として、俳文と狂文との関係、俳文の編纂・題材・文体の問題等を扱う。ほかに三木慰子『風徳編『芭蕉文集』の研究』（一九九二、和泉書院）もある。芭蕉の文章の最高峰と目される「幻住庵記」については単著が無く、前掲『芭蕉七部集』（新日本古典文学大系）に諸本が整理された後、それについての修正意見がいくつか論文として出されているといった現状である。

■紀行文に関する研究書

芭蕉の紀行文に関する研究の大多数は「おくのほそ道」（以下一部「ほそ道」と略称）に関するもので、他の紀行文や相互の関連に関する研究は少ない。本項でも「ほそ道」に関する研究を中心に紹介する。

『野ざらし紀行』『鹿島詣』『笈の小文』『更科紀行』『おくのほそ道』の影印は、天理図書館善本叢書『芭蕉紀行文集』（一九七二。一九九四、別冊カラー版）で一通り確認でき、前掲『校本芭蕉全集』第六巻にはそれらの評釈が載る。単独の紀行の翻刻・評釈に、尾形仂『野ざらし紀行評釈』（一九九八、角川書店）、弥吉菅一・三木慰子『影印「甲子吟行」付古注翻刻集』（一九九一、明治書院）、『芭蕉翁自筆草稿さらしな紀行』（一九六七、沖森書店）等がある。前掲全集類の多くにも一部の評釈が載る。

「ほそ道」の主要なテキストには現在、①素龍清書芭蕉所持本（西村本）、②曾良本、③中尾本（野坡本）、④柿衞本（素龍別筆本）の四種及び元禄版本が知られ、①を底本とする注釈書が主流である。

芭蕉が最後の旅に持参した①の複製には穎原退蔵『奥の細道素龍本』（一九四八、靖文社）、『素龍清書本おくのほそ道』（一九七二、日本古典文学会）、影印には櫻井武次郎『影印おくのほそ道』（一九九一、双文社）がある。①を底本とする注釈書類に麻生磯次『奥の細道講読』（一九六一、明治書院）、松尾靖秋『おくのほそ道全講』（一九七四、桜楓社）、板坂元・白石悌三『おくのほそ道』（一九七五、講談社）がある。久富哲雄『おくのほそ道全訳注』（一九八〇、講談社）や、尾形『おくのほそ道評釈』（二〇〇一、角川書店）、穎原・尾形『新版おくのほそ道』（二〇〇三、角川書店）の底本も素龍清書の西村本である。②の影印には前掲『芭蕉紀行文集』、翻刻には上野洋三『新注絵入奥の細道曾良本』（一九八八、和泉書院）が備わる。前掲新編日本古典文学全集『松尾芭蕉集②』は②を底本とし、②の写しである河西《かさい》本の影印には村松友次『河西本おくのほそ道』（一九七二、笠間書院）がある。芭蕉の真蹟とされる③の影印に上野・櫻井『芭蕉自筆 奥の細道』（一九九六、中尾松泉堂書店）、同（一九九七、岩波書店）、④の影印に『素龍筆柿衞本おくのほそ道』（一九六九、新典社）、翻刻に『連歌俳諧研究』二〇号（一九六〇・一〇）がある。元禄版本では雲英末雄『元禄版 おくのほそ道』（一九八〇、勉誠社）が初版初刷の影印である。諸本を比較対照した注釈書に阿部喜三男・久富『詳考奥の細道 増訂版』（一九七九、日栄社）がある。なお「ほそ道」の図録に関しては前掲「図説類」の項を参照されたい。

研究書については前掲『近世文学研究事典』の該当箇所が詳しい。「ほそ道」以外なら、たとえば、弥吉『芭蕉「野ざらし紀行」の研究』（一九八七、桜楓社）、三木『『野ざらし紀行』古註集成』（二〇〇九、和泉書院）、「甲子吟行」「かしまの記」「笈の小文」「近江美濃路紀行」「更科紀行」を扱う井上敏幸『貞享期芭蕉論考』（一九九二、臨川書店）、赤羽学『芭蕉の更科紀行の研究』（一九七四、教育出版センター）がある。

「ほそ道」の研究書を検索するには、堀切実編『『おくのほそ道』解釈事典—諸説一覧』（二〇〇三、東京堂出版）、楠本六男・深沢眞二編『おくのほそ道大全』（二〇〇九、笠間書院）が役立つ。

西村真砂子は、『校本 おくのほそ道』（一九八一、福武書店）では諸本の厳密な校本化を行い、西村・久富編『奥の細道古註集成 一・二』（二〇〇一、笠間書院）では古注釈の網羅的な集成を行った。

村松は『曾良本『おくのほそ道』の研究』（一九八八、笠間書院。新装版二〇〇八）、『芭蕉翁正筆奥の細道』（一九九九、笠間書院）で、曾良本を最も依拠すべき本文、と主張。一方、櫻井は平成八年の新出本③を芭蕉自筆と判定（前掲『芭蕉自筆 奥の細道』）、この立場から、『芭蕉自筆「奥の細道」の顚末』（一九九七、PHP研究所）、『奥の細道の研究』（二〇〇二、和泉書院）を著した。また、『奥の細道行脚』（二〇〇六、岩波書店）がある。上野も、前掲『芭蕉自筆奥の細道』、『芭蕉自筆「奥の細道」の謎』（一九九七、二見書房）で、芭蕉の書き癖等を根拠に③を芭蕉自筆本と判定しているが、山本唯一『芭蕉の文墨その真偽』（一九九七、思文閣出版）等の反論がある。

主に「ほそ道」を一作品としてどう読むかという問題に踏み込んだ論考に、飯野哲二『訂正増補 おくのほそ道の基礎研究（復刻版）』（一九九六、クレス出版）や、久富『おくのほそ道論考』（二〇〇〇、笠間書院）、村松『『おくのほそ道』の想像力』（二〇〇一、笠間書院）、堀切『おくのほそ道』（一九九七、日本放送出版協会）等がある。横山邦治『奥の細道行脚』（二〇〇六、溪水社）は、自らの旅の経験をもとに「ほそ道」を語っている。

藤原マリ子『『おくのほそ道』の本文研究』（二〇〇一、新典社）は、「ほそ道」の古典教材としての史的変遷をたどり、『おくのほそ道』の指導法を提言する。

■俳論に関する研究書

俳論とは、俳諧に関する式目・作法・注釈・語彙・史論・本質論等を、いわゆる評論のかたちでまとめたものをさす。蕉門弟たちの著した俳論を手掛かりに、我々は蕉風俳諧に対する理解を深めることが出来る。

蕉門の俳論は、『去来抄』『三冊子』を抜きにしては語れない。両者のテキスト・注釈書類が一書にまとまっているもので前掲全集類の項に挙がるもの以外に、白石悌三・尾形仂編の『鑑賞日本古典文学　俳句・俳論』（一九七七、角川書店）等がある。個別のテキストとしては、『三冊子』の影印に富山奏解題『三冊子』（一九七二、芭蕉翁記念館本）、翻刻に同『伊賀蕉門の研究と資料』、同『校本三冊子』（一九八三）があり、注釈書に、能勢朝次『三冊子評釈』（一九五四）、南信一『三冊子総釈』（一九六四）がある。一方『去来抄』のテキストは、影印に尾形『去来抄覆製』（一九五七、大東急記念文庫）、翻刻に『去来先生全集』（一九八二）、注釈書に南信一『総釈去来の俳論』（一九七五）がある。『去来抄』『三冊子』以外にも蕉門の俳論が存するが、南の評釈が充実しているので参照されたい。

俳論の研究書としては、主に芭蕉の俳諧理念を問題としたものに、能勢『芭蕉の俳論』（一九四八、大八州出版）、栗山理一『芭蕉の俳諧美論』（一九七一、塙書房）、復本一郎『芭蕉の美意識』（一九七九、古川書房）、同『本質論としての近世俳論の研究』（一九八七、風間書房）がある。従来の研究史では師の説を歪曲したと非難されがちであった蕉門の論客、支考の功績を実証し世に知らしめたのは、堀切実の『蕉風俳論の研究』（一九八二、明治書院）である。支考の打ち立てた説に則り、風雅の心構えや俳諧における表現の特質等を考察し、芭蕉およびそれ以後の俳諧を分析する。宮本三郎『蕉風俳諧論考』（前掲）に見られた連句の作風研究を引き継ぎ、より広く俳論や作法書の作句理論を実作品に応用させるという方法をとって、蕉風連句の付合手法や転じの特色を顕示したのが、永田英理『蕉風俳論の付合文芸史的研究』（二〇〇六、ぺりかん社）である。

■芭蕉連句に関する研究書（入門書を含む）

連句の入門書・概説書には、山本健吉編『歌仙の世界』（一九七〇、角川書店）、東明雅『連句入門』（一九七八、中公新書）、安東次男『連句入門』（一九八一、筑摩書房）、井本農一他『連句読本』（一九八二、大修館書店）、乾裕幸他『連句への招待』（新版一九八九、和泉書院）、櫻井武次郎『連句文芸の流れ』（一九八九、和泉書院）、佐藤勝明他『連句の世界』（一九九七、新典社）、宮脇真彦『芭蕉の方法―連句というコミュニケーション』（二〇〇二、角川書店）等がある。また、前掲全集類の解説や、雑誌の連句特集、さらに、『連句辞典』（前掲）の概説も役立つ。芭蕉連句の評釈に徹した入門書・概説書に、東『芭蕉の恋句』（一九七九、岩波新書）、尾形仂『歌仙の世界』（一九八六、講談社。一九八九、講談社学術文庫）、いずれも岩波セミナーブックスの中村俊定『芭蕉の連句を読む』（一九八五）と上野洋三『芭蕉七部集』（一九九二）、宮脇『芭蕉の人情句　付句の世界』（二〇〇八、角川学芸出版）がある。

芭蕉連句注釈は、江戸時代から始まり、研究史概観に挙げた連句諸注は今でも参照されている。また、前掲全集類にはほとんど芭蕉連句の評釈が備わり、前掲岩波文庫にも存する。芭蕉連句の評釈は『俳諧七部集』やその一部に集中しているが、江戸時代の注釈書の翻刻書に、復本一郎『芭蕉連句評釈』（一九七四、雄山閣）、村松友次他『猿みのさがし』（一九七六、笠間書院）、雲英末雄『芭蕉連句古注集　猿蓑篇』（一九八七、汲古書院）、山本唯一他『芭蕉七部集『春の日』諸注集成』（一九九五、文栄堂書店）、竹内千代子『『炭俵』連句古註集』（一九九五、和泉書院）。影印本に、木村三四吾『潁原本冬の日』（一九七四、私家版）・『俊定本波留濃日』（一九七五、私家版）、中村『冬の日尾張五歌仙』（一九五九、武蔵野書院）、前田利治『猿蓑』（一九七五、勉誠社）、雲英他『元禄版猿蓑』（一九九三、新典社）、前掲『連句の世界』等がある。俳諧七部集に関した注釈類には、浪本澤一『芭蕉七部集連句鑑賞』（一九六四、春秋社）・同『芭蕉連句冬の日新講』（一九七八、春秋社）、浅野信『七部集連句猿蓑注釈』（一九六七、桜楓社）・同『七部集連句炭俵注釈』（一九八二、桜楓社）、宮本三郎『校註ひさご・猿蓑』（一九七五、笠間書院）、伊藤正雄『俳諧七部集芭蕉連句全解』（一九七六、河出書房新社）、志田義秀・天野雨山『猿蓑連句評釈』（一九七七、古川書房）、安東評釈の最終的な成果『芭蕉連句評釈　上・下』（一九九四、講談社学術文庫）、村松『対話の文芸　芭蕉連句鑑賞』（二〇〇四、大修館書店）等がある。俳諧七部集に限定しない連句評釈には、高

藤武馬『奥の細道歌仙評釈』(一九六六、筑摩書房)他、星加宗一『芭蕉連句評釈』(一九七五、笠間書院)、大谷篤蔵『芭蕉連句私解』(一九九四、角川書店)等がある。

存疑を除く芭蕉の全連句を評釈した画期的叢書が『校本芭蕉全集 連句篇 上・中・下』(前掲)である。上記全集の編集委員島居清に『芭蕉連句全註』全一〇冊(一九七九~八三、桜楓社)・同『芭蕉連句叢考』(一九八八、桜楓社)がある。阿部正美『芭蕉連句抄』全一二冊(一九六五~八九、明治書院)・同『芭蕉俳諧の展望』(一九九〇、明治書院)は、全作品について先行研究を集大成し自論を提示している。

■芭蕉発句についての研究

明治・大正・昭和前期の発句注(評)釈については、研究史概観の項を参照されたい。そこに挙げられていないテキスト・注釈書類のうち、基本的な図書として岩田九郎『諸注評釈 芭蕉俳句大成』(一九六七、明治書院)、阿部正美『芭蕉発句全講』全五冊(一九九四~九八、明治書院)が役立つ。山本健吉『芭蕉全発句 上・下』(一九七四、河出書房新社)、加藤楸邨の類書『芭蕉全句 上・中・下』(一九九八、筑摩書房)や、永田龍太郎編著『松尾芭蕉全発句集 季題別・作成年代順』(二〇〇三、永田書房)、田平正晴編著『芭蕉の花鳥風月―逆引き全発句』(二〇〇四、近代文芸社)、佐藤勝明他訳注『芭蕉全句集』(二〇一〇、角川ソフィア文庫)もある。芭蕉句が入集している俳書が収められた影印には、前掲「全集類」に挙げた叢書の他、雲英末雄編『貞門談林俳諧集』(一九八九、早稲田大学出版部)等がある。

研究書として、山本健吉『芭蕉 その鑑賞と批評』(一九五七、新潮社)、安東次男『芭蕉 その詞と心の文学』(一九六五、筑摩書房)、富山奏『俳句に見る芭蕉の藝境』(一九九一、前田書店)、山下一海『見付けぬ花 知られざる芭蕉の佳句』(一九九七、小沢書店)を挙げておく。尾形仂は、『日本詩人選17 松尾芭蕉』(一九七一、筑摩書房)において、言葉の意味を徹底的に調べ上げ、和漢の古典を精査して芭蕉が伝統をどう受け継ぎ、何を新たに創造したかを探ったが、こうした関心のあり方や方法は、その後の研究に大きな影響を及ぼした。上野洋三が『芭蕉論』(前掲)所収の「も考」「ひとつ考」など一連の論考でそれを深め、深沢眞二の『風雅と笑い 芭蕉叢考』(清文堂出版、二〇〇四)や金田房子の『芭蕉俳諧と前書の機能の研究』(二〇〇七、おうふう)も、その延長上にあると考えられる。

芭蕉の発句に比べ、『猿蓑』等の撰集の注釈書に入集する芭蕉以外の俳人が詠んだ発句についての注釈(古いものはクレス出版『芭蕉研究資料集成』に採録されていることもある)は少なく、研究に偏りが生じている。芭蕉以外の俳人の句も積極的に読んでこそ、全体が見えてくるというものであろう。

■俳諧史・門人に関する研究書・入門書

芭蕉以前から芭蕉への流れを考えた書に、乾裕幸の一連の著作『初期俳諧の展開』(前掲)・『ことばの内なる芭蕉』(一九八一、未來社)・『芭蕉と西鶴の文学』(一九八三、創樹社)・『芭蕉と芭蕉以前』(一九九二、新典社)等がある。ほかに、小高敏郎『近世初期文壇の研究』(一九六四、明治書院)、中村俊定『俳諧史の諸問題』(一九七〇、笠間書院)、尾形仂『俳諧史論考』(一九七七、桜楓社)、田中善信『初期俳諧の研究』(一九八九、新典社)、今栄蔵『初期俳諧から芭蕉時代へ』(二〇〇二、笠間書院)がある。

同時代の中の芭蕉を考えた書に、雲英末雄『元禄京都俳壇研究』(前掲)、雲英他編『元禄文学の開花Ⅱ―芭蕉と元禄の俳諧―』(講座元禄の文学3、前掲)、佐藤勝明『芭蕉と京都俳壇―蕉風胎動の延宝・天和期を考える―』(二〇〇六、八木書店)がある。門人を扱った書に、尾形『蕉風山脈』(一九七〇、角川書店)、大内初夫『芭蕉と蕉門の研究』(一九六八、桜楓社)、富山奏『芭蕉と伊勢』(一九八八、桜楓社)がある。また、堀切実には『芭蕉と俳諧史の展開』等の前掲書のほかに、『芭蕉の門人』(一九九一、岩波新書)・『俳聖芭蕉と俳魔支考』(二〇〇六、角川学芸出版)がある。今泉準一には『元禄俳人宝井其角』(一九七二、桜楓社)・『其角と芭蕉と』(一九九六、春秋社)等がある。また、大内・若木太一『俳諧の奉行向井去来』(一九八八、新典社)、大磯義雄『芭蕉と蕉門俳人』(一九九七、八木書店)、楠元六男『芭蕉と門人たち』(一九九七、NHKライブラリー)、田中善信『元禄の奇才宝井其角』(二〇〇〇、新典社)等がある。なお、全集類・辞典類や俳論の項にも門人への言及があるので参照されたい。

芭蕉とそれ以降の流れを考えた書に、井本農一『芭蕉と俳諧史の研究』(一九八四、角川書店)、楠元による『享保期江戸俳諧攷』(一九九三、新典社)・『芭蕉、その後』(二〇〇六、竹林舎)、田中道雄『蕉風復興運動と蕪村』(二〇〇〇、岩波書店)、白石悌三の『江戸俳諧史論考』(前掲)・『芭蕉』(前掲)がある。また、山下一海に『芭蕉と蕪村』(一九九一、角川書店)などがある。

第二部　芭蕉を読む視点と方法

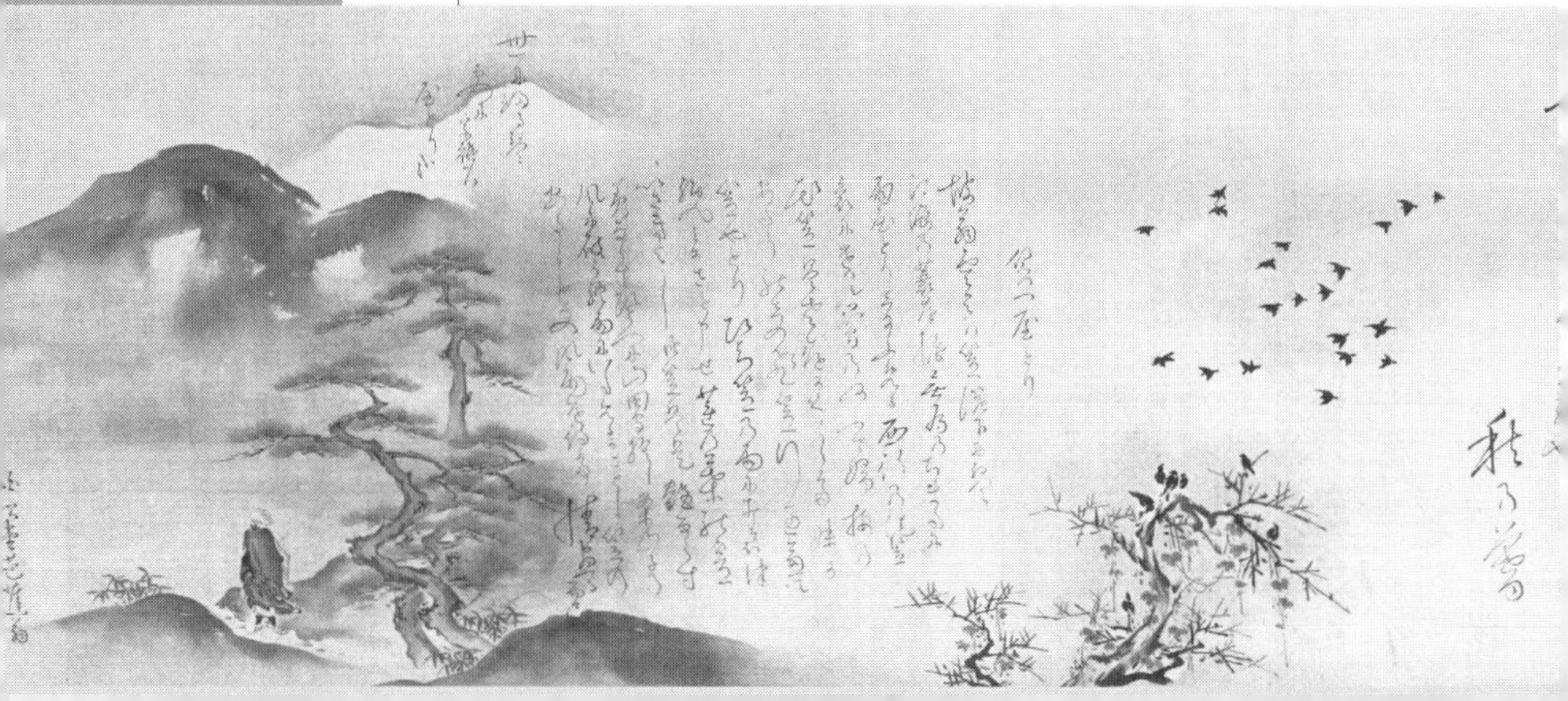

芭蕉の筆蹟と俳諧

小林　孔

芭蕉の俳諧が生涯を通じて変化し続けたことは、周知の事実であり（本書第一部の「芭蕉の生涯」等を参照）、「野ざらし」の旅の途次に『冬の日』（貞享元年〈一六八四〉奥）の五歌仙が興行され、「細道」の旅を終えた上方滞在中に『猿蓑』（元禄四年〈一六九一〉刊）、久々の江戸帰庵後に『すみだはら』（元禄七年〈一六九四〉奥）が編まれるなど、俳風のめまぐるしい変遷は、旅と庵住をくり返した人生と大きく重なっている。そして、それは筆蹟に関してもいえることで、芭蕉の生涯と俳諧と筆蹟（さらには絵画）は相互に密接な関係がある。芭蕉自身、画賛や自筆懐紙を多く残し、『猿蓑』『すみだはら』等の版本でも能書家に清書を依頼するなど、書（あるいは書画）としての美を意識した作品作りに取り組んでいる。したがって、活字化されたものだけですませるのは、芭蕉の作品がもつ魅力の重要な部分を切り捨てることになりかねない。筆蹟を味わってこその文芸美もあるわけである。本論では、貞享期の半ばを芭蕉の書の画期と見なす通説を受け、貞享二年「野ざらし」帰庵後の深川から書き始めることとし、江戸移住後の延宝期から没年までのおよそ二〇年余りを視界に入れつつ、筆蹟の変遷の実情に迫っていくことにしたい。

それに先立ち、あらかじめ見通しを立てておくと、文字の大小肥痩が自在で踊るような印象の書風から、均一な文字が並ぶ典雅な書風へと変わる、その転換点を貞享期半ばに見る従来の説は大枠として妥当ながら、それを一直線の変化と考えてしまうと、齟齬する事例に惑わされることになる。まずはその問題を取り上げ、同時期の書にも相応の幅があることを指摘した上で、貞享期後半以後の芭蕉は意識的に書風を変えて染筆（筆を墨で染めて書画を書くこと）する技術をもっていたこと、その時期は深川在庵期間に当たり、次の変化もまた江戸帰着後に求められること、芭蕉の書が一流に限定されるものではなかったことなどを論じていく。

なお、芭蕉の真蹟を集成する試みは江戸時代から多々ある中、『芭蕉全図譜』（岩波書店、平成五年刊、「図版編」「解説編」からなる。以下『全図譜』と略記）はその最高峰に位置づけられるもので、本論でも基本的に作品は同書の番号と名称によって示す。それにしても、各真蹟資料の年次考証は容易でなく、同書の見解に全面的に従うわけにもいかない。そもそも、句や文などの成立年次と、その資料が実際に書かれた揮毫年次とが、必ずしも一致しているとは限らず、そこに考証を難しくする大きな要因がある。正確な年次考証のためには芭蕉の筆蹟学の体系化が必要で、そのためには、逆に一点ごとの揮毫年次の確定が欠かせない。巨視的・微視的な両側面を併せもった研究が望まれるわけであり、本論もその一つの試みということになる。

諸説の区分

前掲の『全図譜』で解説編の「総説」を担当した今栄蔵氏は、それまで芭蕉の筆蹟学を牽引してきた岡田利兵衛氏の学説（『芭蕉の筆蹟』〈春秋社、昭和四三年刊〉）を容れつつ、具体例に即した精緻な分析と批評を展開しており、今日の芭蕉筆蹟学の水準を示す最も評価される業績といえる。氏は『総合芭蕉事典』（雄山閣、昭和五七年刊）の「筆蹟」の項で、「宗匠立机後の延宝末年期」「天和期」「貞享前期」「同後期」「元禄初頭期」「同三〜四年期」「最晩年期」と七期を設定し、貞享前期と後期とで大きく二分する立場を明らかにしている。これは『全図譜』の場合も同様で、

・芭蕉は野晒の旅から戻った貞享二年の後半ごろから書風の転換を意図し、三年には新書風を定着させていたものと考えてよいであろう。
・総じて芭蕉の書風は貞享二年と三年を分水嶺にして前期から後期へと転換し、後期の書風の基調は最後まで維持されたものと見るのが妥当である。
・鄭重型にあっては、晩年に至るまで貞享後期タイプは維持されていたことが判然とするであろう。
・晩年型では、一般に貞享後期タイプの基調はそのまま維持されつつも、丸みの要素が消えてくることもまた否定できない。

として、大きく貞享期を前後に分けて芭蕉の筆蹟の傾向を把握する。ちなみに、岡田利兵衞氏の区分は、これに寛文期を立てて八期とするものであった。

では、『全図譜』の公刊後、芭蕉の筆蹟学が飛躍的に進歩したのかというと、必ずしもそうではない。芭蕉の筆蹟を正面から取り上げて論争が起こったのは、平成八年に発見された自筆本『奥の細道』の真贋論争があった程度で、これも岡田説踏襲の路線から大きくはずれるものではなかった。右に示された見解は、大枠としては正しい把握と見てよさそうである。

平成一〇年以降、芭蕉の筆蹟を扱った注目すべき業績としては、出光美術館で行われた二つの展覧会の図録、

○『漂泊の詩人　芭蕉―風雅の跡』（平成一五年一〇月）

○『芭蕉〈奥の細道〉からの贈りもの』（平成二一年九月）

を挙げることができる。前者所収の雲英末雄氏「芭蕉の俳風と筆蹟」は、書風の変遷を平易に説き、右の学説を要領よくまとめた入門的解説として必読の文章。同じく別府節子氏「芭蕉の仮名はどこから」は、とくに貞享期に見られる筆蹟の変化の一端を大師流（弘法大師空海を開祖と位置づける書道の流派で、中世末の創始）に求める意欲的な試論を提示し、後者所収の同「芭蕉の書―変化するものとその底にあるもの」では、従来の学説を踏まえつつ、

・深川草庵の芭蕉　延宝末・天和期から貞享前期

・漂泊の詩人　多くの旅を重ねる貞享後期から元禄四年前後

・軽みの世界　元禄四年以降、元禄七年の没年まで

と、大きく三期に区分して変遷をとらえている。

近時のもう一つ重要な論考に、芭蕉の署名（落款）や具体的な仮名文字に注目し、従来の染筆・揮毫の年次に修正を迫りつつ真蹟の新たな見方を提起する、田中善信氏の「芭蕉の筆蹟について」（楠元六男編『江戸文学からの架橋―茶・書・美術・仏教』〈竹林舎、平成二一年刊〉）がある。氏の示した論点は重要で、芭蕉の真蹟を考える上で不可欠な揮毫年次の認定に関して、従来とは異なる見解を随所に示している。芭蕉の真蹟と認定する以上は、正しくその揮毫年次を考証し、その上で芭蕉の筆蹟の変遷を述べなければならないということであろう。従来の研究により、書風の変遷は一定の方向で区分・把握ができたように見えるものの、田中氏の指摘に従って見直せば、真蹟の認定に関わる初歩の手続きからして、多分に修正の余地があることも浮かび上がってくる。

分岐点での試毫

冒頭にも述べた通り、本論を貞享二年（一六八五）の「野ざらし」帰庵後の深川芭蕉庵から始めるのは、分水嶺とも評された書風転換の瞬間を見極めたいと考えるからである。今氏の「総説」によれば、貞享三年冬（これには異説もある）の79「めでたき人の」発句懐紙（図1）にすでに変化が見られるとのことで、遅くともこの時点で新たな書風が完成していたと考えられる。では、それをさかのぼる分水嶺は

図1　79「めでたき人の」発句懐紙

どこにあったのか。その正確な分岐点を求めて、日付のはっきりしている書簡の筆蹟の検討から始めてみよう。『全図譜』の中で筆蹟の変化が見て取れる象徴的な見開き頁が、「図版編」二六〇・二六一頁である。その上段・中段に配された、

○321　貞享二年七月一八日付千那・尚白・青鴉宛書簡

○322　貞享三年閏三月一〇日付去来宛書簡

を比較すれば、その変化は歴然としている(図2)。これまでの評言を借りると、前者は延宝・天和期の大小肥瘦自在の文字が躍る佶《きつ》屈《くつ》(角張って固い印象であること)の書風の延長上にあり、後者は速度を落とした均一な文字が並ぶ側筆(筆を傾けて書くこと)の典雅な書風といってよいだろう。つまり、貞享二年七月の時点ではいまだ大きく書風の変わって

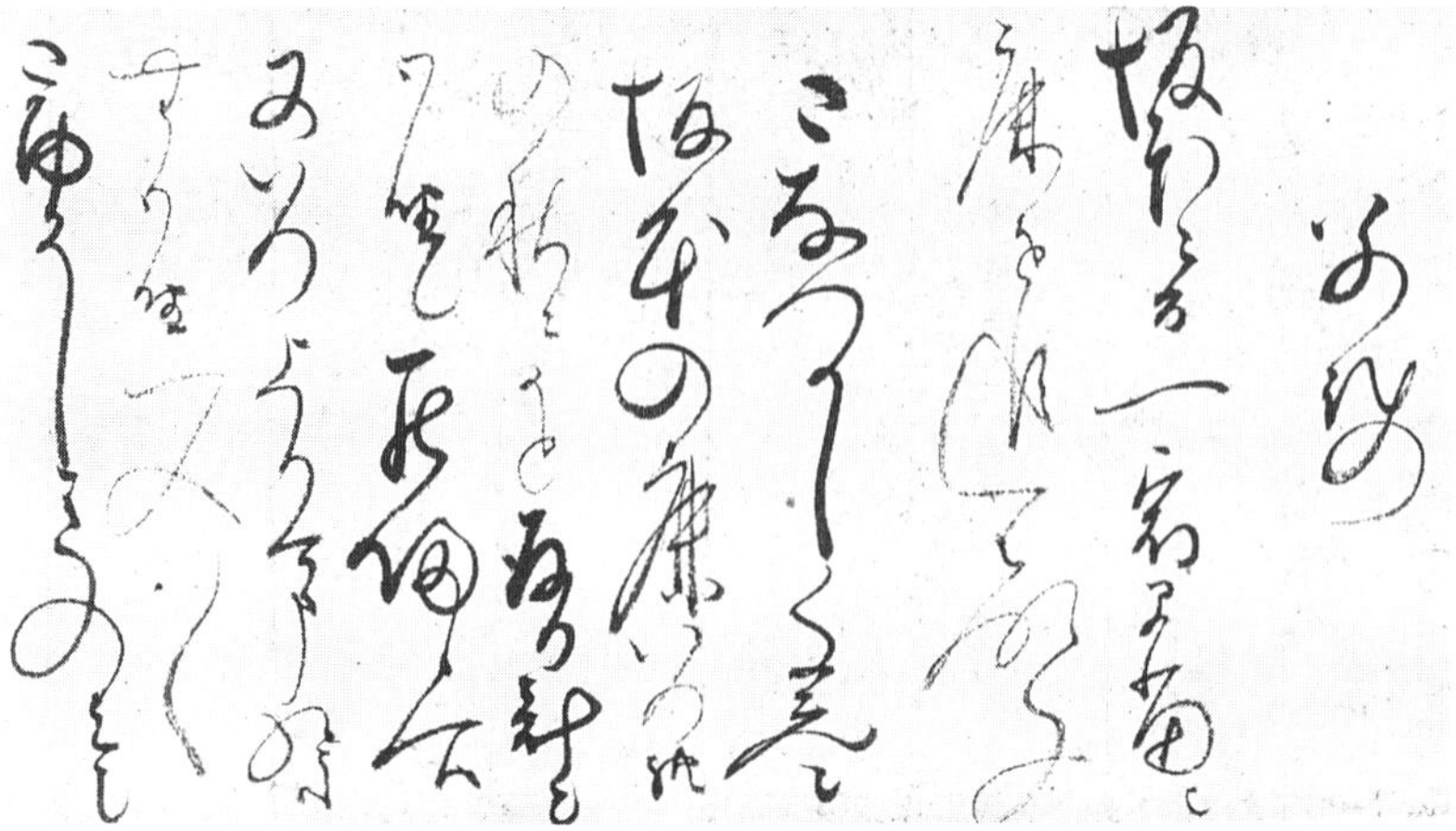

321　貞享二年七月一八日付千那・尚白・青鴉宛書簡(部分)

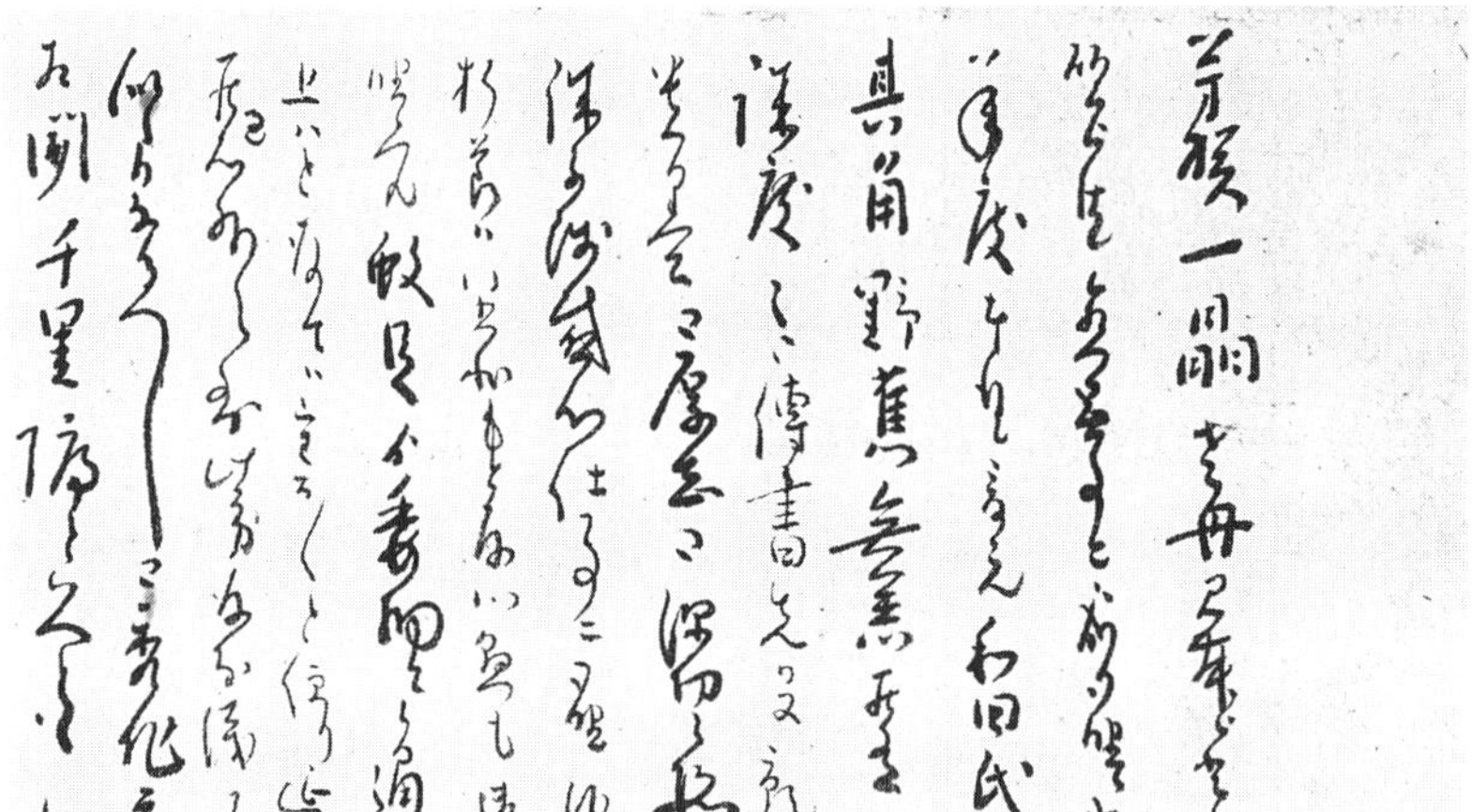

322　貞享三年閏三月一〇日付去来宛書簡(部分)

図2

いない事実が確認できるのであり、おそらくこれ以降、九ヵ月の間に芭蕉の筆に劇的な変化が生じたということになる。

この時点で、芭蕉は帰庵後、旅に出ていた期間とほぼ同じだけの時間を深川で過ごしている。通説では、蕉風開眼の「古池や蛙飛《かはづとび》こむ水のおと」の発句が成り、句柄も貞享の正風へと展開する時期に当たる。俳諧への志向と平穏な環境とが新たに典雅な落ち着きのある書風を選ぶ契機となったものであろうか。

先の書簡の日付からもわかるように、貞享三年（一六八六）には三月に閏月があった。暦の上では春、体感的には江戸も夏の気配に満ちていたことであろう。古来、「蛙」は春の季とも夏の季とも厳密に区分けされて詠まれてはおらず、伝統的に微妙な季題であったといえよう。その季題をあえて選んだのは、時宜によったもので、江戸の知友もこれに呼応した。それらの句を合わせて判詞を加え刊行したものが仙化編『蛙合』（貞享三年刊）である。左右二〇番の句合に収められた発句からは、蛙の姿態をこと細かく観察し、故事に当てはめるなどした探題による句作りの手法が想定され、おそらくその中ですぐれた作を一人一句ずつ採用し、これを番えて判詞を添えたのであろう。芭蕉もまたこの時期、等しく伝統的詩情の中に新しみを探り、切磋琢磨の日々を過ごしたに相違ない。その経験が新しい書風を選択する動機となったのであろうか。

ここにもう一つ別の事例として、『奥の細道』に登場する尾花沢の俳人鈴木清風を取り上げてみよう。清風は若くして俳諧の撰集を編み、貞享期にはすでに芭蕉との風交をもっている。京風の俳諧にも感化され、延宝九年（一六八一）に『誹諧おくれ双六』、貞享二年に『稲莚』、続いて貞享三年には『誹諧一橋』を刊

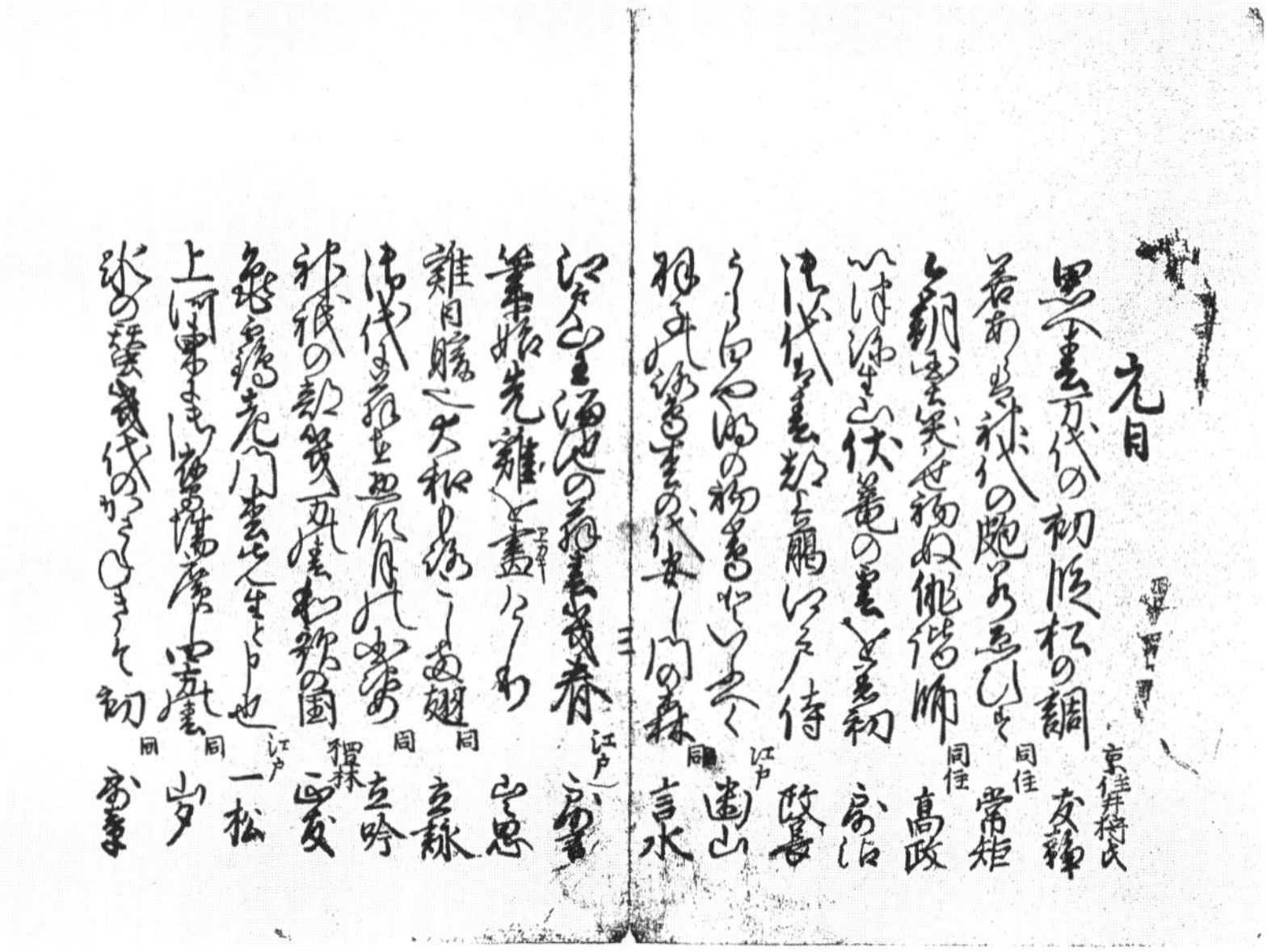

延宝九年刊『誹諧おくれ双六』

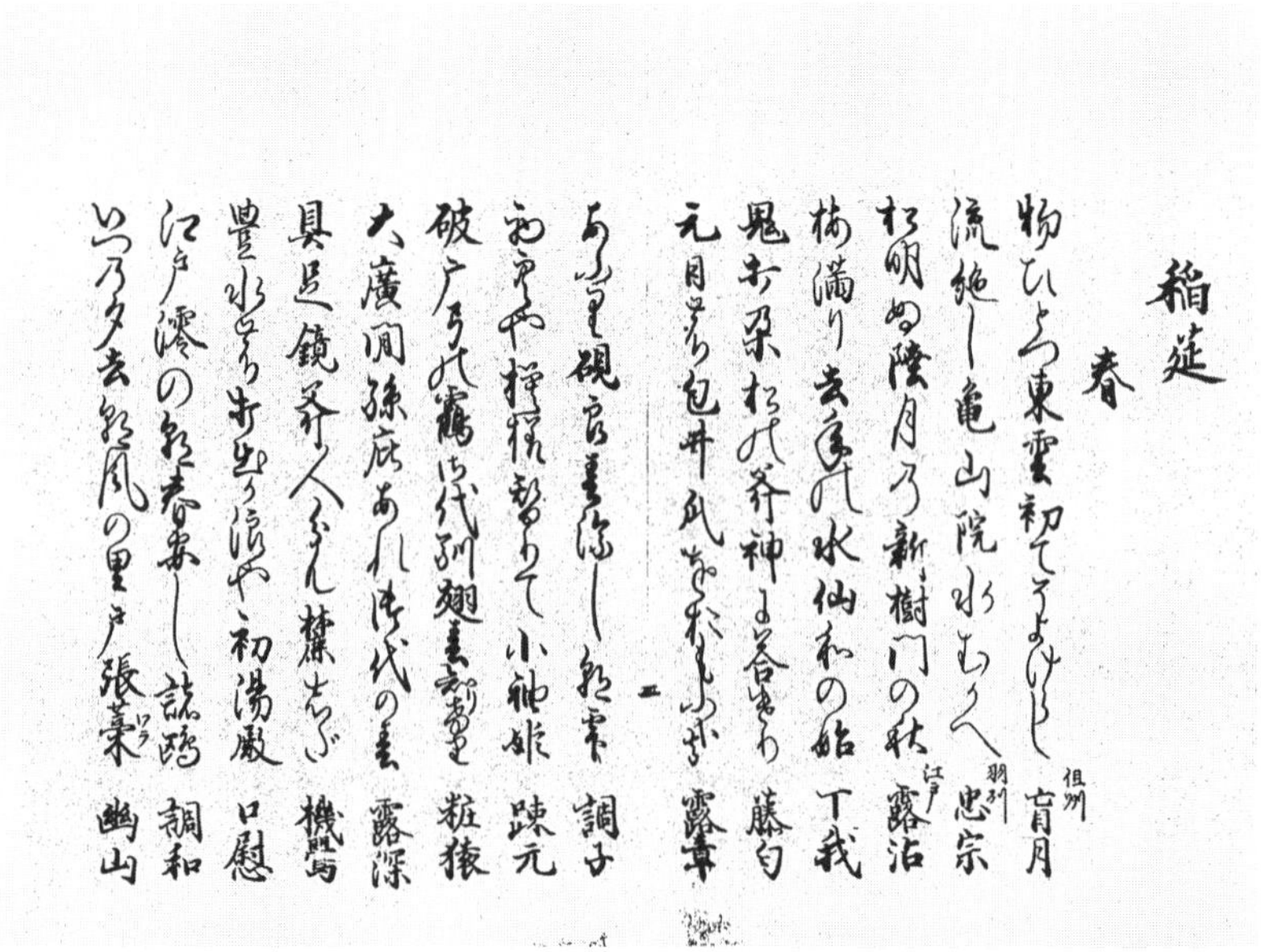

貞享二年刊『稲莚』

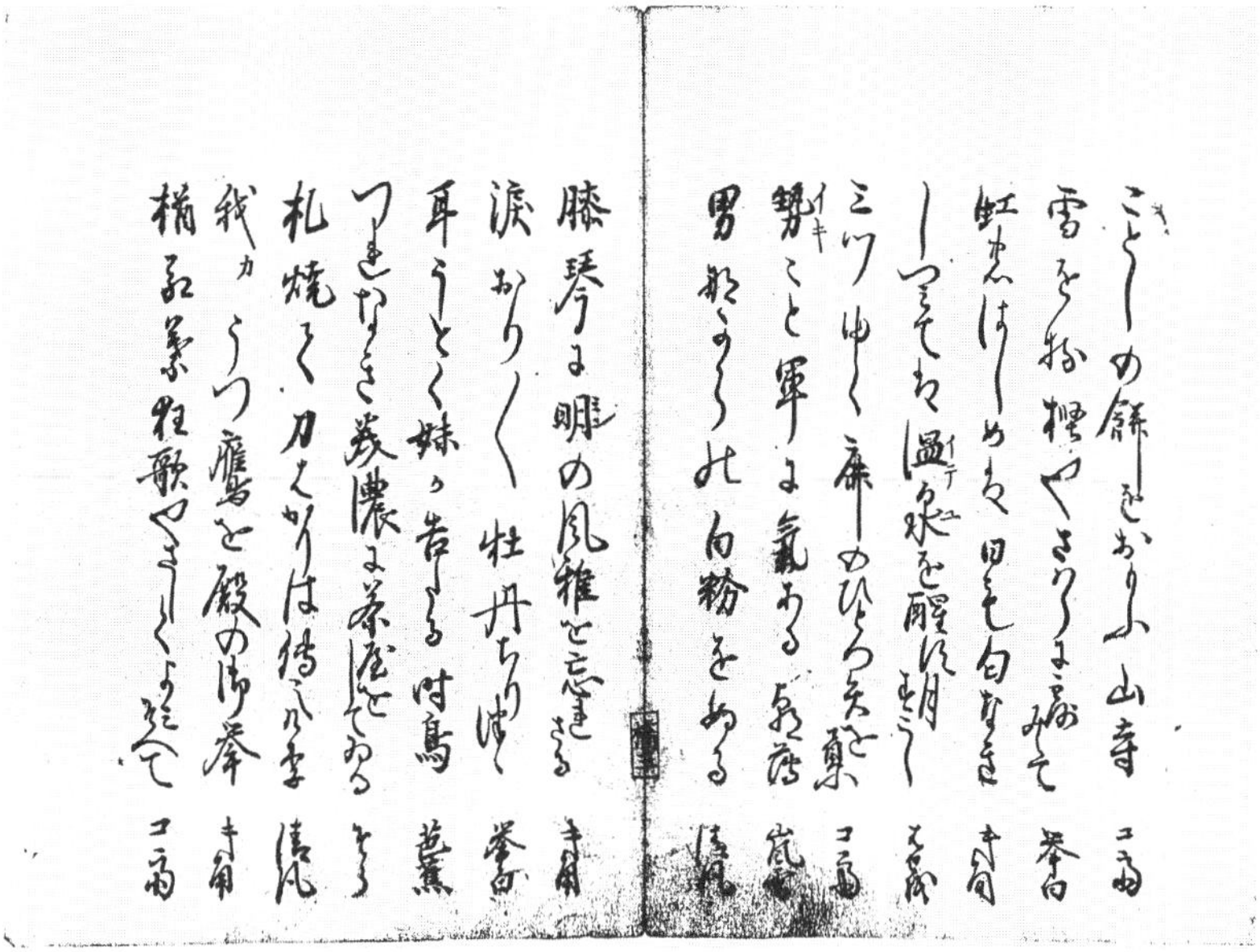

貞享三年刊「誹諧一橋」
星川茂平治編著『尾花沢の俳人 鈴木清風』(尾花沢市地域文化振興会、昭和六一年五月)
図3

行しているが、この三つの俳書の版下書きはそれぞれに相違する(図3)。『誹諧おくれ双六』と『稲莚』の筆蹟の差を別人の版下とすれば話は早いが、自筆の版下であれば、この相違はまた芭蕉の筆蹟の変化と同様、大きな改変と評価せざるをえない。しかも、その変化は芭蕉の場合と軌を一にしており、仮にこの版下が清風自身の筆蹟でないにしても、そこまで俳書の風貌を変えて刊行したことの意味は無視できない。ここから見える一つの解答は、芭蕉・清風ともに、時代の嗜好の中で筆を選んだ可能性があるということである。

　時代の風潮によるものか、個人的な影響に強くよるものか、また、いくつかの複合的な要因を含めもつものなのか。いずれにしても、貞享三年閏三月までの芭蕉の筆蹟の変化は明らかである。ちなみに、個別的な感化を想定した論考に山崎喜好氏の「素白流と芭蕉の書」（『宿雲』昭和二四年八月号）があり、上代様の荒木素白《そはく》（近世前期の書家で上代様の中興とされる京の人、貞享二年没）の筆致に北向雲竹（近世前期の書家で大師流をよくした京の人、元禄六年没。弟子の正竹とともに『猿蓑』の版下を担当）以上の影響を見ようとしている。たしかに、101「あつめ句」巻子、102「かしまの記」巻子の二つの筆蹟には素白に近い筆を感じ取れるものの、江戸にいる芭蕉が手本を用いて学習した程度を考えおけば十分なのではないだろうか。なお、この素白については、後に取り上げる多賀庵風律の『小ばなし』でもふれられている。

結局、芭蕉の筆蹟の分岐点に理由を求めようとしても、現時点では明快な解答は見出しがたい、というのが正直なところである。ここで視点を移し、書簡以外ではどのような作品に筆蹟の変化を観察することができるのか見ていこう。再び今氏の「総説」に戻れば、

この真蹟本（筆者注、73初稿本『野ざらし紀行』、図4）は日付の記載がなく、推定に頼るほかないが、諸般の事情を勘案すれば、やはり貞享三年に入ってからの揮毫とするのが妥当のようである。

と言及される。私見も、初稿本『野ざらし紀行』は貞享二年との書風に一線を画すとする今氏の見方に賛成で、それまで一貫していた佶屈の書体、大小自在の文字と速筆による連綿体から解放され、やや側筆の強弱をつけない落ち着いた墨継ぎの様子を紙面から観察することができる。全体から受ける印象

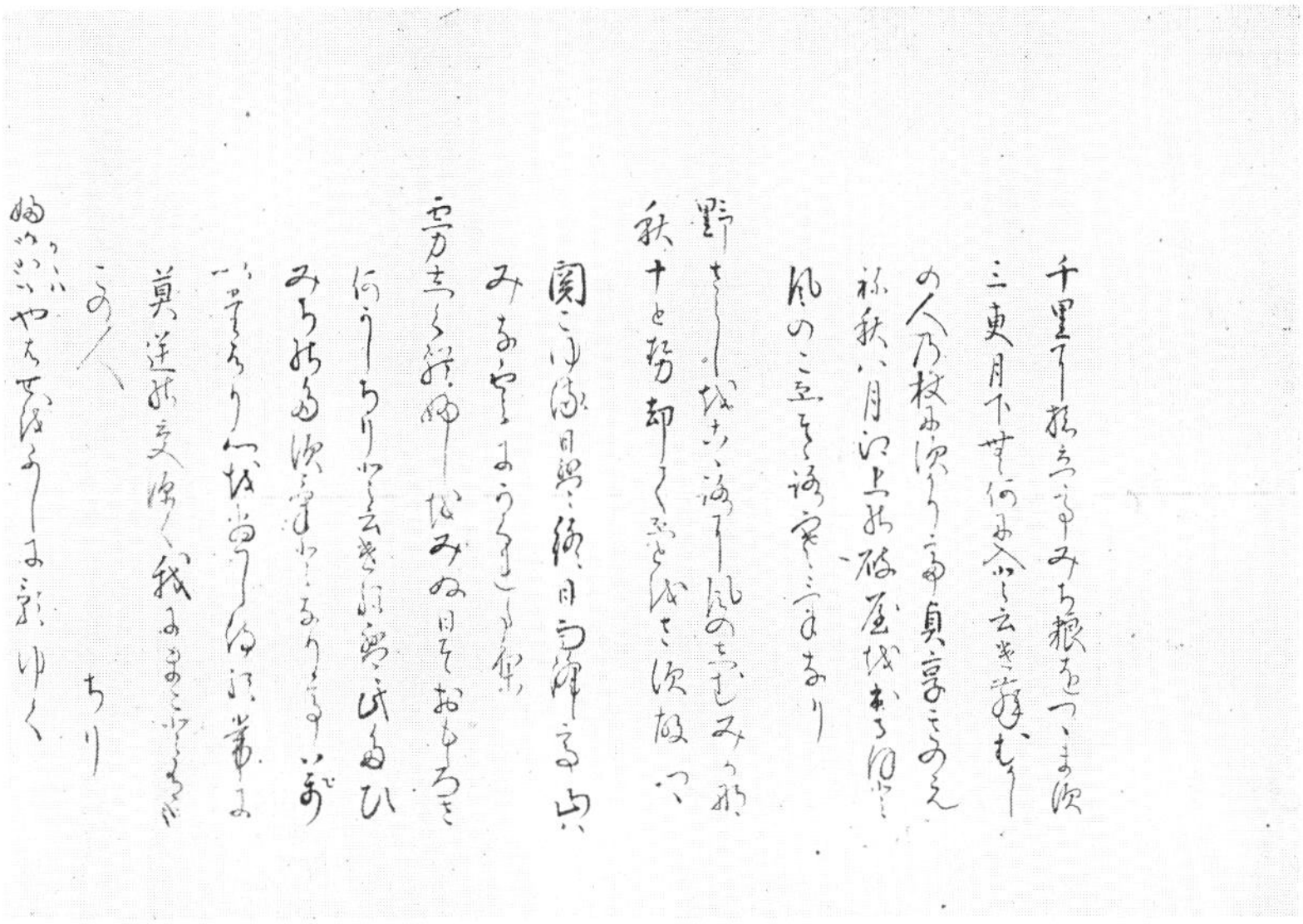

図4　73　初稿本『野ざらし紀行』(の冒頭部分)

は、やはり格段に変化しているのである。が、一文字ごとの字形を問題にすれば、それが同一人の文字である以上、貞享二年以前のものからまったく離れたところで成立しているわけでもないのであった。

初稿本『野ざらし紀行』の筆致に近い作品を『全図譜』の番号を付して挙げた次の一覧を見れば、その番号の順序に違和感をもつことになろう。

104　「ふるいけや」等八句懐紙
73　初稿本『野ざらし紀行』
108　「蓑虫説」跋草稿
85　『伊勢紀行』跋

104「ふるいけや」等八句懐紙は貞享三年以前にしばしば見られた速筆の躍動感を紙面にたたえているし、字形にまで目を向ければ、

108「蓑虫説」跋草稿との近似は書風全体にまで及んでいる。85『伊勢紀行』跋は、後に続く『笈の小文』の旅中書きに接するようにも見え、右の四例中では最も後の筆蹟であることを想像させる。従来の通説からはあまりにかけ離れた見方で、もし仮に貞享二年と三年とが芭蕉の筆蹟の分水嶺であるならば、104・108などはこの一覧に現れるはずのない真蹟なのである。

もう少し説明を詳しくしよう。104「ふるいけや」等八句懐紙は記載八句の成立年次から割り出し、そのうちの新作と推定される「さみだれに鳰《にほ》のうき巣を見にゆかむ」から考えても、貞享四年の夏以降の揮毫と判断される。また、108「蓑虫説」跋草稿も発句の成立から判断して同年秋とするのがよく、一方、85の『伊勢紀行』跋は成立時点を揮毫年次とするならば、これより一年早い貞享三年の秋ということになる。つまり、右に挙げた四点では、揮毫年次による順序と書風によって私に並べ替えた順序とが一致しないのであり、104「ふるいけや」等八句懐紙からは、貞享四年の時点にして未だ十分に書風を転じていない事実が浮かび上がってくる。ここから帰納的に考えれば、芭蕉はいくつかの書き様を平行して実践していたということになる。

そのことを明示するため、図5に、貞享四年冬の『笈の小文』旅中の揮毫を含めて五点の真蹟資料を掲出した。染筆の姿勢に差異はあるものの、ほぼ同時期の芭蕉真蹟として認定を得ているものであり、書風のいわゆる「幅《はば》」が理解されるであろう。芭蕉はこの時期、なお試筆（新たな書風の試み）をふるい、自身の書を時に書き分ける要領をもっていたのである。『笈の小文』の旅前後には、変化のある非常に豊かな筆蹟が備わるようになり、これを我流の、自分のもつ基本に応用を加えた書風と評してもよいと考える。もちろん、芭蕉に影響を与えた書の存在も十分に想定されることながら、それはかりを強調してしまうと、芭蕉の個性的な書の幅を見誤ることにもなりかねない。私見では、貞享前期までの系統的な書風と貞享後期の変化に富む試毫の姿勢が、最晩年期の基礎を形づくったと考えている。一つの書風を捨てて、それ以降は一顧だにしないという書への向き方を、芭蕉に期待するのは間違いなのである。

諸筆の合流

貞享前期までの佶屈の書風がやや影をひそめ、側筆による文字の均一化に向かうその岐路を、73初稿本『野ざらし紀行』あたりとする従来の見解に従いつつも、本論は、貞享四年の筆蹟が変化に富む様子を見てきた。この芭蕉特有の書の幅は、『笈の小文』の旅を終えて帰庵した貞享五年(九月三〇日に元禄と改元)秋から「細道」出立の翌年春にまで及んでいる。ここにその特徴的な一例として、161・162の「かげろふの」歌仙巻子の冒頭部分(図6)を挙げることにしよう。ともに元禄二年春の、ほぼ同時期に染筆されたと見られるもので、その先後は、おそらく162が先、161が後であろう。紙幅の関係上、詳細な検討は省略し、鑑定の要点のみ紹介すると、162が前掲の120「京までは」等三句懐紙の系統を引く、文字に丸みを帯びつつ左右に筆を振って文字を形づくる特徴をもち(後掲表IのCグループ)、161はやや側筆の度を加えながら縦方向への速度をもたせた書き方で一貫している。

個別の文字を問題にしてみても、たとえば「遠」を字母とした仮名文字「を」の場合(図7、右段に162から、左段に161からのものを掲載)、運筆の違いが一文字の例外もなく二つに分化されていることが理解されよう。時期の違わぬ筆蹟にしてこのような現象が見られるのは、意識的な染筆がなされていた

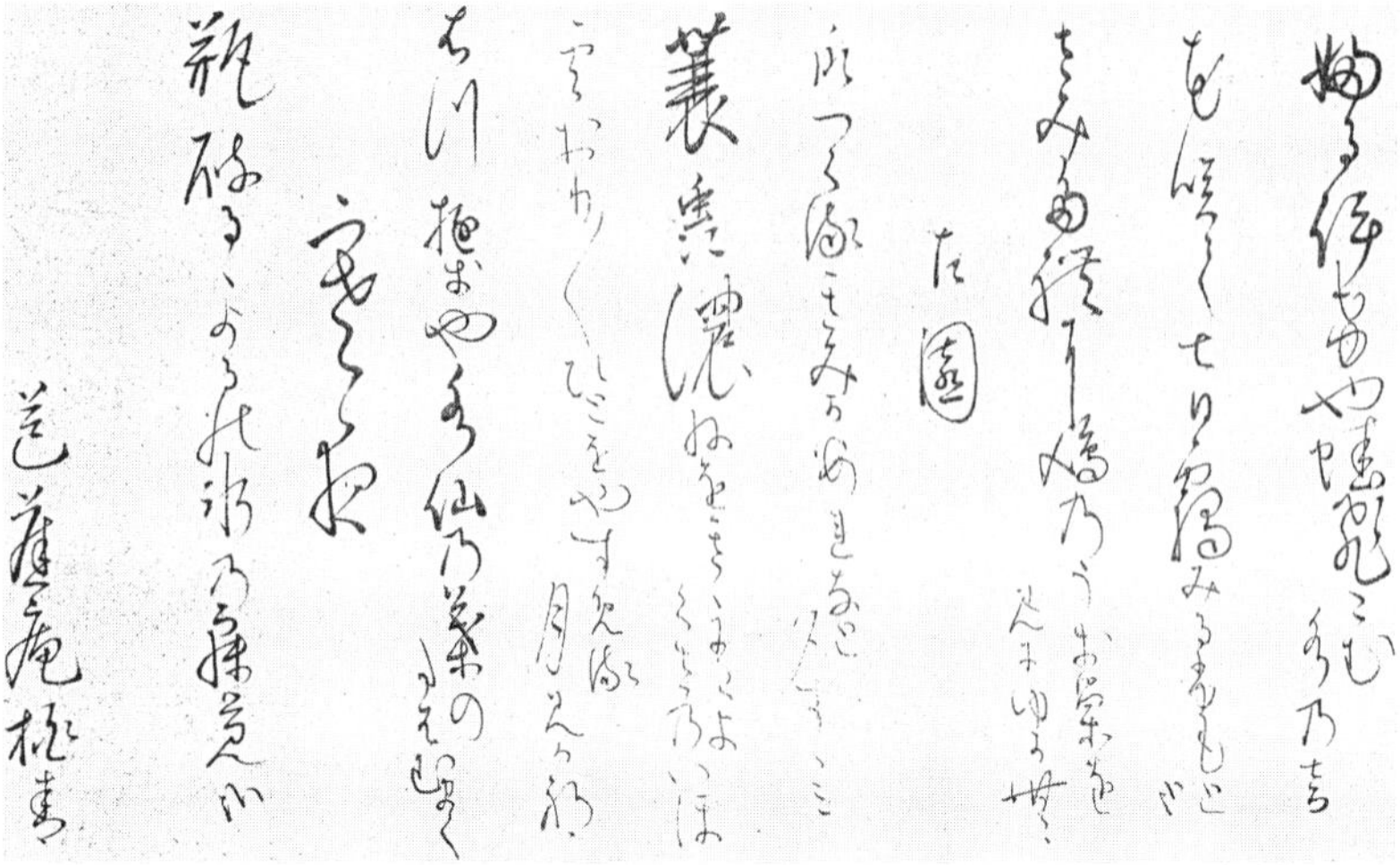

104　「ふるいけや」等八句懐紙

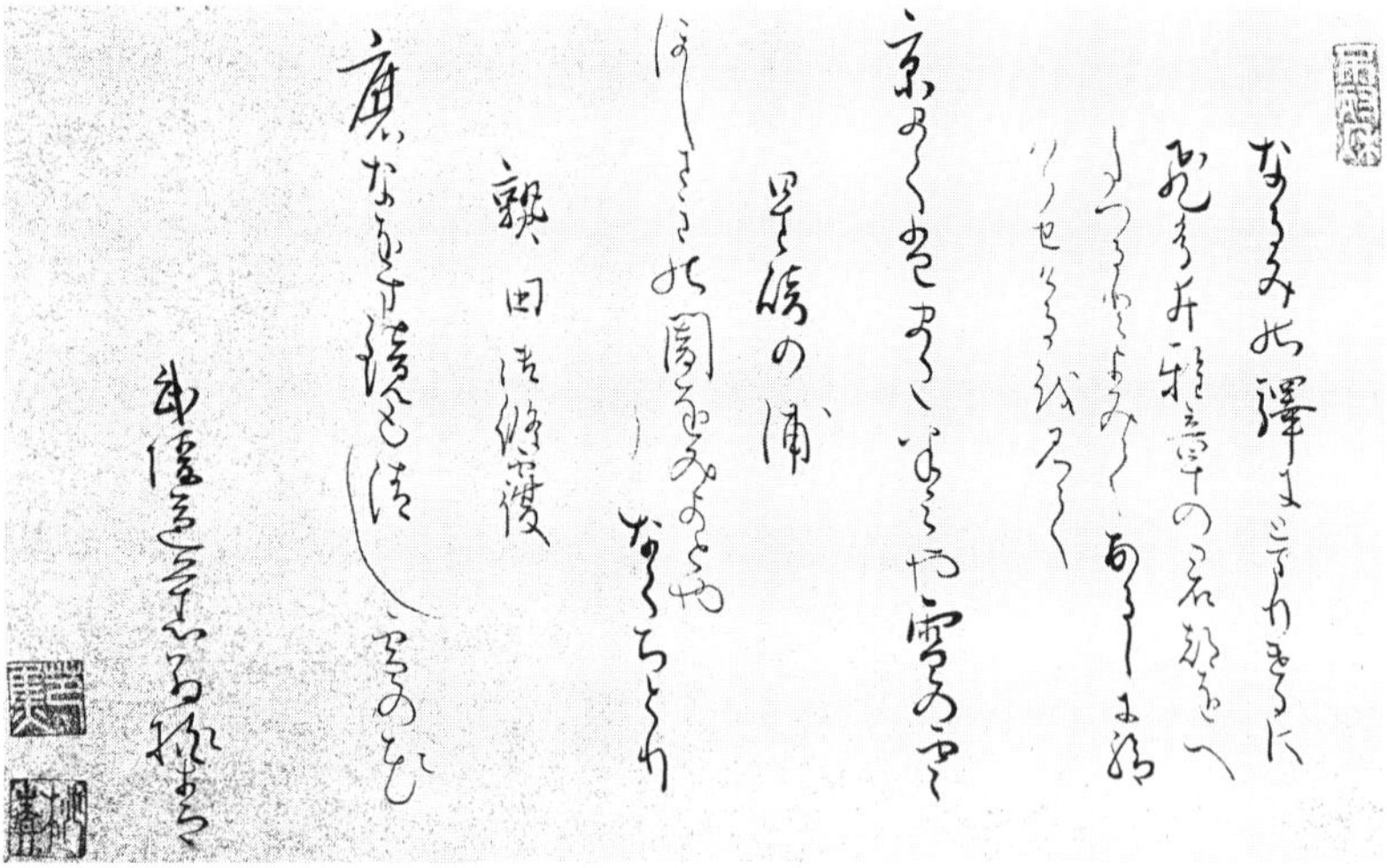

120　「京までは」等三句懐紙

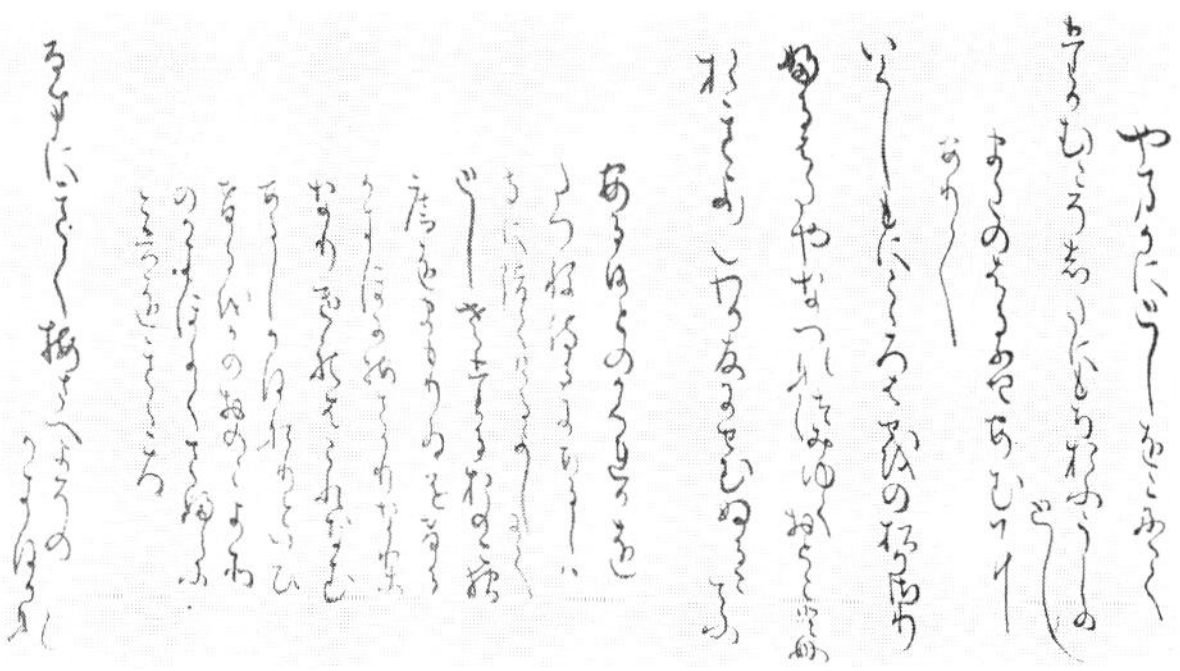

101　「あつめ句」巻子(部分)

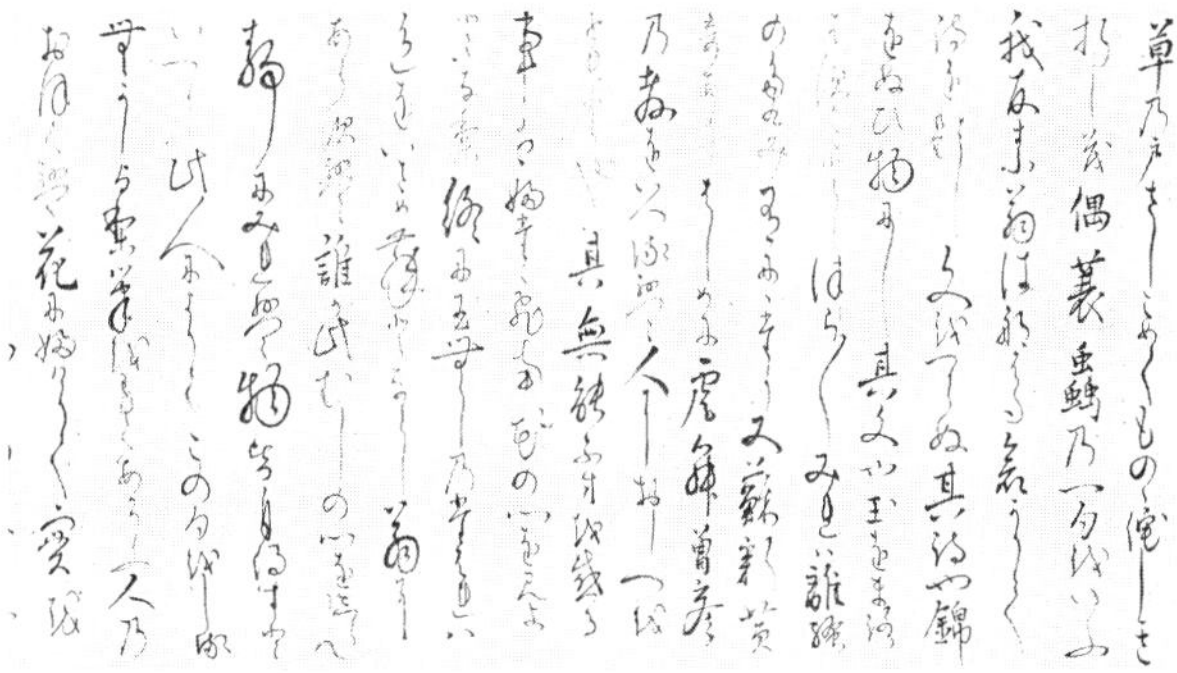

109　「蓑虫説」跋(部分)

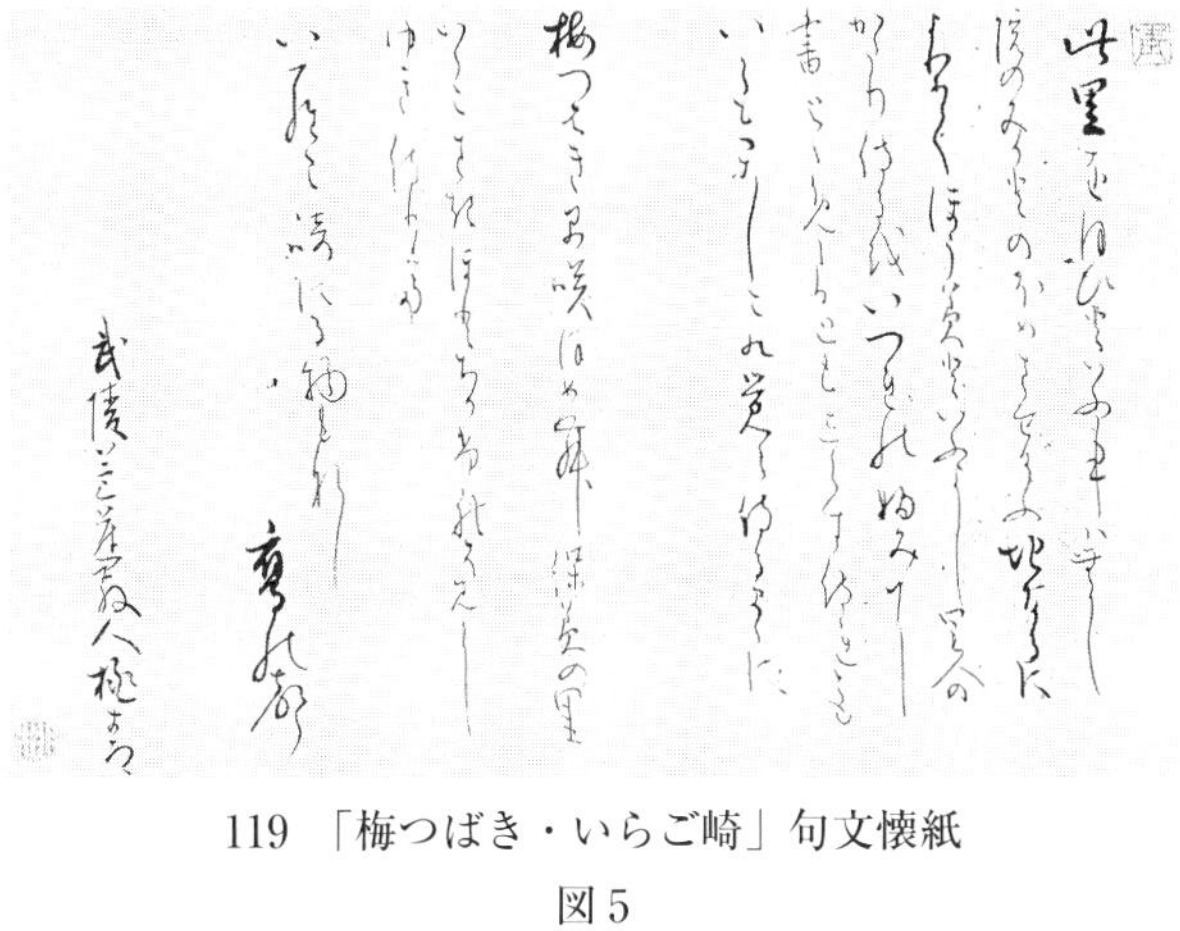

119　「梅つばき・いらご崎」句文懐紙

図 5

上段：162　「かげろふの」歌仙巻子(部分)
下段：161　「かげろふの」歌仙巻子(部分)

図6

からで、書にはおしなべて個の強い創意が反映する。ここでは一文字の書き分けに注目したに過ぎないものの、これは全体の書風の違いにまで波及することなのである。

「を」についてさらに言及すると、161の運筆がこれ以降の元禄二年の主流となり、162のそれは退潮する(〔参考〕として、「細道」旅中の187「さみだれを」歌仙巻子における過渡的な「を」の例を掲げた)。それでも、162の「を」の字形は最晩年にも再び見出すことがで

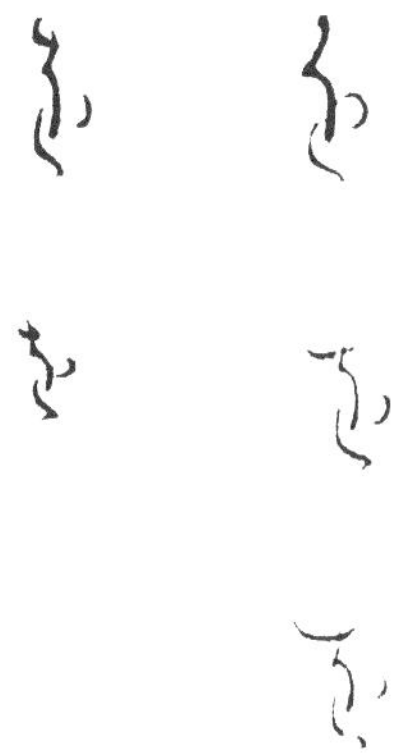

162 「かげろふの」歌仙巻子

161 「かげろふの」歌仙巻子

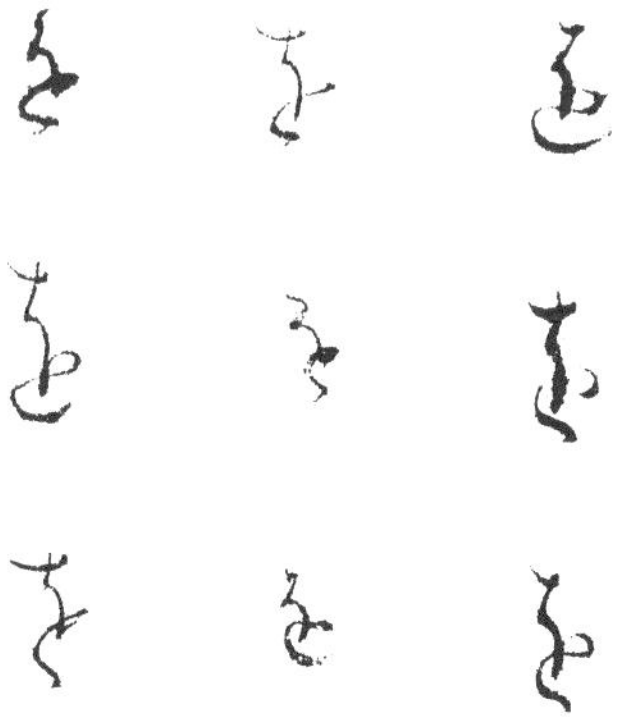

〔参考〕187 「さみだれを」歌仙巻子

図7

きるから、一方を捨てて省みないという書の見方は軽々になすべきでない。

ここに、同じく仮名文字の「や」の例を補ってみよう。図8は、「細道」旅中の「元禄二年卯月廿四日」の日付をもつ176「かくれがや」歌仙懐紙冒頭の発句「かくれがやめだゝぬ花を軒の栗　芭蕉」の「や」の一字である。多くは①→③→②の運筆によっていくつかの字形を現出している中、時にこうした①→②→③の速筆の「や」が散見する。天和期にはすでに習得していた運筆で、これも二様に分けて

176 「かくれがや」歌仙懐紙
図8

筆を執っていた芭蕉の事例としてよいだろう。

以上、仮名文字の二例をもとに、元禄二年の芭蕉庵売却から「細道」旅中に至るこの時期にして、なお一様に筆が統合されてはいない事実を確認した。ただし、方向性としては、161「かげろふの」歌仙巻子に代表される、縦方向に筆の速度を加えた作為のない我流の系統が、やがて折衷の書風として定着することも、また間違いのないことではあった。

これまで述べてきた貞享三年から元禄二年に至る芭蕉の筆蹟の流れを、具体的な作品を追加して表Ⅰに示すと、たとえば元禄二年春の166「あら野ヽ序」懐紙にはCグループの貞享四、五年の書風を残しつつも、方向性としては対極にあった典雅流麗の書風（Aグループ）を統合する。これがおおよそ「細道」の旅中のことで、『去来抄』が伝える「不易流行」の自覚とどの程度関連していたかは未知数ながら、その統合された新たな書風（Bグループ）は、いわば従来型の模索書体の諸要素を容れた芭蕉の個性のありようを示している。徐々に書簡に見られていた書風に接近し、やがて元禄三、四年の近畿巡遊時期の特徴として定着する。この時期の書風をよく表した作品に、自らの幻住の境涯を綴った一連の「幻住庵記」諸本を挙げることができ、とりわけ244「幻住庵記」再稿系（二）巻子を、354元禄三年四月一〇日付此筋・千川宛書簡と併せて見ることで、この点は納得されよう。

芭蕉の筆蹟では、貞享三年に変化がきざし、翌年にはいくつかの型となる様相が見られ、この時期から意識的に書風を変えて染筆する技術をもったものと見られる。「野ざらし」の旅を終え、次の『笈の小文』の旅に出るおよそ二年半の在庵期間に、この試みの筆が型を作ったのである。そして、『笈の小

表Ⅰ　筆蹟の流れ

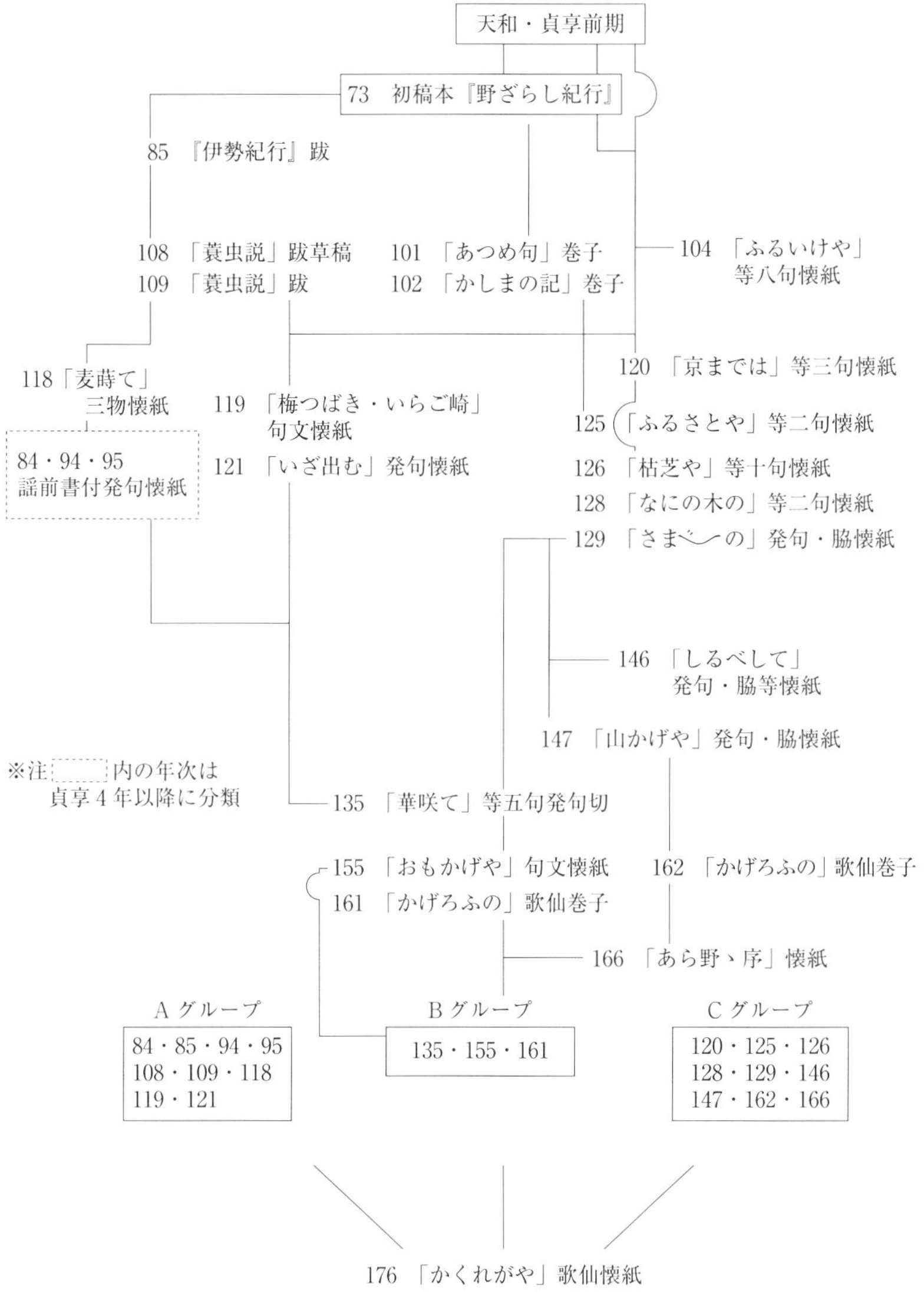

天和・貞享前期
73　初稿本『野ざらし紀行』
85　『伊勢紀行』跋
108　「蓑虫説」跋草稿
109　「蓑虫説」跋
101　「あつめ句」巻子
102　「かしまの記」巻子
104　「ふるいけや」等八句懐紙
118「麦蒔て」三物懐紙
84・94・95 謡前書付発句懐紙
119　「梅つばき・いらご崎」句文懐紙
121　「いざ出む」発句懐紙
120　「京までは」等三句懐紙
125　「ふるさとや」等二句懐紙
126　「枯芝や」等十句懐紙
128　「なにの木の」等二句懐紙
129　「さま〴〵の」発句・脇懐紙
146　「しるべして」発句・脇等懐紙
147　「山かげや」発句・脇懐紙
※注　内の年次は貞享4年以降に分類
135　「華咲て」等五句発句切
155　「おもかげや」句文懐紙
161　「かげろふの」歌仙巻子
162　「かげろふの」歌仙巻子
166　「あら野ゝ序」懐紙
Aグループ
84・85・94・95
108・109・118
119・121
Bグループ
135・155・161
Cグループ
120・125・126
128・129・146
147・162・166
176　「かくれがや」歌仙懐紙

文』の旅から帰庵してからの半年間はその傾向が続いた後、この豊かな筆の表情にはひとまず区切りが付けられ、「細道」旅中書きに見られる前述のBグループに統合されていく。かつて延宝末年に深川移住した直後の「貧してなお独《ひと》り侘ぶ」ぽつねんとした詩情に、やがて慕い集う知己を得、彼らとともに風雅を実践するようになった対機的な詩心が、さながら元禄二年の深川で完結したようにも見える。このように、芭蕉の転換点は深川の在庵期間にあったといってよく、そうであれば、次の変化もまた、元禄四年冬の江戸帰着後を視界にとらえなくてはならない。

流行と微動

芭蕉の文字についての率直な所感に、一点一点の作品にわずかながら相違する見所が存在する、ということがある。書としての破碇をいうのではない。ひとたび統合されたように見える筆蹟にも、またかつての筆遣いと応用の要素とが随所に観察できる。次の例は「細道」の旅中に材を取った作品で、この紙面からは、貞享後期のCグループに貞享二年以前の信屈の書体を組み合わせた新たな書風が看取できる。図9の199「あら海や」句文懐紙がそれである。この作品が元禄二年当時に染筆された可能性は低く、私見では、元禄四年以降の筆蹟ではないかと考えている。そのことを示唆するのが、260「宿かりて」句文懐紙(図10)である。これまでの側筆から穂先をやや立てて速度を加えた筆致で、筆の強弱や墨継ぎも目立たず、行間のブレ、行頭のズレ、不可解な運筆もない。「降りみ降らずみ」の時雨らしからぬ、降り続く時雨を表象するようにさえ感じられる、新しい味わいの書である。このような筆蹟が、東

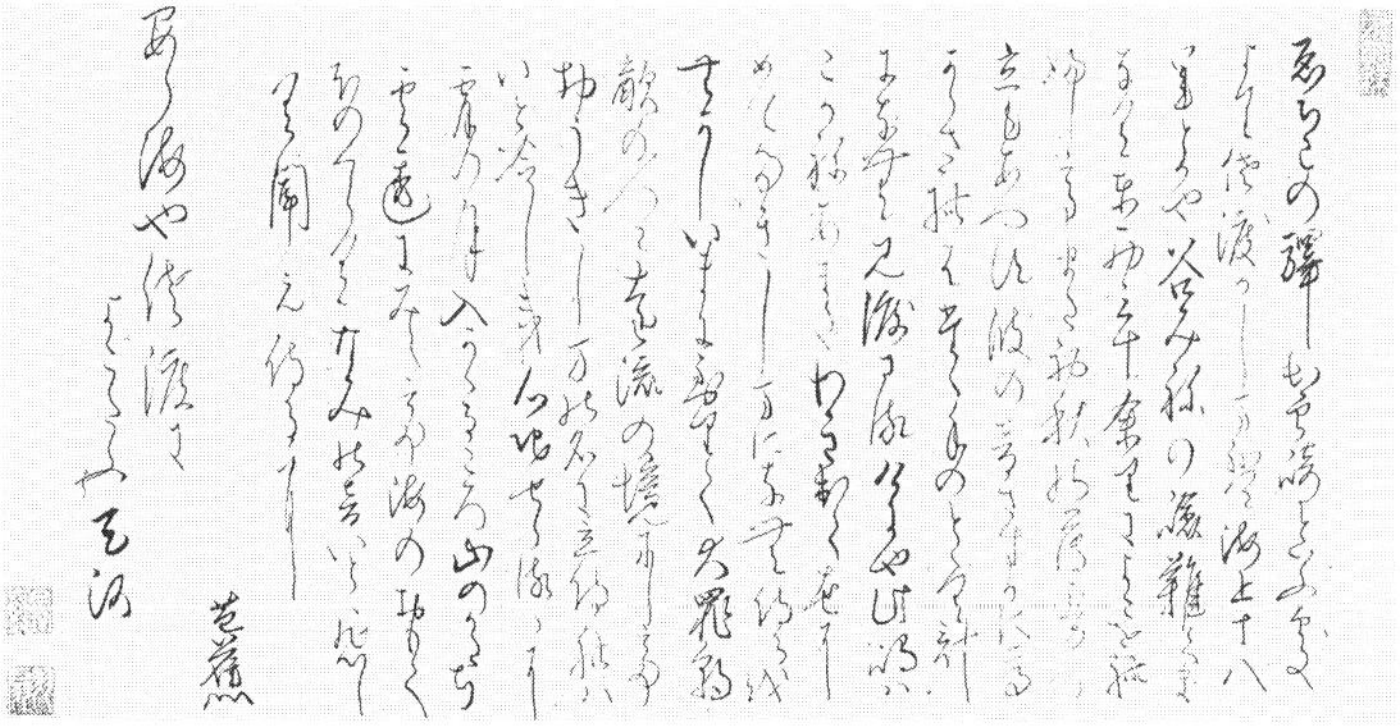

199 「あら海や」句文懐紙

図 9

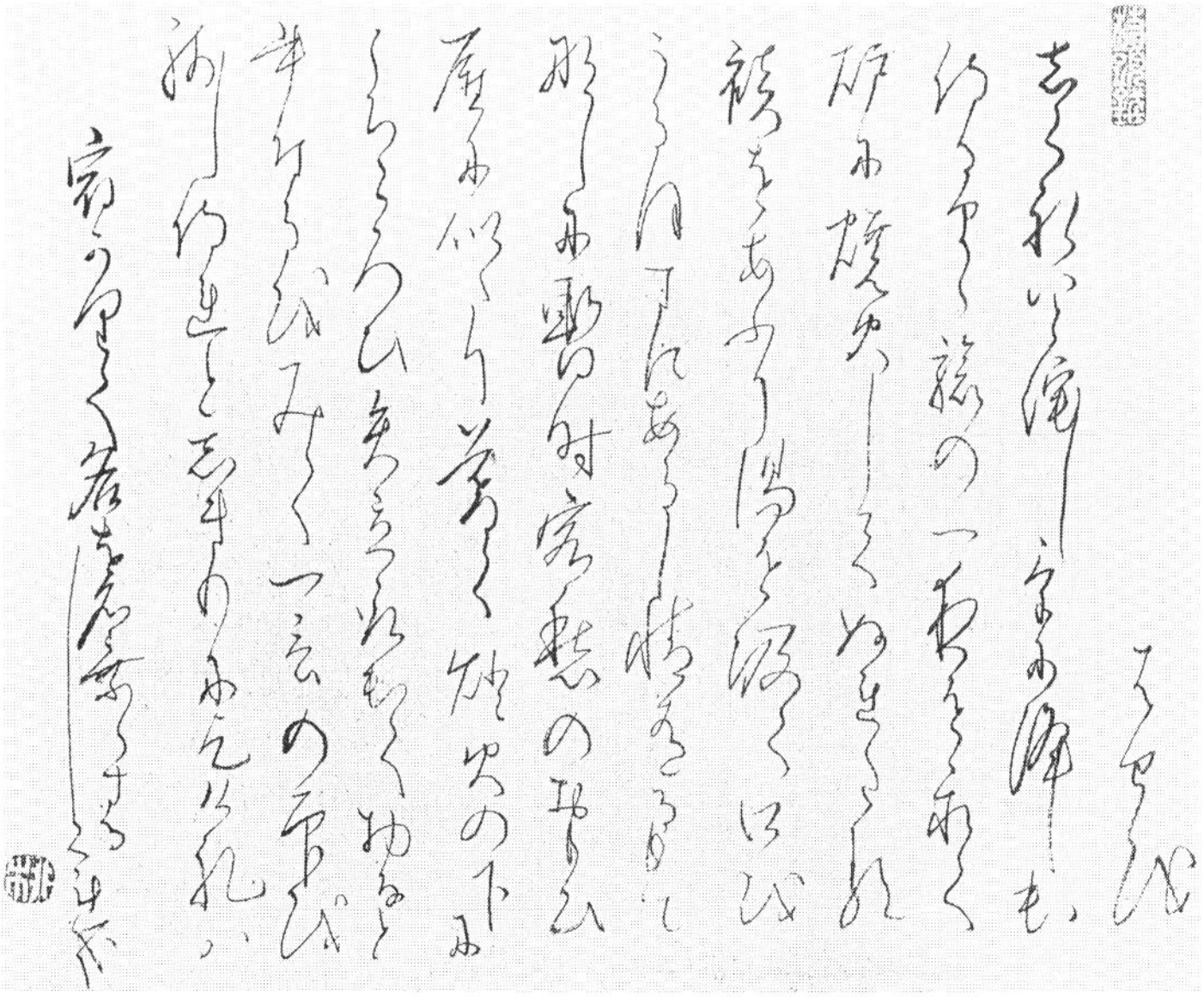

260 「宿かりて」句文懐紙

図 10

海道を下る元禄四年の冬（実際にはもう少し時期の遅い揮毫であろう）に存在している。

その一方、翌五年秋には、一連の「幻住庵記」の筆蹟にも通う264「芭蕉庵三ケ月日記」巻子が生まれるなど、筆蹟・書風の微動を抱えながら、裾野の広い実践を試みていたようである。実際にとらえうる対象に即し、平易な表現を求めた「かるみ」の理念を、筆法にも取り入れたものであろうか。

さて、芭蕉の伝記資料としてしばしば引用される風律の『小ばなし』（野坡談）によれば、

一、素龍は京の人にて歌学は季吟の弟新玉津島正立の弟子なり。手跡は上代様なり。……夫《それ》より三年程庵に居被申候時分翁此素龍の手を習ひ被申候。予も又此手跡を習ひ候なり。
一、上代様と申は京素白子・素見子・素平なり。続有磯海の序、素平なり。さるみのゝ序、雲竹筆なり。

と、芭蕉はその晩年、『奥の細道』の清書者として知られる柏木素龍に書を習ったと伝えられている。これを語った志田野坡も、また素龍から書の手ほどきを受けたようで、素龍の書にそっくりな野坡の作も伝存している（大内初夫「新資料「野坡翁賛野紅妻文」他」〈『薩摩路』41、平成五年三月〉、同「新出・野坡俳文『登高良山』について」〈『ビブリア』114、平成一二年三月〉）。

これが事実だとして、はたして芭蕉の筆蹟にその影響の確認できるものが存在するのかどうか。これも私見ながら、元禄七年春以降の283「八九間」歌仙草稿（図11）には、従来の芭蕉の運筆で理解できるもののほか、この草稿の中で試みられた特異な仮名文字がいくつも含まれている。「尓」および「仁」を

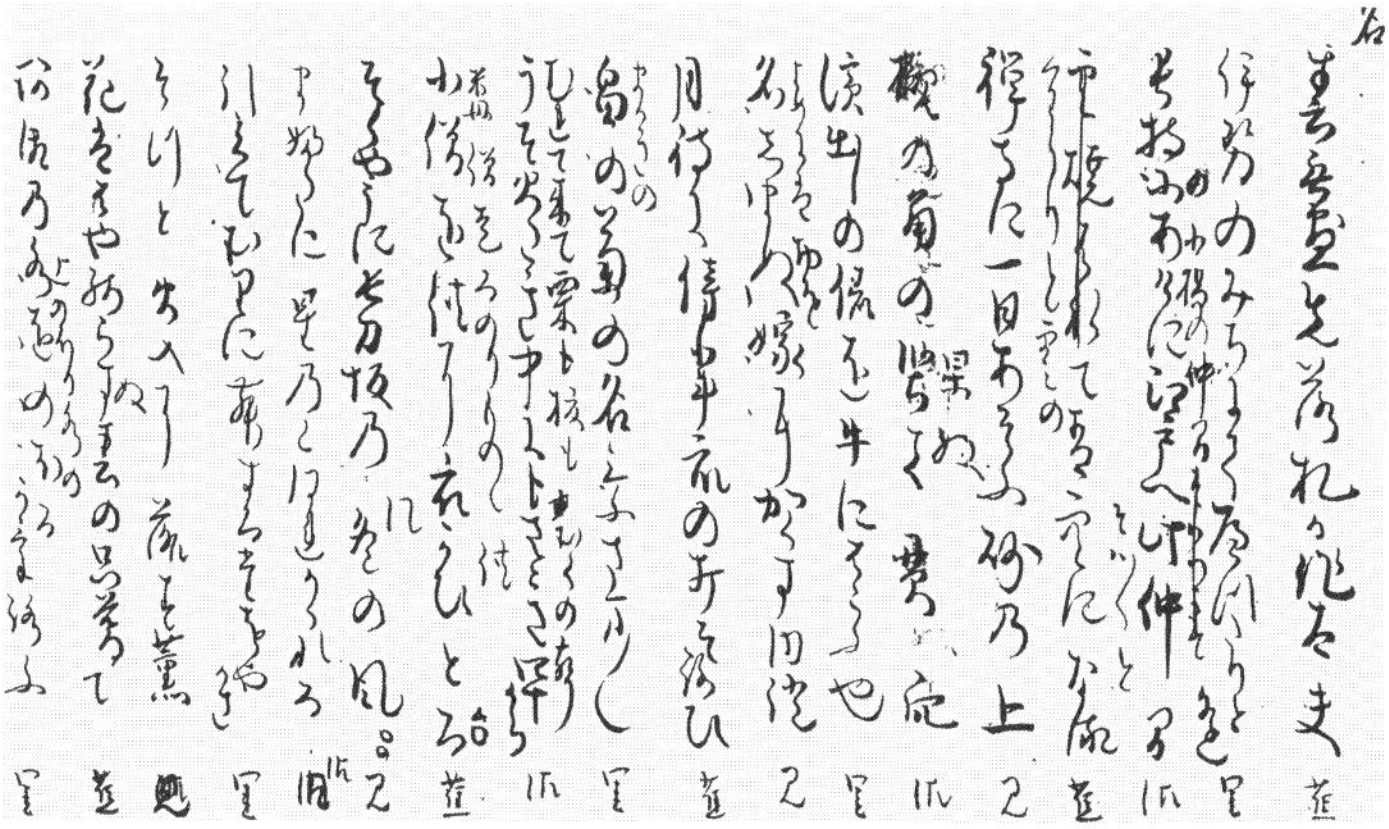

図11　283「八九間」歌仙草稿(部分)

字母とする「に」や、「ひ」「へ」「み」「る」にそれがよく表れており、草稿ゆえ、恰好の書の練習としたものであろうか。これが『奥の細道』の二つの清書本(西村本・柿衛《もり》本)、および曾良本の墨の書き入れ(私見では素龍)に通じている。

大師流・上代様といった古筆への憧憬があればこそ、そこに我流の試毫を含めつつ、芭蕉らしい書を生み出すことができたのであろう。先に書の変化には強い意志が必要だという趣旨のことを記したが、芭蕉が晩年に「猶古人の跡をもとめず、古人の求たる所をもとめよ」(「許六離別詞」懐紙)と弘法大師の説を引用した意味も、そうしたところにあったのである。決して一流によらず、しかも離れず、書を模索してついに我流を獲得した、芭蕉最晩年のわずかな変化をとらえた次第である。

年次の考証

最後に染筆年次の問題にふれ、まとめとしておきたい。表Ⅱ（1～5・一括後掲）に示すのは、「能」を字母とする仮名文字「の」の一覧を私に作成したものの一部である。芭蕉の仮名文字には、ある時期特有の字体が現れるほか、以前の字体に戻ることもあるため、字形による年次考証が可能なものと、そうした特徴の見出しにくいものとがある。したがって、一概にはいえないが、丁寧に文字を追っていくと、意外に染筆年次に近づくことのできる場合がある。

以下はその一例で、延宝四年（一六七六）から貞享二年春頃までの「の」（表Ⅱ―1）を通覧し、やや異質に感じられる字形があるとすれば、

57「馬に寐て」句文自画賛
58「馬に寐て」句文懐紙
59「むまに寝て・みちのべの」句文懐紙
60「むまに寝て」句文懐紙
66「くさまくら」発句短冊

の五つであろう。57・58・66が類似し、59・60が同じく類似する。

これを表Ⅱ―2・3・4・5以降の一覧に照らして、それぞれの一群が後のどの筆蹟中に見られるかを検証すれば、59・60に合致する例が、やや早く84・95・115・119に見られる。また、57・58・66の一群には88・120・136・142・162が合致すると見てよいであろう。59・60は全体の書風を勘案しても、おそら

く貞享四年冬の『笈の小文』出立前後（ただし、出立後と考えるのはやや現実味に欠ける）、57・58の同系統の句文は貞享五年（元禄元年）もしくは元禄二年にまで下る可能性がある。問題は57の自画賛で、芭蕉の画業を考える上で、

107「みのむしの」発句自画賛
115「ほしざきの」発句自画賛

とともに注目すべき作品である。なお、右の二点は『笈の小文』旅中の貞享四、五年の作と考えられ、墨筆による白描絵で彩色が施されていない。絵画の場合、芭蕉の書簡（元禄五年一二月八日付許六〈推定〉宛）にもあるように、着彩画と白描絵とでは技量的に格段の差が出る。これまでの貞享二年説は、57の彩色自画賛を非常に早期の成熟した画業と考えてきたが、そうではなく、

133「ほろ〳〵と」発句自画賛

と同様、元禄二年春までその時期を下げなければならないようである。

ここで確認したいのは、芭蕉が元禄五年（一六九二）秋に森川許六と出会い、初めて画業への関心が向いたのではなく、やはりそれ以前にも彩色画の実践を試みていたという事実である。この点は筆蹟においても同じで、素龍の上代様に関心を寄せた最晩年の姿勢は、それをさかのぼる以前にすでに胚胎して

いたということである。私見では、これを貞享四、五年の試毫の時代と考える。

なお、表Ⅱ―2・3・4と5とを比べると、

87　「初雪や」発句自画賛

165　「うたがふな」発句自画賛

225　「長嘯の」発句自画賛

の「の」の字形から判断して、右の三点の画賛は元禄六年頃の揮毫と考えてよいだろう。表には記載しなかった、

75　自筆自画『甲子吟行画巻』

76　濁子本『甲子吟行画巻』跋

にも同様の結論が下せるかと思う。

今後、真蹟と認定しうる芭蕉の墨蹟は、すべてにその揮毫年次を考証し、より確かな芭蕉筆蹟学の体系化を図ることが望まれる。本論はそのための一つの試みであった。

表Ⅱ-1

3「時節嘸」歌仙巻子	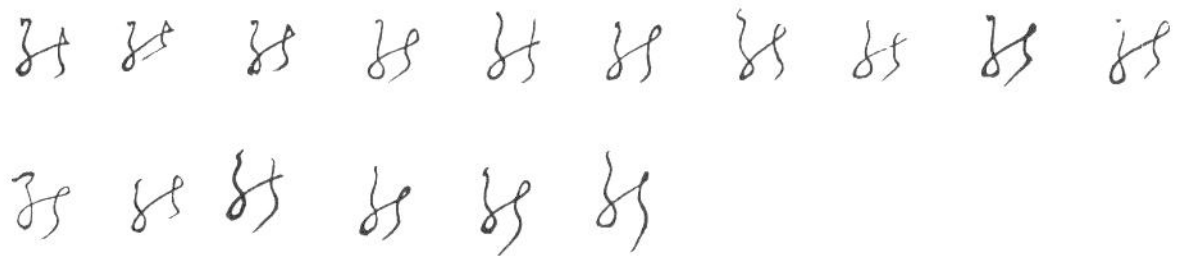
8「花木槿」発句短冊	
12「枯朶に」発句短冊	
23「華にやどり」等三句発句切	
24「氷苦ク」等二句発句切	
31「艶なるやつこ」発句短冊	
35「三日月や」発句短冊	
36「三日月や」発句短冊	
38「枯枝に・世にふるは」句文画賛	
51「わらふべし」等三句懐紙	
39「世にふるも」句文懐紙	
41「詩商」歌仙懐紙	
46「青ざしや」発句短冊	
61「綿弓や」句文懐紙	
57「馬に寐て」句文自画賛	
59「むまに寝て・みちのべの」句文懐紙	
58「馬に寐て」句文懐紙	
60「むまに寝て」句文懐紙	
65「あけぼのや」発句短冊	
66「くさまくら」発句短冊	
69「梅白し」発句・脇等懐紙	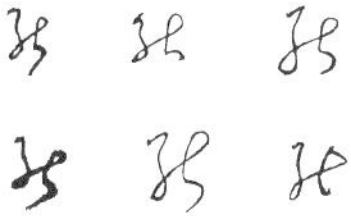
70「梅白し」発句・脇等懐紙	
72「牡丹蘂分て」等二句懐紙	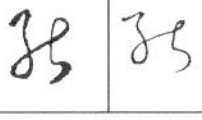

表Ⅱ−2

73 初稿本『野ざらし紀行』	
74「樫の木の」発句短冊	
77「雲折〻・盃に」句文懐紙	
82「ふる池や」発句短冊	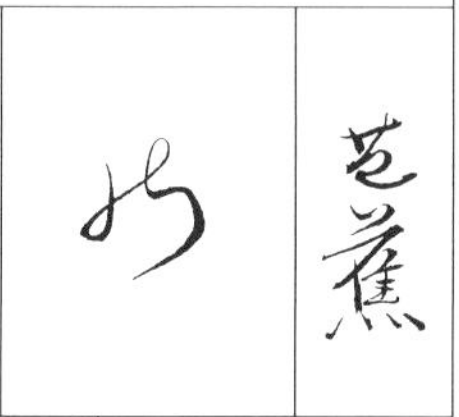
84「観音の」謡前書付発句懐紙	
83「ふる池や」発句切	
87「初雪や」発句自画賛	
88「はつ雪や」発句小色紙（杉風画幅）	
95「花のくも」謡前書付発句懐紙	
101「あつめ句」巻子	
102「かしまの記」巻子	
104「ふるいけや」等八句懐紙	
113「たび人と」謡前書付発句画賛（東藤画）	
114「たび人と」謡前書付発句懐紙	
115「ほしざきの」発句自画賛	
118「麦蒔て」三物懐紙	
119「梅つばき・いらご崎」句文懐紙	
120「京までは」等三句懐紙	
128「なにの木の」等二句懐紙	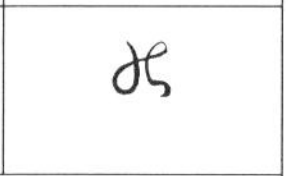
121「いざ出む」発句懐紙	
132「はなのかげ」句文懐紙	

表Ⅱ-3

136「さびしさや」句文懐紙		137「なをみたし」句文懐紙	
142「夏はあれど」句文懐紙			
143「たこつぼや」発句懐紙		146「しるべして」発句・脇等懐紙	
147「山かげや」発句・脇懐紙			
152「初秋は」歌仙懐紙			
156「雁がねも」歌仙懐紙		161「かげろふの」歌仙巻子	
162「かげろふの」歌仙巻子			
164 二見文台（元禄四年銘）		158「元日は」等九句懐紙	
165「うたがふな」発句自画賛	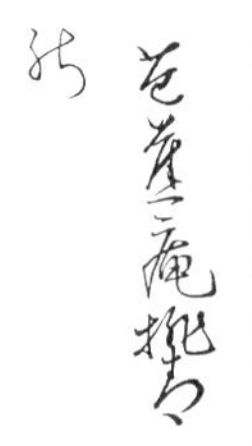	173「落くるや」発句・脇懐紙	
		174「風流の」発句短冊	
176「かくれがや」歌仙懐紙		177「さなへつかむ」句文懐紙	
178「早苗つかむ」句文懐紙		179「さなへつかむ」句文懐紙	
180「さなへつかむ」句文懐紙		183「かさしまや」句文懐紙	
184「かさしま」句文懐紙		188「涼風や」発句短冊	
187「さみだれを」歌仙巻子	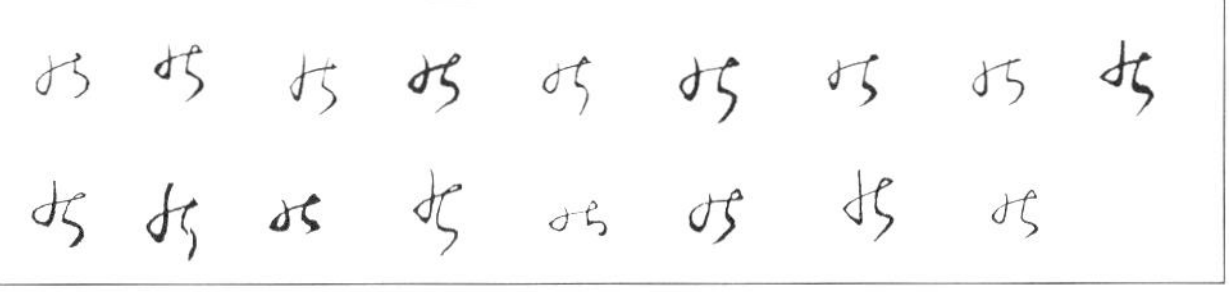		

表Ⅱ-4

192 天宥法印追悼句文懐紙	
193「きさがたの」等三句懐紙	
199「あら海や」句文懐紙	
202「荒海や」等二句草稿	
203「ふみ月や」等三句懐紙	
210「わせのかや」等三句懐紙	
211「わせのかや」等三句懐紙	
212「やまなかや」句文懐紙	
213「石山の」発句懐紙	
214「なみだしくや」発句短冊	
215「月きよし」発句短冊	
216「月いづく」発句短冊	
219「うきわれを」発句色紙	
221「月さびよ」句文懐紙	
225「長嘯の」発句自画賛	 
230「木のもとに」謡前書付発句懐紙	
235「行はるや」等二句懐紙	
236「行春や」等二句懐紙	
238「市中は」歌仙巻子	
244「幻住庵紀」再稿系(一)巻子	
246「幻住庵紀」成稿系(一)巻子	
247「幻住庵紀」成稿系(二)巻子	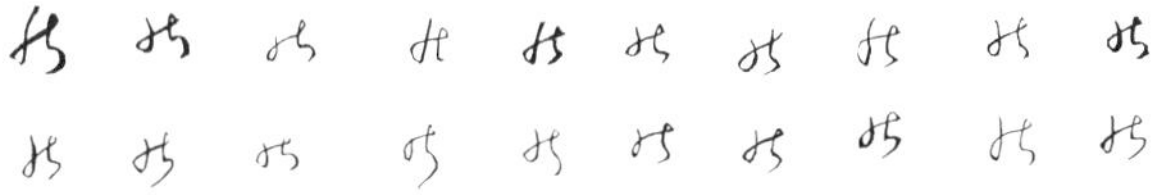

表Ⅱ−5

249「鳶の羽も」 等九句懐紙		251「たふとさや」句文懐紙	
254「門に入れば」 等付句七組懐紙		256「山吹や」発句自画賛	
257「初秋や」等四句懐紙			
259「夜着ひとつ」 発句懐紙		265「きりさめの」 発句画賛（許六画）	
264「芭蕉庵三ヶ月日記」 巻子	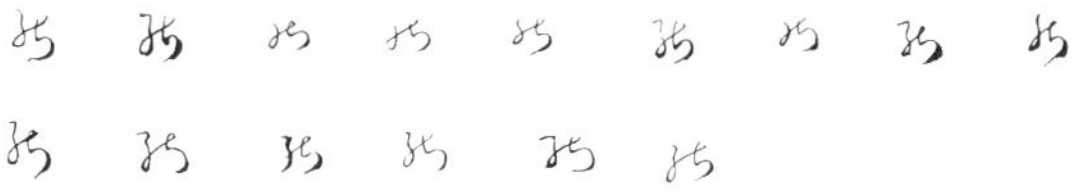		
267「はまぐりの」 発句自画賛		272「許六離別詞」懐紙	
277「白露も」 発句自画賛		278「菊の香や」発句扇面	
280「ものゝふの」 表六句懐紙			

『奥の細道』の可能性――中尾本の貼紙訂正によって削除されたもの

金子俊之

平成八年（一九九六）に、上野洋三・櫻井武次郎の両氏によって、『奥の細道』（本論、以下『細道』と略す）の新出写本の存在が紹介されてから、すでに一〇年以上の年月が経過した。両氏が明らかにしたところによれば、この新出写本は、元禄初版本（元禄一五年〈一七〇二〉刊か）の奥書に「又、真蹟の書、門人野坡《やば》が許《もと》に有。草稿の書故《ゆゑ》、文章所々相違す」と記される写本そのもの、すなわち芭蕉自筆の「野坡本」と考えられる草稿本である。もっとも、同本が本当に芭蕉自筆といえるかどうかについては、いまなお異論も存しており、現在学界では、所蔵者の名をとって同本を「中尾本」と称することが多い。よって、本論でも以下「中尾本」の呼称を用いることとする。

そして、この中尾本に関してたいへん興味深いのは、いま「草稿本」と述べたように、七四箇所にも及ぶ貼紙を始めとして、実に多くの訂正の痕跡が見られることである。諸本の本文の比較検討結果から、中尾本の貼紙訂正前の本文は、現在知ることのできる『細道』本文の中でも最も初期段階のものであることが確認されており、同本の出現は、いわば『細道』の創作過程を窺い知るための重要な材料が提供されたことを意味している、といえるわけである。

ちなみに、『細道』の研究に関しては、昭和一八年(一九四三)、旅に同行した曾良の日記が発見されたことが、一つの画期をなしており、これによって、『細道』が旅の忠実な記録ではなく、一つの文芸作品として、時に虚構も交えながら執筆されていることが明らかとなった。以後、そのことを前提とした研究が進み、虚構性(日記と『細道』の違い)の指摘も一段落ついて、やや停滞した感もある研究状況の中、中尾本は発見されたのであった。いわば第二の画期をなす新事態の出現であり、ここではそのことがもつ意義を、読みの可能性を具体的に示すことにより、明らかにしていくこととする。そのために、まずは中尾本をめぐるこれまでの研究動向を概観し、その上で『細道』の新たな読みの可能性を追究していくことにしたい。

中尾本出現以後の研究動向

筆者は、これまでに何度か『細道』研究史を概観する機会を与えられ、その中で、中尾本の出現が『細道』研究にもたらした影響について、同本を含めた諸本の研究には一定の進展が見られた一方、総論(構成論や主題論など)や各論といった作品研究の面に関しては、あまり大きな変化がもたらされていない印象を受ける、と述べたことがある。[1] とりわけ、中尾本そのものの真偽に関する論文は大量に生産されたが、残念ながらそれらが作品研究に有効に結びつくことはほとんどなく、「概していえば、〈奥の細道〉研究は足踏みの状態にある」という藤田真一氏の学界展望[2]が、現状を端的に言い当てているといえるだろう。

しかし、今回、本論を執筆するに当たり、改めて中尾本の訂正に関する発言を見直してみたところ、同本に深く関わった上野・櫻井両氏の著作[3]に言及があるのは当然のことながら、ほかにも尾形仂氏『「おくのほそ道」を語る』(角川選書、平成九年)に代表的な訂正例についての検討があり、また井口洋氏や蓮井徹氏には、訂正のありようについて考察を加えた複数の論文がある。さらに谷地快一氏や筆者にも、貼紙訂正について考察した論考があり[4]、これらの論考を見ていくかぎり、実は訂正全体のうちかなりの部分について、すでに何らかの言及がなされているように思われるのである。藤田真一氏は、前掲学界展望において、「〈奥の細道研究〉の未来は、新資料の思いがけない発掘をアテにするのではなく、新たな切り口を見つけ、大枠のとらえ方に新機軸を導入することによって切り開かれるだろう」と述べており、もちろんそれはそれで正当な指摘である。しかし、それと同時に、中尾本という新資料から導き出されたこれらの論考を、一度整理して検討を加えてみることも必要ではないか、と筆者は考えている。

このように中尾本をめぐる研究動向を概観した上で、以下、具体的に「7 曾良」の章段[5]における訂正のありようについて取り上げてみることにする。

「7 曽良」の章段における貼紙訂正の意味
――「白し」の語を加えるという視点から

まずは、上野洋三・櫻井武次郎編『芭蕉自筆 奥の細道』(岩波書店、平成九年)によって、この章段の

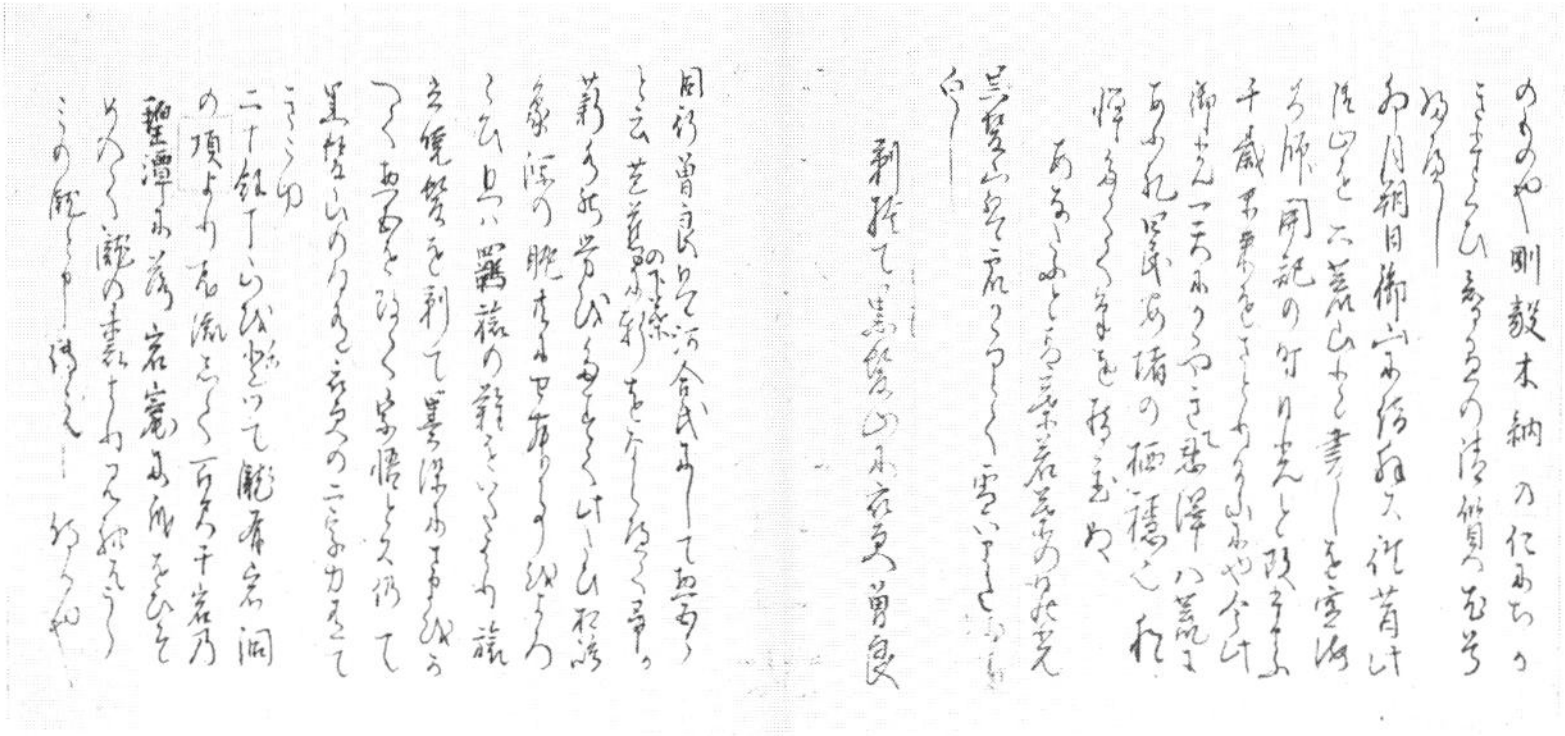

図1 「7　曽良」の章段における訂正箇所（『芭蕉自筆 奥の細道』（岩波書店）より）

本文全文を掲げてみよう。なおその際、訂正箇所を□で囲み、後ろにそれぞれについての説明を示した。

①黒髪山は霞かゝりて、雪いまだ残て白し。

剃捨て黒髪山に衣更《ころもがへ》　曽良

同行《どうぎやう》曽良は、河合氏にして、惣五郎と云《いふ》。芭蕉②の下葉に、軒をならべて、③予が薪水《しんすい》の労をたすく。此たび、松嶋象潟《きさがた》の眺《ながめ》、共にせむ事をよろこび、且《かつ》は羇旅《きりよ》の難をいたはり、旅立《たびだつ》暁《あかつき》髪を剃て、墨染《すみぞめ》にさまをかへて、惣《そう》五《ご》を改て宗悟《そうご》とす。仍《より》て黒髪山の句有《あり》。衣更の二字、力有てきこゆ。

〔訂正①〕「黒髪山は霞ふかく、雪猶残れり。くろき筋なしとよみけん滝の景、おもひ出」を貼紙で訂正。また、貼紙の上に書かれた「残て」の二字を、のちにナイフのようなもので削って抹消[6]。

〔訂正②〕行間にあとから補う。

〔訂正③〕「予」は別字の上に重ね書き。

一見して、この章段における最も大きな訂正が、冒頭の一文であることは明らかであり、本論でもこの訂正に焦点をしぼって考察を進めてゆく。まず訂正の要点であるが、これは「くろき筋なし」以下の部分、つまり、「落ちたぎつ滝のみなかみ年つもり老いにけらしな黒き筋なし」という和歌(『古今和歌集』巻第一七・雑歌上・九二八・壬生忠岑《みぶのただみね》)を踏まえた表現を削除し、代わりに「白し」の一語を加えた、というようにまとめられ、その意味について、すでにいくつかの検討が加えられてきた。たとえば上野洋三氏は、

○黒髪山は古来、和歌に詠まれた名所で、和歌に詠む際には「黒」と「白」を対照させたり、人間の頭部を連想したりしながら詠むのが一般的であった。
○貼紙下の本文は、これをふまえて夏の黒髪山なのに冬か春のように真っ白だ、と古典的な描写を試みたが、それでも足りず、「落ちたぎつ」の忠岑歌を引用することによって、さらに真っ白さを強調した。

とした上で、忠岑歌の削除について、次のように述べる。

この削除は、山の白さをいうのに「滝」の古歌を持ち出すことが、くだくだしいと感じられたためだろう。それにすぐあとには、同じ日光の「裏見《うらみ》の滝」を描く文章が出てくる。その点でも、あいだにわずか一〇行しか隔てずに「滝」がくり返されるわずらわしさを避けたとみえる。(7)

氏が指摘するように、黒髪山は古来和歌に詠まれた名所、いわゆる「歌枕」であり、かつて筆者は、こうした歌枕を詠み込んだ発句の特色について考察を加えたことがある。[8] その要点をここで繰り返しておくと、もともと歌枕には、それぞれ古来培われてきた固有のイメージ、すなわち「本意」が付与されており、『細道』中の歌枕を詠み込んだ発句は、ほぼ例外なくこうした「歌枕本意」を忠実に守って作られている。とくに、この章段における「剃捨て」句のように、芭蕉以外の人物が詠んだ[9]句の場合、歌枕の本意に忠実に書かれているのは、芭蕉の筆になる地の文だけ(ここでは、「黒髪山は霞かゝりて、雪いまだ白し」の行文が、「くろかみ(山)―雪・かすみ」(藻塩草)という付合語の連想によると考えられる)で、発句そのものに本意との関わりは認められないのであった。これに、先の上野氏の指摘を重ね合わせて考えれば、忠岑歌の削除が、前後の章段、さらには『細道』全体を見渡した上での訂正だった可能性はきわめて高く、ゆえにこの訂正が芭蕉以外の人物によって行われたとは、ほとんど考えにくいことになる。

しかし、この貼紙訂正、すなわち忠岑歌を削除し、かわりに「白し」の一語を加えるという訂正がもつ意味は、果たして右に述べたようなことだけにとどまるものなのだろうか。たとえば同じ中尾本についていえば、「17 隠栖」の章段で、須賀川の地に住む僧の様子を、

〈貼紙訂正前〉

□ちかきあたり、桑□《門》の僧ありと聞□□たづぬ。大きなる栗の木の下に□□□の庵かりそめに住なして、あは□□□え侍れば、一句しるすべきよしをいふ。其詞、

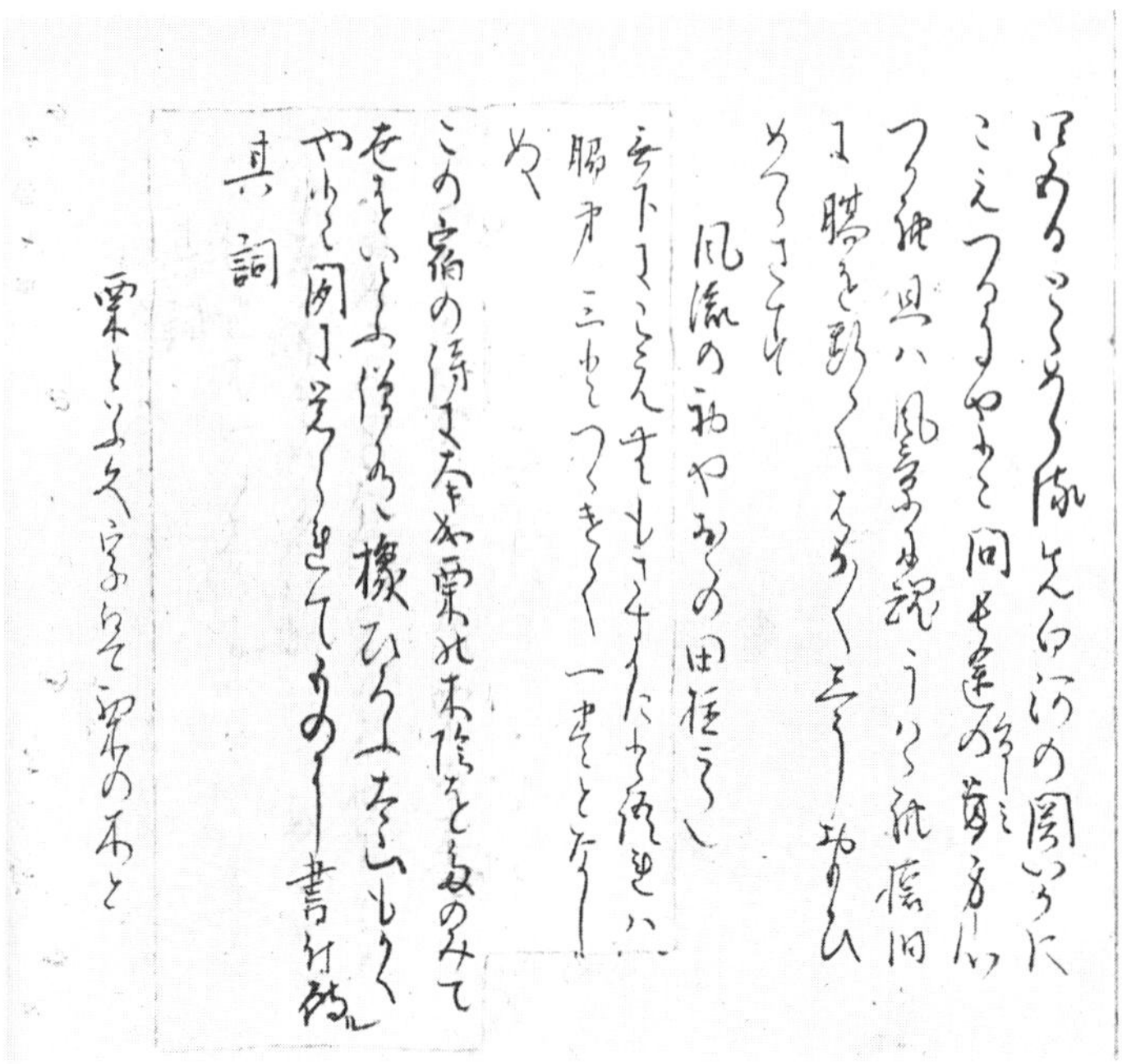

図２　「17　隠栖」の章段における訂正箇所（『芭蕉自筆 奥の細道』（岩波書店）より）

〔貼紙訂正後〕

この宿《しゆく》の傍《かたはら》に、大き成《なる》栗の木陰をたのみて、世をいとふ僧有。「橡ひろふ太山《みやま》もかくや」と、閒《しづか》に覚られて、ものに書付侍《かきつけはべる》。其詞、

と改めているが、貼紙によって新たに加えられた傍線部の表現が、「山深み岩にしだるゝ水溜めんかつがつ落つる橡拾ふほど」という西行歌（『山家集』下）を踏まえたものであることは、諸注の指摘からも明らかである。つまりこの訂正は、俗塵を避けて隠栖している僧の暮らしぶりを、西行歌を援用することによってより効果的に表現しようとしたものだと考えら

れ、したがって『細道』中の表現がある先行歌を踏まえている場合、その表現は前後の本文の内容と密接に関わり合っている、といえるのである。この一例だけから考えても、忠岑歌が削除された理由については、もう少し多角的に考えてみる必要があるということになるだろう。そこで次節では、この歌がなぜ削除されたのかという視点から、貼紙訂正の意味合いについて考え直してみることにしたい。

忠岑歌はなぜ削除されたか――『細道』における感覚表現との関わり

ではここで、改めて忠岑歌の意味を確認しておくことにしたい。ここでは芭蕉も参照していた可能性が高いであろう、北村《きたむら》季吟《きぎん》『八代集抄』（天和二年〈一六八二〉刊）から引用する。

> 落たぎる滝の水かみの年つもり、老て黒き筋なしと、滝の白糸を白髪に似せて人のやうにいへる也。おちたぎつは、落たぎる也。水上を髪によせたる也。

つまり、白く泡立ち流れ落ちる滝の様子を見て、その白さの原因は滝が長い年月を経て年老いたために白髪となったからであろうと、滝の白さを白髪に見立て擬人化して詠んだものである。この歌の前書に、「比叡の山なる音羽の滝を見てよめる」とあることや、古今和歌集の主要な注釈書の一つである、東常縁《とうのつねより》『古今和歌集両度聞書』（文明三～四年〈一四七一～一四七二〉成）が、「義なし。同（筆者注――滝）眺望也」と注するように、一首の眼目は主として「視覚」に基づいた作意にあり、この意味において、上野洋三氏が、「芭蕉は、滝も年老いて白くなったという古歌があるから、それを思うとこの黒髪山も年老いたのであろうかと見立てたのだろう[10]」と述べていることに、とりたてて異論をさしはさむ余地はない。

しかし、「くろき筋なしとよみけん滝の景」（古歌が「くろき筋なし」と詠んだとかいう滝の景色、の意）から連想されるのは、果たして眺望（視覚）のみにとどまるのであろうか。このような疑問から、再度忠岑歌を見直し、まず前書の「音羽の滝」という滝の名称に注目してみたい。『歌ことば歌枕大辞典』（角川書店、平成一一年）の「音羽山」の項（山本一氏執筆）によれば、名所としての「音羽の滝」は、忠岑歌に詠まれた比叡山西麓の西坂本（現在の京都市左京区）のほか、滋賀県大津市と京都市山科区の境にある音羽山山中や、京都市近郊東山の清水寺の境内など複数存在するが、そのいずれにおいても、「音羽山音に聞きつつ逢坂の関のこなたに年をふるかな」（古今集・恋一・四七三・元方）など、「音」の語を含むことと「逢坂の関」の連想を利用した修辞的使用もまま見られ、季節詠でもこれを利用して、「鹿の音の音羽の山に音せぬは妻に今宵や逢坂の関」（夫木抄・巻一二・四五九九・寂蓮）、「鳴神の音羽の山の夕立は降らぬも関のこなたにぞ聞く」（柏玉集・五八三・後柏原院）などと詠まれる。のだという。つまり、忠岑歌は、視覚という感覚表現のほかにもう一つ、「聴覚」（音）という感覚表現をも重要な要素として含んでいる歌なのである。それは現在、この歌が、

○激しく落ちたぎり、音高く流れる比叡山のこの音羽の滝の水源の神は、（以下略）
（『新日本古典文学大系　古今和歌集』岩波書店、平成元年）

○どうどうと激しく落ちて流れるこの滝の上流は、（以下略）
（『新編日本古典文学全集　古今和歌集』小学館、平成六年）

などと現代語訳されていることからも明らかであるし、さらに「落ちたぎつ」という初五に注目してみるならば、同じ『古今和歌集』に、「降る雪はかつぞ消《け》ぬらしあしひきの山のたぎつ瀬音まさるなり」（巻第六・冬歌・三一九・読人しらず）[11]といった歌があることによっても裏づけられるであろう。

こうした点から考えると、中尾本の貼紙訂正によって忠岑歌が削除された最大の理由は、黒髪山についていうのにはまったく不必要な「聴覚」という要素を削除するところにあったのではなかろうか。この「聴覚」という要素は、つづく「8　裏見の滝」の章段の、「岩洞《がんとう》の頂《いただき》より飛流して百尺《はくせき》、千岩《せんがん》の碧潭《へきたん》に落《おつ》。」という表現にこそむしろふさわしく、この点においても、先に引用した上野洋三氏の、「あいだにわずか一〇行しか隔てずに「滝」がくり返される」ことへの配慮が見て取れるとの言は、的を射たものといえよう。

そういえば、中尾本の貼紙訂正を改めて見直してみると、この箇所以外でも感覚表現の削除が行われていることが知られる。たとえば、先に掲げた「17　隠栖」の章段の訂正前の本文は、

□ちかきあたり、桑□《門》の僧ありと聞□□たづぬ。大きなる栗の木の下に□□□の庵かりそめに住な

して、あは□□□え侍れば、

というものであり、「桑□《門》の僧ありと聞□」の部分に「聞」という聴覚を表す表現が含まれていたわけだが、これが貼紙訂正によって削除されている。さらに、ほかの箇所においても、

○あるひは植次《うゑつぎ》などして今将千歳《いまはたせんざい》の容《かたち》をとゝのへ、みどりこまやかに枝垂《えだたれ》さがり、めでたき松のけしき也《なり》けらし。

→あるひは植次などせしと聞に、今将千歳のかたちとゝのひて、めでたき松のけしきになん侍し。

（「24　武隈の松」。松の様子について述べた、傍線部の視覚表現が削除されている）

○頓《やが》て江上に宿□□□。旅人一見の為成《ためなる》べし。窓を開キ二階を作りて、□望□やしき住ゐなり。

→江上に帰りて、宿を求れば、窓を開《ひらき》、二階を作て、風雲の中《うち》に旅寝するこそ、あやしきまでたへなる心地はせらるれ。

（「33　妙なる心地」。傍線部は「眺望あやしき住ゐなり」かと推測され、そうだとすれば宿について述べた視覚表現が削除されていることになる）

○塚もうごけ我泣声は秋の風／いまだ残暑はなはだなりしに、旅のこゝろをい（以下破損）

→塚もうごけ我泣声《わがなく》は秋の風／ある草庵にいざなはれて

（「50　一笑追善」。傍線部の触覚表現が削除されている）

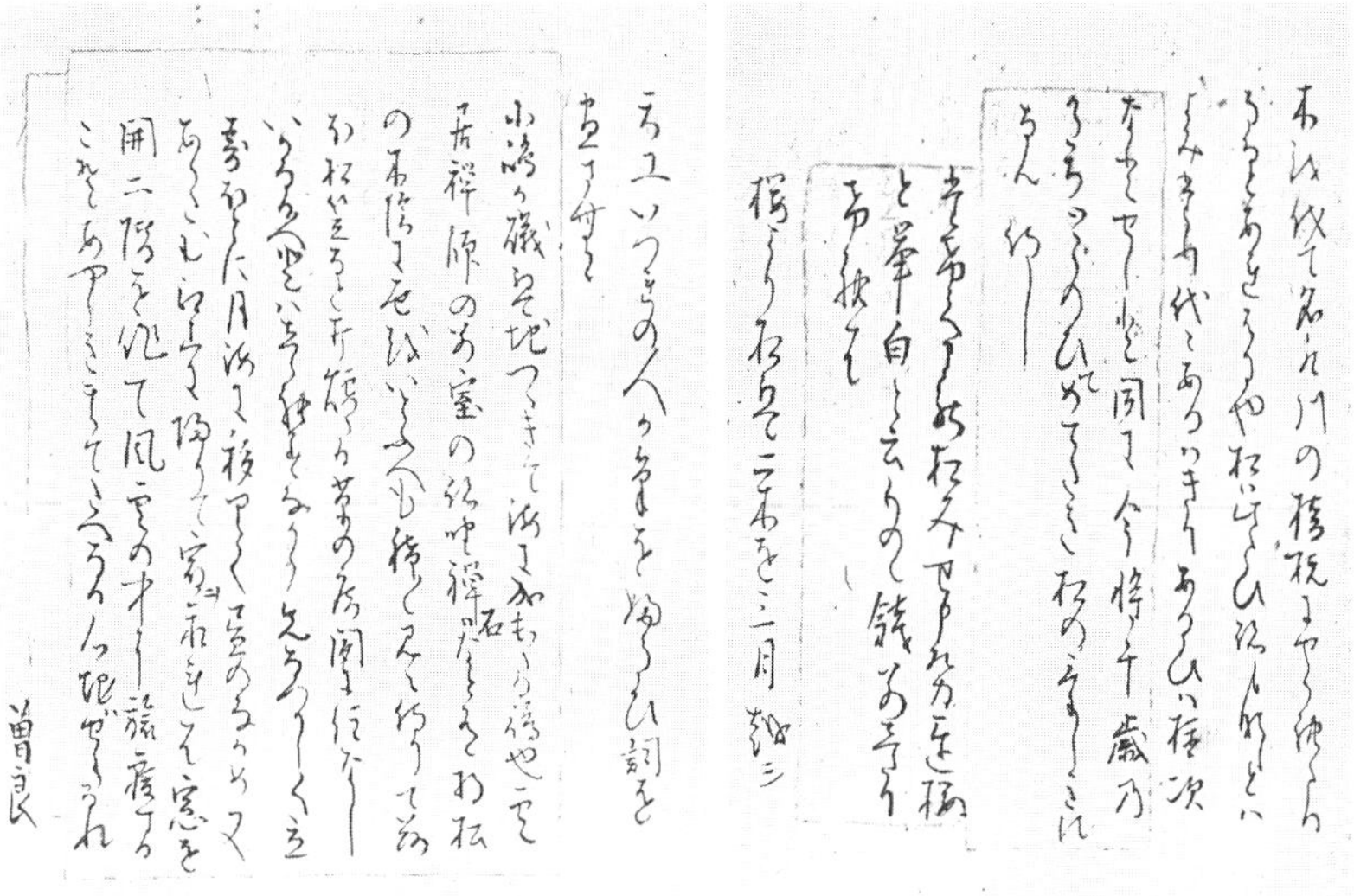

図３　感覚表現の削除が行われた箇所(1)(『芭蕉自筆 奥の細道』(岩波書店)より)

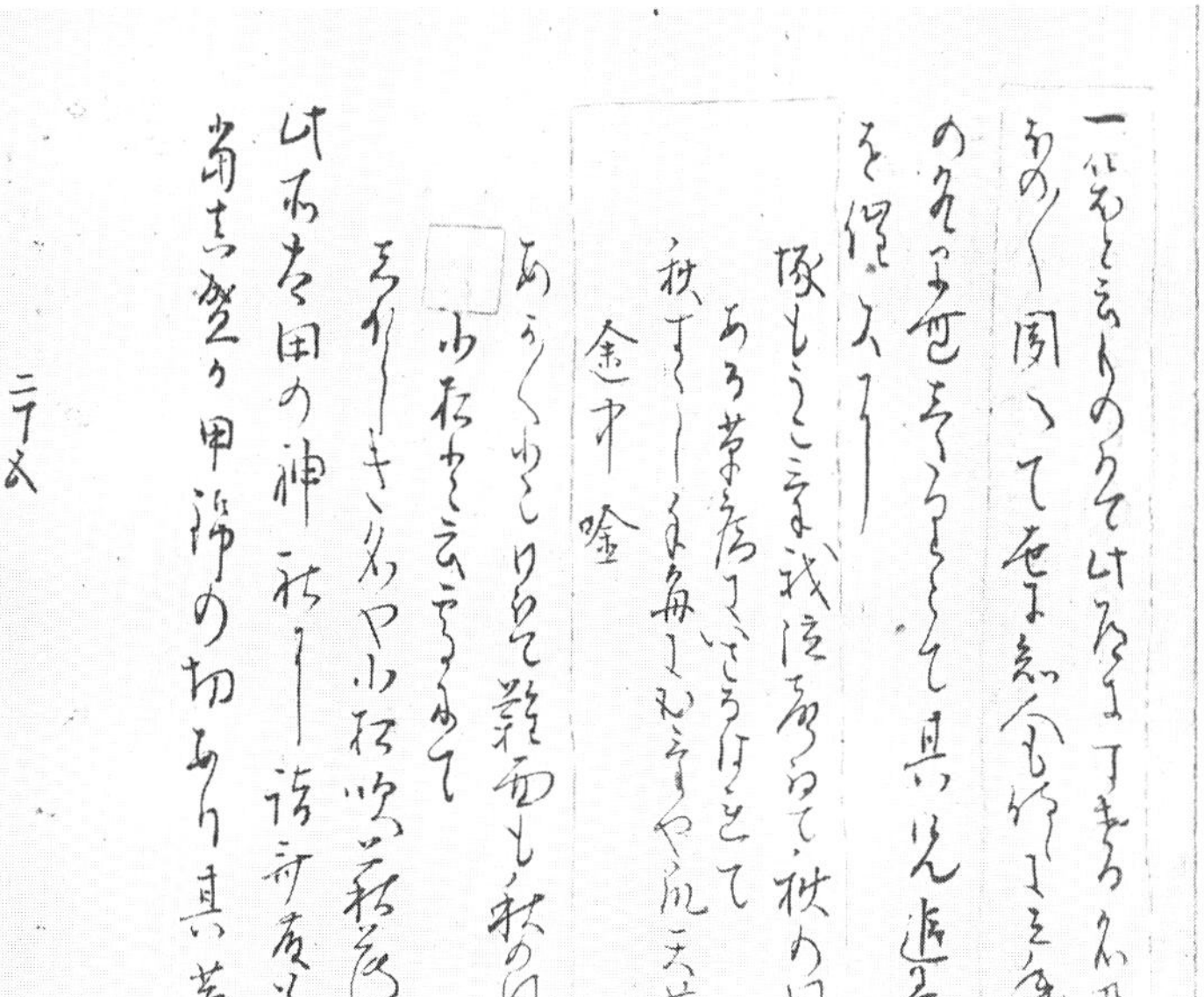

図４　感覚表現の削除が行われた箇所(2)(『芭蕉自筆 奥の細道』(岩波書店)より)

といったような例を見つけ出すことができ、これらの例から中尾本における貼紙訂正の重要な特色の一つとして、感覚表現の削除、ということが指摘できるように思われるのである。

周知の通り、『細道』は四〇〇字詰原稿用紙に換算するとわずか四〇枚足らずの分量にすぎないが、そうであるにもかかわらず、作品の随所に、読者に極大の旅空間を想像させせうるような表現がちりばめられている、としばしば指摘されてきた。そしてそれが、完成までに数年を費やし[12]、何度も推敲を重ねることによって生まれた、ぎりぎりに省略された表現によってもたらされるものであることもすでに言い古されているところであり、今回の考察によって、右の諸例もその例外でないことが確認できたように思われる。つまり、右に指摘したようないわば「余分な」表現が、数度にわたる推敲によって徐々に削除され、研ぎ澄まされていったことで、初めて今日私たちが感じ取っているような魅力が『細道』に生まれた、といえるように思われるのである。

「白」のイメージ——感覚表現から共感覚表現へ

ではここで、再び中尾本の貼紙訂正によって新たに加えられた、「白し」という一語に戻って考えてみたい。これを感覚表現という視点から考えるとき、いったいどのような意味を認めることができるのだろうか。

この一文は卯月朔日、つまり暦の上では夏になったにもかかわらず、まだ雪の残る黒髪山について、その様子が「真っ白だ」と描写しているわけだから、一つの意味が視覚表現にあることはいうまでもない。ただそれと同時に、この章段が日光東照宮参詣を主題とする「6 日光山詣」と、僧徒の夏行《げぎよう》に触れつつ執筆された「8 裏見の滝」の章段の間に配されていることから考えれば、「清浄・潔白・純潔・神聖」といったイメージが重ね合わされていると見ることも可能だろう。[13]

そして、さらにもう一つ筆者が注目したいのは、この「白し」が「雪」と結びついている点を考慮するとき、そこに「涼しさ」「寒さ」といった意味合いをも読み取ることができる、と考えられることである。堀切実氏は、前掲「白のイメージ―芭蕉と蕪村―」の中で、「葱白く洗ひたてたるさむさ哉」句（『韻塞《いんふたぎ》』ほか所収）について言及し、「洗い上げられた葱のすがすがしく目にしみるような純白のイメージのなかに、共感覚的な働きで寒さをとらえている」と述べているが、[14]いま問題にしている「白し」は、まさにこれと同様に――つまり、「雪の白さ」という視覚表現と、「涼しさ」「寒さ」という感覚表現（ここではとくに触覚表現）を同時に持ち合わせた表現であると――理解できるように思われるのである。

このように、一つの感覚領域（この場合、視覚）に刺激が与えられたとき、それにほかの感覚（この場合、触覚）が随伴する現象を、心理学の分野では「共感覚（synaesthesia《シネステシア》）」と称しており、今回の「白し」も、この範疇に入る表現と見ることができよう。そして、芭蕉の「共感覚的表現」に関する研究として、これまでに稲田利徳・高橋英夫両氏の論考が[15]発表されており、とくに高橋氏は、芭蕉の俳句（発句）には「色・匂い・音をするどく捉えたものがたいそう多」く、しかもそれらは単に「色・匂い・音だけでなく、物事の変化、崩れなどを新しい感覚で表現し」たものである、と指摘している。[16]この両氏の論考では具体的に、

閑《しづか》さや岩《いは》にしみ入《いる》蟬の声《こゑ》　（「41　立石寺詣」。聴覚・触視覚[17]）

あか〳〵と日は難面《つれなく》もあきの風　（「50　一笑追善」。視覚・触覚）

石山の石より白し秋の風　（「52　那谷寺詣」。触視覚・視覚）

などといった発句の例が挙げられており、これらの例を含めて考えれば、『細道』において、「共感覚的表現」は大いに注目すべき表現の一つとなりうる、ということがいえるだろう。そしてその意味で、中尾本の貼紙訂正によって「白し」の一語が新たに加えられたことの効果は、芭蕉の真の意図の如何にかかわらず、きわめて大きなものとなっているのである。

またこのほかにも、「49　有磯海」の「わせの香《か》や分入《わけいる》右は有《あり》そ海《うみ》」には、嗅覚・視覚の二つの感覚表現が用いられているとおぼしく、この句もやはり共感覚的表現と見なせるだろうし、さらに本論で取り上げた「白し」のように、地の文にも共感覚的表現の含まれていることが予想される。このように見てくると、「共感覚的表現」について考察することには、『細道』研究に進展をもたらす大きな可能性が秘められているように思われるのであるが、いかがであろうか。

おわりに

その存在が紹介されてから一〇年あまり、私たち（とくに研究者）が、『細道』の作品面での研究を進展させるために、果たして中尾本を有効に活用してきたのかと問われれば、正直「否」と答えざるをえない。しかし、本論においてその一例を示したように、中尾本を活用することによって『細道』の新たな読みを提示できる可能性は、大いにありうるといえるだろう。ただしそのためには、やはり本論冒頭において藤田真一氏の言を引用したように、「新たな切り口を見つけ、大枠のとらえ方に新機軸を導入すること」が必要である。つまりは結局のところ、私たちの問題意識の如何による、ということなのだろう。『細道』については、ともすればすでに「くまぐままでいいつくされており、もはやこれからの研究者の介入する余地がない(18)」かのように見られてしまいがちである。しかし、ここに引用した田中善信氏の論文では、『細道』の「文章の研究」についてはいまだ「手薄」な状況にあると述べられているのであり、本論ではこうした氏の指摘に答えるべく、感覚表現という新たな切り口から一つの読みの可能性を示してみたつもりである。このようにいまなお多様な読みの可能性を秘めている点こそが、『細道』のもつ最大の魅力なのであり、今後もその魅力に少しでも迫ってゆけるよう、『細道』と向き合い続けたいものである。

■注

（1）拙稿「新出本『奥の細道』研究史概説―付・研究文献一覧―」（『近世文芸 研究と評論』60、平成一三年六月）。

（2）「2007年俳文学展望―長距離ランナーをめざそう―」（『2008年版俳句年鑑』角川学芸出版、平成二〇年一月）。

（3）上野洋三氏『芭蕉自筆「奥の細道」の謎』（二見書房、平成九年）、櫻井武次郎氏『奥の細道の研究』（和泉書院、平成一四年）。

（4）井口氏ほかの雑誌論文をここですべて列挙することはできないので、堀切実編『『おくのほそ道』解釈事典―諸説一覧―』（東京堂出版、平成一五年）や、楠元六男・深沢眞二編『おくのほそ道大全』（笠間書院、平成二一年）所収の論文一覧などを参照していただきたい。

（5）本論における章段名は、すべて後出の上野洋三・櫻井武次郎編『芭蕉自筆　奥の細道』（平成九年、岩波書店）による。

（6）注（3）所掲書、一三二〜一三三頁による。

（7）注（3）所掲書、一三三頁。

（8）拙稿「地名句から『奥の細道』を読む―「本意」の扱いを一つの視座として―」（『国文学研究』143、平成一六年六月）。

（9）『細道』中には、芭蕉以外の人物が詠んだとされる発句が数句見られ、これらの句について、芭蕉の代作だと指摘されることがしばしばある。もちろんそうした視点も、『細道』研究における重要な視点の一つであるには違いないが、筆者は実際の作者が誰かということと、『細道』という文学作品上での作者とは別次元の問題だと考えており、注（8）所掲論文もそうした立場から執筆している。

（10）注（3）所掲書、一三三頁。

（11）なお、この歌については中世以来、「たぎつ」「滝つ」の両意がかけられていると解釈されるのが一般的であった（「降つもりし雪は且々消《カツガツキエ》ぬらん、山の滝つせ、音のまさりて聞ゆると也。顕注山の滝津瀬は、たぎる瀬と云。滾《タギツ》といふ字也。又滝をたきつせともいふ。つはやすめ字也。（以下略）」『八代集抄』）。

（12）『細道』の成立については諸説あるが、近年の研究では、元禄二年（一六八九）の奥羽行脚の後、ある程度の時間が経過してから――具体的には元禄五年六月以降――執筆され始めた、とする見方が大勢を占めており、本論でもそれらの見解を前提としている。

（13）堀切実氏「白のイメージ―芭蕉と蕪村―」（『芭蕉の音風景―俳諧表現史へ向けて―』ぺりかん社、平

成一〇年。初出は、『文学』5—4、平成六年一〇月)。

(14) 注(13)所掲書、一一二頁。

(15) 稲田利徳氏「芭蕉発句の共感覚的表現の分析」(『文学研究』33、昭和四六年七月)、高橋英夫氏「色・匂い・音で味わう—芭蕉のシネステシア—」(『芭蕉遠近』小沢書店、平成六年。初出は、『俳句α』3、平成五年五月)。このほか、永田英理氏に「詩人芭蕉 感性の覚醒—発句表現における「触覚」のはたらき—」(『蕉風俳論の付合文芸史的研究』ぺりかん社、平成一九年。初出は、『国語と国文学』81—7、平成一六年七月)という論考があり、この中で氏は、「詩人芭蕉の感覚表現について深く追究してゆくため」に、中村雄二郎氏『共通感覚論』(岩波現代文庫、平成一二年)の考え方を踏まえて、「体性感覚」(共通感覚とも。異なった感覚諸器官が伝えてくるものをまとめ綜合する感覚)という切り口から、芭蕉の触覚表現について考察を加えている。

(16) 注(15)所掲論文。

(17) 「触視覚」は稲田氏独自の術語で、その意味について氏は、「「風」は本来、触覚で知覚するが、実際は知覚、即ち、対象物の動揺で知ることも多い」ことから、「特に、触視覚という複合感覚を援用した」と説明している。

(18) 田中善信氏「『おくのほそ道』の用語と用字」(『芭蕉新論』新典社、平成二一年。初出は、「『おくのほそ道』を読む」『近世文芸 研究と評論』65、平成一五年一一月)。

芭蕉と蕉門の俳論

永田英理

芭蕉と俳論

「俳論」とは、俳諧に関する評論のことである。芭蕉は生涯、俳論や式目作法というものを書き残そうとしなかった。芭蕉自身の俳諧観などについては、自身の書簡などによっても知ることができるが、我々が目にする蕉門の俳論は、すべて弟子たちによって残されたものなのである。弟子の一人、土芳《どほう》が著した『三冊子《さんぞうし》』（元禄一五年〈一七〇二〉成）には、蕉門の式目作法書を乞われた芭蕉が、「甚《はなはだ》つゝしむ所也。法を置《おく》と云《いふ》事は重き所也。（中略）法を出《いだ》して私《わたくし》に是を守れとは恥《はづ》かしき処也」と固辞しつつも、「たゞこゝろざしある門弟は、直《ぢき》に談じて信用して書留《かきとむ》るもの、密《ひそか》にわが門の法ともなさばなすべし」（『三冊子』〈白〉）として、弟子が自分の言説を書き留めて導《しるべ》とする行為は容認していたことが記されている。芭蕉が俳論を著さなかったのは、門弟たちがその内容や伝授に固執し、俳風が形骸化することを憂慮したためかもしれない。

蕉門の俳論の中でも最もよく知られているのは、去来《きょらい》の『去来抄』（宝永元年〈一七〇四〉頃成）と先述の『三冊子』である。両書ともに、芭蕉の浴した朱子学的思想を背景に成った俳論であり、師説を忠実に伝えるものとして評価されているが、その一方、恣意的な解釈や誤解などがあることもまた指摘されるところである。そのほかに主要な俳論としては、許六《きょりく》の『宇陀法師《うだのほうし》』（元禄一五年〈一七〇二〉刊）、『俳諧問答』（元禄一一年〈一六九八〉許六奥）、支考《しこう》が芭蕉生前に刊行した『葛《くず》の松原』（元禄五年〈一六九二〉刊）、これを承け七年後に出された『続五論《ぞくごろん》』などがある。許六は血脈《けちみゃく》説や『連歌新式』の重視、支考は虚実《きょじつ》論や姿情《しじょう》論といった具合に、彼らの俳論はともに独自の見解を強く打ち出した内容になっており、とりわけ支考の『二十五条』（元禄七年〈一六九四〉奥）や『俳諧十論《じゅうろん》』（享保四年〈一七一九〉跋）などについては、俳論の体系化を図ったため芭蕉の説から大きく乖離したものと見なされてきたが、師説を的確にとらえている一面も確かにあり、全面的に否定することはできない。また、写本のままで伝わった『去来抄』『三冊子』に対し、芭蕉死後の俳壇へ広く伝播していったのは、積極的に俳論を出版した支考（美濃派）の論の方でもあった。

芭蕉自身の俳論が残されていない以上、こうした蕉門俳論書を比較対照することにより、まず芭蕉の俳諧観を相対化してゆく必要がある。また、先行する歌論・連歌論・俳論・詩論、同時代の歌論などとの関係性において、それが蕉門独自の論であるのかどうかを見極めることも大切である。さらに、芭蕉はそれぞれの弟子に応じて対機説法をとっており、同じ問題についても門弟間で矛盾するような教説が見られる点にも注意しておきたい。本論では俳論の内容を、〈俳諧文芸の本質・俳諧精神論〉〈対象把握の方法〉〈発句表現論〉〈連句論・式目作法〉の四項目に分け、実作品との関連を示しながら紹介してゆく。なお、去来・土芳の言説は、それぞれ『去来抄』『三冊子』によるものであり、引用に当たっては、同書の編名（『去来抄』は「先師評」「同門評」「故実」「修行」、『三冊子』は「赤」〈あかさうし〉「白」〈しろさうし〉「黒」〈わすれ水／くろさうし〉）のみを示している場合がある。

俳諧文芸の本質・俳諧精神論――「俗語を正す」「風雅の誠」

芭蕉は「俳諧」をどのようにとらえていたのだろうか。去来は俳諧も和歌の一体であるといい、土芳も「俳諧は哥也」という。「新《あたらし》みは俳諧の花」（『三冊子』〈赤〉）として、和歌に対する新しみを目指しつつも、芭蕉は俳諧を雅の文芸である和歌に対立するものとしてではなく、その系譜に連なる詩として認識していた。そして、『三冊子』に見える「俳諧の益は俗語を正す也」（黒）という芭蕉の言に代表されるように、「俗談平話《ぞくだんへいわ》」――日常的な言葉の詩語化によって俳諧の文芸性を高めることを目指していたのである。

そのために芭蕉が最も重視した俳諧精神は、「風雅の誠」の追究であるといわれている。土芳の『三冊子』もまた、師説を「風雅の誠」という観点から整理した俳論書であった。「風雅の誠」とは、俳諧において句を詠じ出す基盤となる純粋な詩精神のこと（表現内容の真実味を表す歌論用語の「まこと」とは別の概念である）。宋学の世界観では、この宇宙の根源である「造化」の本体を「誠」といい、万物を生成する力を「気」、それを支える不変の原理を「理」として、この世界のメカニズムをとらえており、「気」の働きによって生成されたこの世の物すべてには、それぞれに「造化」の「誠」が分有され、万物を貫く不変の「理」が内在されているとする（図2参照）。つまり、創作主体である我々が各自に宿る「誠」を明らかにする（土芳によれば「誠を責むる」）ことは、そのまま句として詠じる対象の「誠」を掴むことにも通じるのである。『三冊子』（赤）には、

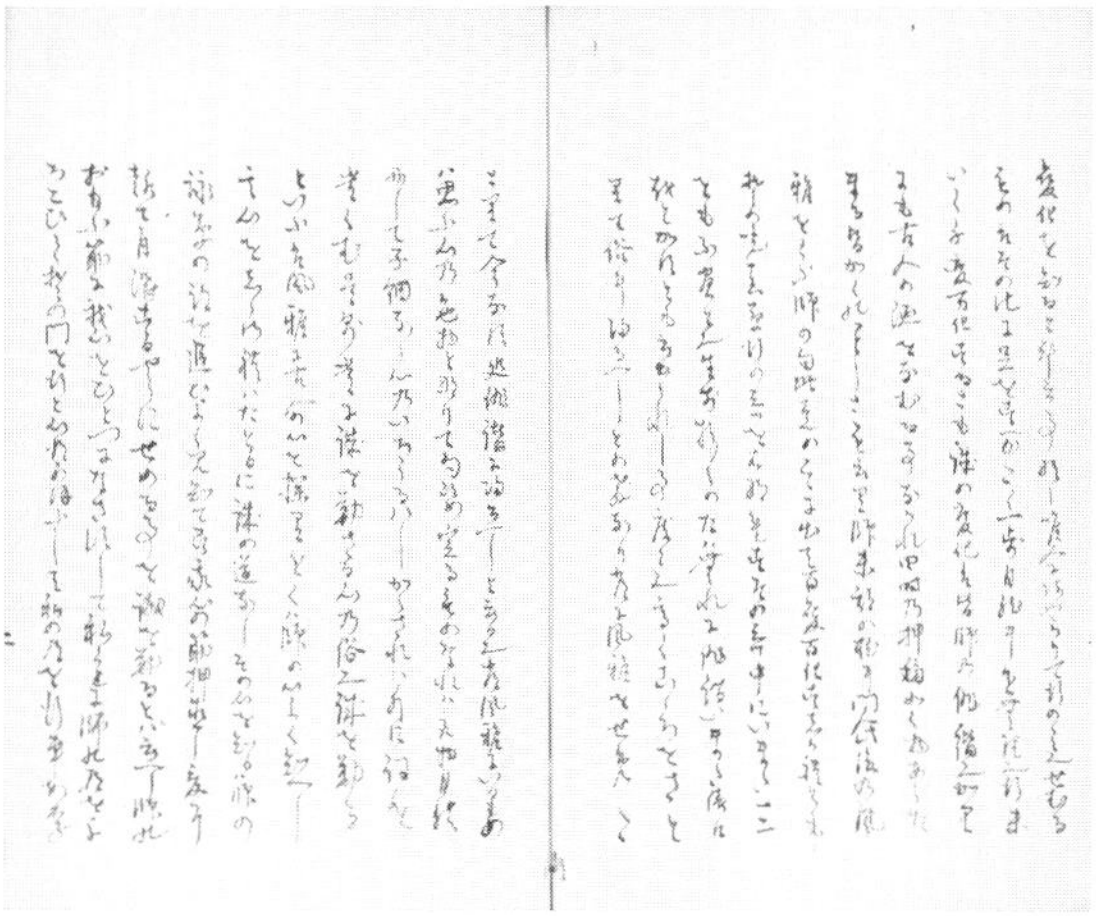
図1　版本『三冊子』（赤）「高くこゝろを」の条
（早稲田大学図書館蔵）

高くこゝろをさとりて俗に帰るべしとの教《をしへ》なり。常に風雅の誠をせめさとりて、今なす処俳諧に帰るべしと云《いへ》る也。常《つね》風雅にい《（ゐ）》るものは、思ふ心の色、物となりて、句姿定《さだま》るものなれば、取物《とるもの》自然にして子細なし。心のいろうるはしからざれば、外《ほか》に詞をたくむ。是《これ》即《すなはち》常に誠を勤《つとめ》ざる心の俗也。誠を勤《つとむ》るといふは、風雅に古人の心を探り、近くは師の心よく知《しる》べし。（中略）その心を知るは、師の詠草の跡を追ひ、よく見知《しり》て、即《すなはち》我心の筋押直し、爰《ここ》に趣《おもむい》て自得するやうにせめる事を、誠を勤るとは云《いふ》べし。

として、常に風雅の誠を責めて心を高くもちなが

ら、自分の周辺の卑近な世界を対象とする俳諧に向き合うべきであると説かれている。そうすれば余計な作意などを凝らすことなく、おのずと思う心の通りに句の「姿」が定まるというのである。土芳は、「誠を勤る」とは、古人や芭蕉の詩の精神を学び、そして自己の精神を鍛錬することであるととらえている。なお、総論において解説された「不易流行」の「不易」は「誠によく立《たち》たる姿」であり、「流行」は「誠の変化を知」り、「せむる」ことにより追究するものとして説かれており、両者を統括する概念

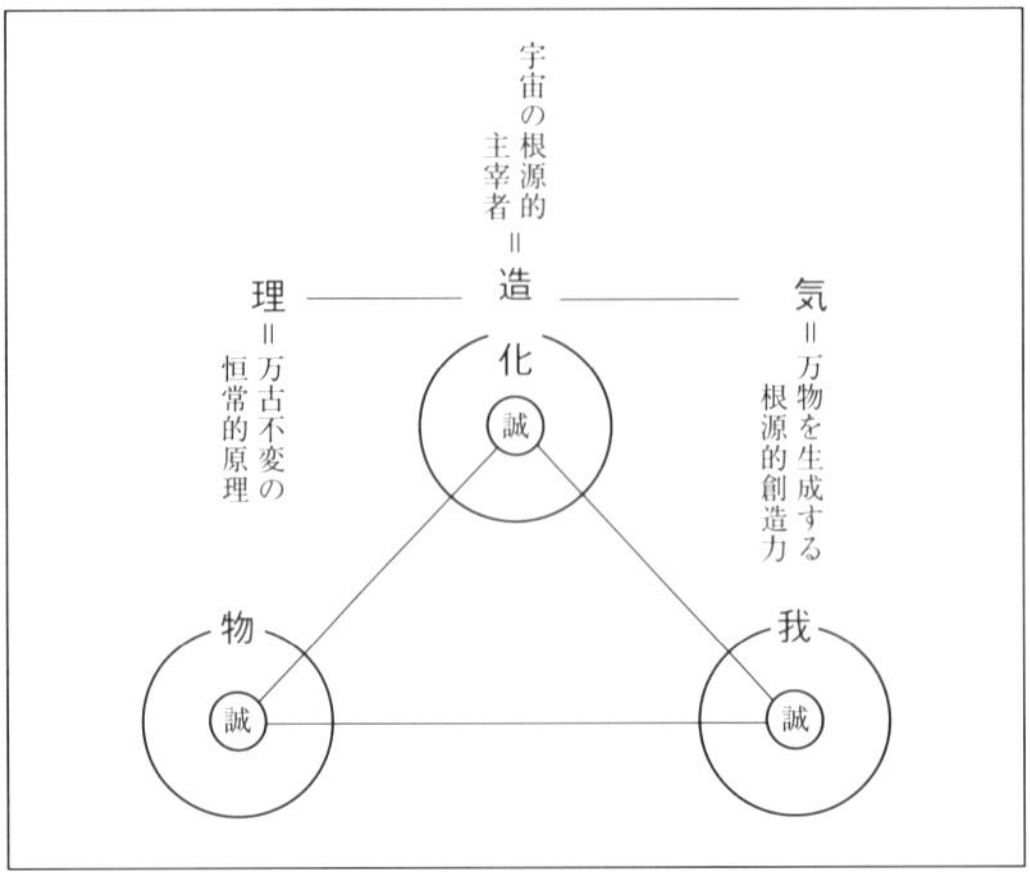

図2　造花の「誠」の分有

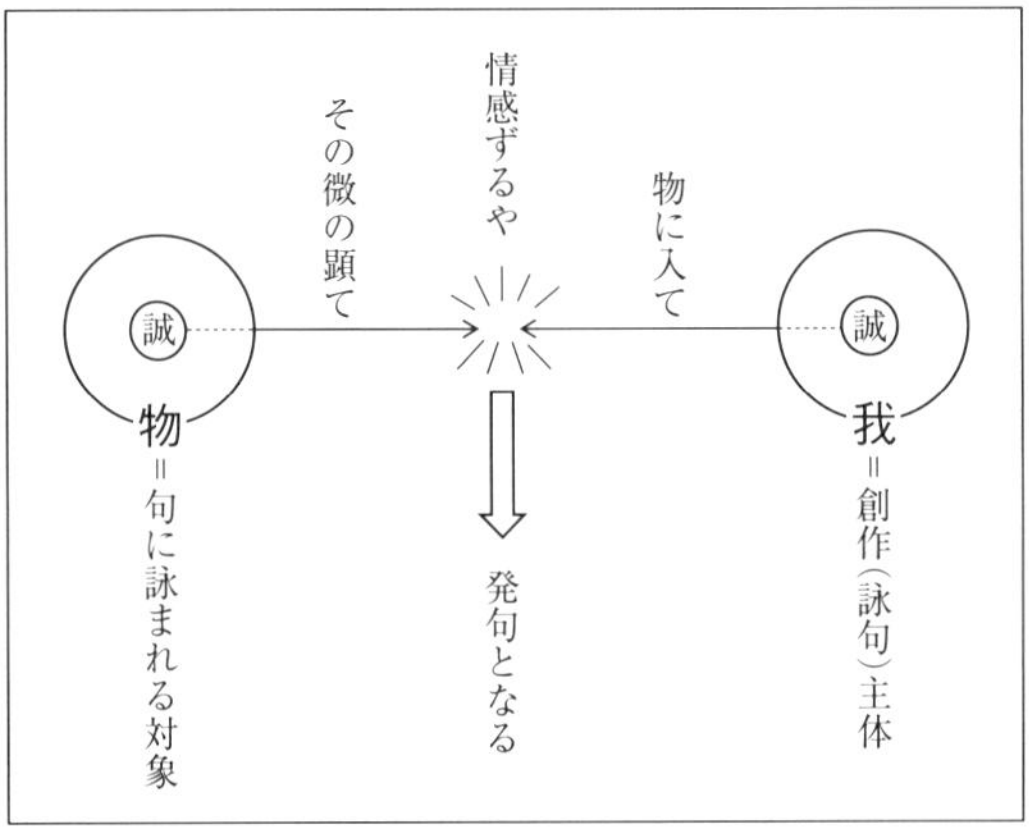

図3 「物我一如」の境地によって成る句

注：図2・図3はともに、尾形仂『講談社学術文庫　芭蕉の世界』（講談社、昭和六三年）所収の「本情論」中に掲げられている説明図を参考に作成した。

として「風雅の誠」が位置づけられているのであった。

対象把握の方法――物我一如と本情論

句に詠じる対象をどのようにとらえるか、という問題にも「風雅の誠」の自覚が大きく関わってくる。和歌における対象把握の方法は、もっぱら「本意」（詩歌伝統において形成された、歌の題材とする対象の最もそれらしい情趣）の尊重で、本意に叶うように詠むことが求められた。実際、芭蕉の発句における竪題《たて》（和歌で伝統的に詠まれてきた題材）や、蕉風連句の恋句も、その七割強が本意に叶うように詠まれている。

ところが蕉風俳論においては、和歌で形骸化されつつあった本意に代わり、新たに「本情《ほんじょう》」という概念をもって対象をとらえようとする考えが展開されてゆく。「本情」は「本性」ともいい、対象の最も本質的な固有の性情をいう。「本意」と似た概念ではあるが、朱子学の「本然之性」（天から賦与された純然たる性）に由来する語であり、支考は、万物には「天地よりなせる本情」（『続五論』）が備わり、「おのれ〳〵が本情をそなへて尤《もつとも》人情にかはるべからず」として、「本情」をとらえることの重要性を説いている。また去来も、「凡《およそ》、物を作するに、本性《ほんしやう》をしるべし。しらざる時は、珍物新詞《ちんぶつしんし》に魂を奪《うばは》れて、外の事になれり。魂を奪るゝは、其《その》物に著《ちやく》する故也。是を本意を失ふと云《いふ》」（同門評）と主張するところである。

『三冊子』（赤）には、こうした「本情」のとらえ方について語った芭蕉の言辞が書き留められている。

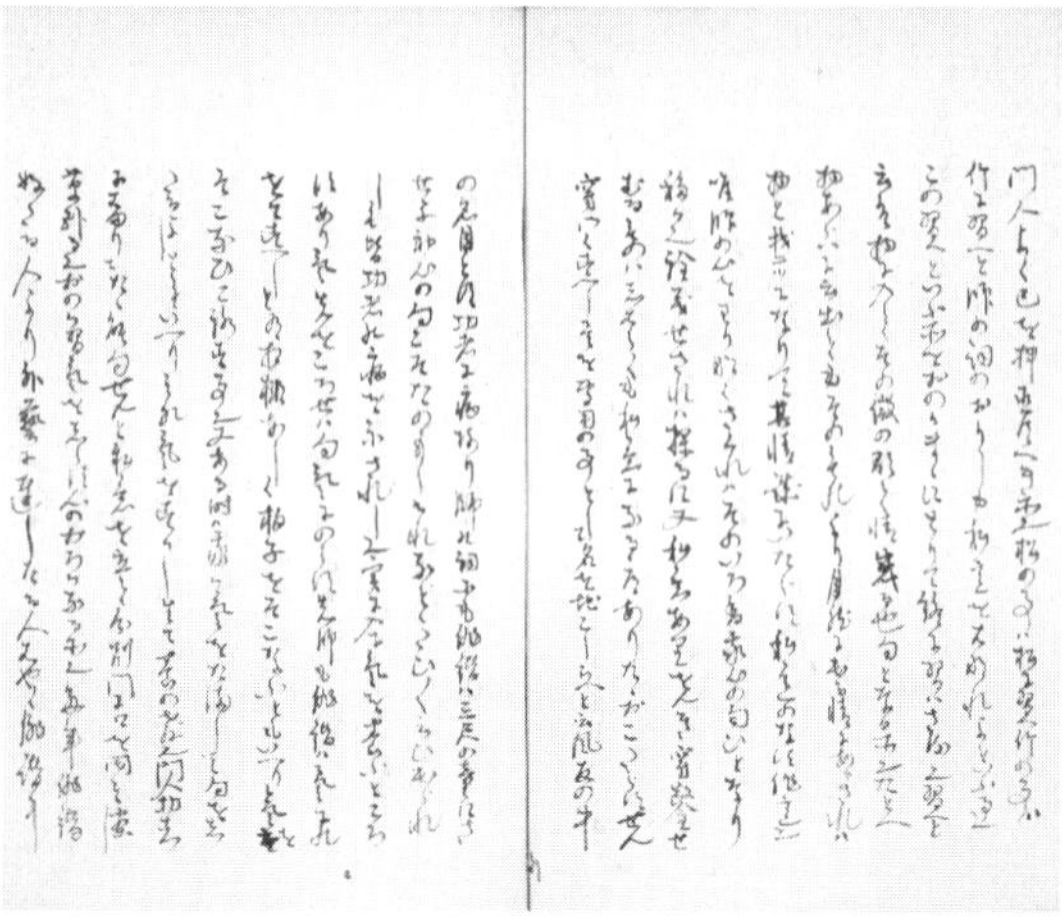

図4　版本『三冊子』(赤)「松の事は」の条
(早稲田大学図書館蔵)

松の事は松に習へ、竹の事は竹に習へと、師の詞のお《(あ)》りしも、私意をはなれよといふ事也。(中略)習へと云《いふ》は、物に入《いり》て、その微《び》の顕《あらはれ》て情感《かんず》るや、句となる所也。たとへ物あらはに云出《いひいで》ても、そのものより自然《じねん》に出《いづ》る情にあらざれば、物と我二つになりて、其《その》情誠にいたらず、私意のなす作意也。

芭蕉の「松の事は松に習へ」という教えは、言い換えれば「私意」を捨て去るということである。「情」とは「心」(一身の主宰たる精神)の「用」(外界の万事に応じて動くもの)であり、事物に触れて発動するものである。詠じ出す対象の「情」を掴むことは、「造化」より分有された「誠」を掴むことにも繋がる。そのためには、表現する側(我)の「情」だけで対象をとらえるのではなく、我の「情」を捨て、対象物の中に観入しなければならない。句に表現すべきはその対象から出づる「情」であり、それが作者の「情」と感合するところを掴む――「物我一如」「主客合一」とも評される境地こそ、芭蕉の目指した対象把握の姿勢であった(図3参照)。似たような考え方は、早く南北朝時代の歌論に見え、また近世歌論にも受け継がれており、近代俳句の説く「写生」とはまったく異なった対象認知の方法である。詩人が自らの内面を白発させたものを「詩」とする認識が浸透してゆくのは近代になってからであるが、田中道雄「我の情の承認」（『蕉風復興運動と蕪村』〈岩波書店、平成一二年〉）によれば、この作者と対象の「主客」が分立してゆくのは、俳諧中興期以後のことであるという。

では、『去来抄』（先師評）の中で具体的に発句を示しながら、「情」の表出について論じている例を見てみよう。まずは「行春《ゆく》を近江の人とお《(を)》しみけり《(る)》」という芭蕉の句をめぐって、門弟の尚白《しょうはく》が「「近江」は「丹波」にも、「行春」は「行歳《ゆく》」にもふるべし」（「ふる」はほかの語に置き換えられる、という意）と非難を寄せたことに対し、去来が「行歳近江にゐ給はゞ、いかでか此《この》感ましまさん。行春丹波にゐ《(い)》まさば、本より此《この》情うかぶまじ。風光の人を感動せしむる事、真成哉《まことなるかな》」という意見を示している条である。去来は、風光明媚な近江の春を惜しむ情とは、実際に晩春の時節に近江の地にいてこそ、初めて感得できるものであると説く。そしてその「情」とはまさに、「近江路や真野の浜辺に駒とめて比良の高嶺の花を見るかな」（新続古今集・春一三〇・頼政）などと古歌に詠まれてきた、近江の春を慕う伝統的な詩情にも通底するものであった。『三冊子』（白）にも「見るに有《あり》、聞《きく》に有《あり》、作者感《かんず》るや句と成る所は即俳諧の誠也」と述べられている通り、この句が実感に基づいて掴まえた「情」を詠んだものである以上、いかなる言葉にも置き換えることはできないのである。

「同門評」からもう一例、芭蕉が没する前夜に「夜伽《よとぎ》」（徹夜の看病）という題で弟子たちに発句を詠ませたところ、「うづくまるやくわん《(薬罐)》の下《もと》のさむさ哉」という丈草《じょうそう》の句を称賛したというエピソードを挙げておこう。一一月の凍えるような寒夜、いつ師を失うかもわからない心細さを噛みしめながら、薬罐のもとでじっとうずくまる姿——景情と心情とが一体となって詠じ出された発句に、去来は「か丶る時は、か丶る情こそうごかめ。興を催し景をさぐるいとまあらじとは、此時《この》こそおもひしり侍りける」と眼を開かれたという。おそらくこれは、芭蕉が弟子たちに与えた最後の試練であったのだろう。このように、詠句に及んで時間をかけてあれこれと作意を巡らすことを戒める教説は、「徘《(俳)》諧は季《(気)》先を以て無分別に作すべし」（同門評）、「他流と蕉門と、第一、案じ所に違ひ有《あり》と見ゆ。蕉門は気《(景)》情ともに、其《その》ある所を吟ず」（修行）、「常勤《つとめ》て心の位を得て、感《かんず》るもの動くやいなや句となる」（『三冊子』〈赤〉）、「物の見へ《(え)》たるひかり、いまだ心にきえざる中にいひとむべし」（同）などの記述にも確認することができる。なお『去来抄』に見える「無分別」とは、一切の分別作用を離れて対象を直観的に把握する智慧をいう禅語で、文考も『俳諧十論』において、繰り返し強調する境地である。

　さらに、「寂しき」ことを本意とする秋の夕暮れや鐘の音について、風国《ふうこく》が自らの実感に基づいて「晩鐘のさびしからぬ」という句を詠んだことに対して、「一己《いっこ》の私《わたくし》也」（自分一人だけの私情である）と去来が注意した条が「同門評」に見える。「此《この》時、此《この》情有らばいかに。情有りとも作すまじきや」という風国の問いに対し、「夕ぐれは鐘をちからや寺の秋」（寂しいはずの秋の夕暮れの晩鐘も、なぜか力づけてくれるように感じられる）と作れば本意を失う事にはならない、と去来は答えている。先掲の近江の春の本情のように、竪題のもつ本意とは、古人がとらえた本情なのであると理解すれば、本意と本情は一致するはずである。だが、万が一合致しない場合においても、そのとき感じた「情」を反映させようとした「鐘をちからや」という表現は、伝統的な本意と、実際の「情」（実感）を尊重する意識とのせめぎ合いの末、去来がとった苦肉の策であったのだろう。

発句表現論――言葉、余情、句の姿、発句の構造、美的理念

「発句」という形式が豊かな詩情をもちうるためには、その作者には言葉を厳密に選定する力が、読者にはその選び取られた言葉に最もふさわしいイメージを喚起する力が求められる。たとえば『去来抄』（先師評）には、「下京《しもぎょう》や雪つむ上のよるの雨」という凡兆の句の上五が決まらなかった折、芭蕉が「下京や」の五文字を置いて「若《もし》まさる物あらば、我二度《われふたたび》俳諧をいふべからず」という絶対的な自信を示したエピソードがある。先に「行春や」の句で触れた「ふる・ふらぬ」の議論は、弟子間でしばしば起きていたようであるが、芭蕉の言には、徹底した言語陶冶の末に獲得した詩語への自負が表れていよう。また、句に詠み出された言葉が、作者の意図とは別の詩情を獲得する場合もある。「岩鼻やこゝにもひとり月の客」という去来の発句をめぐる有名な問答で、この句を「明月に乗じ山野吟歩《ぎんぽ》し侍るに、岩頭《がんとう》又一人の騒客《さうかく》を見付《みつけ》た」（もう一人の風流な月の客を見つけた）感慨を詠んだのだと説明する去来に対して、芭蕉は「「こゝにもひとり月の客」ト、己《おのれ》と名乗出《いづ》らんこそ、幾ばくの風流ならん」（自らを「月の客」として名乗り出ている姿とした方がずっと風流であろう）という解釈を示す。発句として選び取られた言葉から、月を眺める風狂人としてよりふさわしい性情を汲み取った芭蕉に、去来が「誠に作者そのこゝろをしらざりけり」と驚嘆したという話である。

さらに、短詩形文学の本質に深く関わる問題として、余情の重視がある。荷兮《かけい》の発句「蔦の葉は残らず風の動《そよぎ》哉」について、情景を説明し尽くして余情がない点を難じた「ほ《発》句はかくの如く、くま〲迄

謂《いひ》つくす物にあらず」という言葉、そして「下臥《したぶし》につかみ分《わけ》ばやいとざくら」という巴風《はふう》の句に対して、去来が枝垂れ桜の枝の形容を「能謂《よくいひ》おほせたる」と評したことを承け、「謂《いひ》応《(果)おほ》せて何か有《ある》」と言ったという『去来抄』(先師評)所収の芭蕉の言葉に、彼自身の考えはすべて集約されていよう。

ところで、貞門や談林俳諧の作風と比べて、蕉風の最も大きな特質として挙げることができるのは、句の「姿」を重視することによって、理知的な表現を排除し、句に余情をもたせようとする俳風である。

去来曰《いはく》、「句に姿といふ物あり。たとへば、

　妻よぶ雉子の身を細ふ《(う)》する　　去来

初《はじめ》は、「雉子のうろたへて啼《なく》」と也。先師曰、「去来、汝、いまだ句の姿をしらずや。同じこともかくいへば姿あり」とて、今の句に直し給ひけり。支考が風姿といへる、是なり。風情と謂来《いひきた》るを、風姿・風情と二ッに分《わけ》て、支考は教《をしへ》らるゝ、尤《もつとも》さとし安し」。

（『去来抄』〈修行〉）

芭蕉のいう「句の姿」とは、言葉続きや句調のような一句の言葉の仕立て様《よう》のことではなく、句に詠まれた言葉の背後に広がるイメージのことである。「姿あり」と評される句には、「情」の感じられる景気や形象が一句に備わっている。言い換えれば、対象とする題材の「本情」の備わった姿が、句に形象化されている（イメージを伴って描き出されている）状態を指すのである。たとえば、「雉子のうろたへて啼」という去来の初案は、「うろたへて」という作者の側（我）の主観的な情（私意）を叙述しているに過

ぎない。それに対して、改案の「身を細ふする」という表現からは、恋にやつれた雉子の姿（イメージ）を思い描くことができ、その姿からは、妻を求めて啼く雉子の哀切極まりない情感が立ち現れてくる。その情感は直接的に表現されるのではなく、「身を細ふする」と詠み表された雉子の姿から余情として

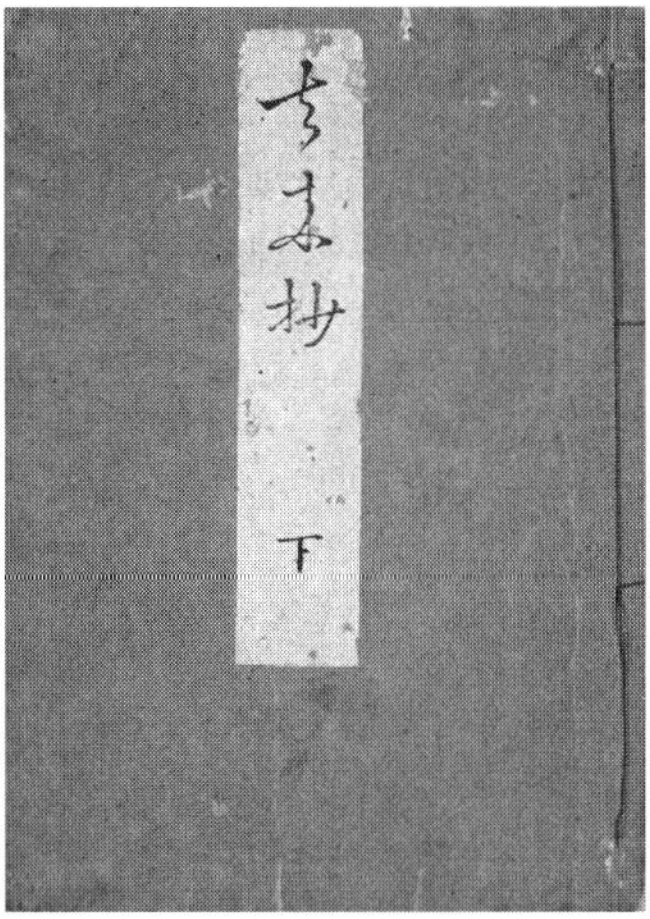

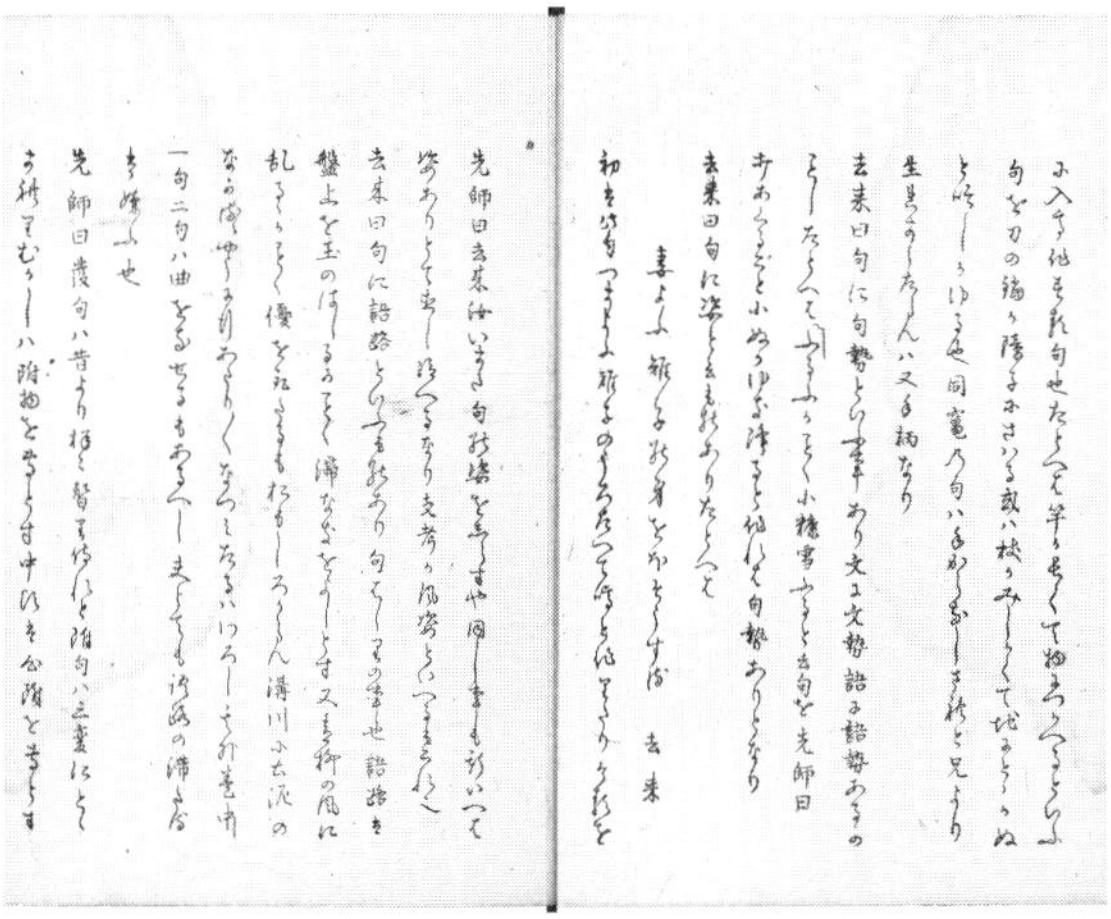

図５　版本『去来抄』（下）「妻よぶ雉子の」の条

立ちのぼってくるものである。その哀切感こそ、「物我一如」の境地によってとらえた雉子の本情であった。先に引用した『三冊子』にも、「常に風雅の誠をせめ」ることにより、「思ふ心の色、物となりて、句姿定《さだま》るもの」であると説かれているように、蕉門の句の「姿」とは、私意を排除し、詠じる対象の本情を掴むことによって必然的に備わるものであると考えられている。句体としての言葉の拍子を重視し、連句においても無心所着（前句の詞の縁によって付けているが、付合自体の意味が不分明な付け方）などを好んだ談林俳諧には、句の「姿」が備わるはずもなかったのである。支考はこの「姿」を「風姿」、句の情調を「風情」と呼び（たとえば「身を細ふする」が風姿で、「うろたへて啼」が風情）、「いにしへの俳諧は風情ありて風姿なし」（『続五論』）と言い切っている。それが後に「姿」を視覚的イメージに限定して説くようになり、「今様は眼に其姿をみて、言語外の余情をふくむ」（『俳諧十論』）、「発句は屏風の画と思ふべし。（中略）俳かいは姿を先にして、心を後にするとなり」（『二十五条』）という、支考独自の「姿先情後《しせんじょうご》」（姿情論）という理論を推し進めてゆくことになるのであった。

発句の構造については、連句の平句《ひらく》と比較しながら、土芳が独特な言い回しを用いて解説をしている。

発句の事は、行《ゆき》て帰る心の味《あじはひ》也。たとへば「山里は万歳《まんざい》おそし梅の花」といふ類なり。「山里は万歳おそし」といひはなして、むめは咲《さけ》るといふ心のごとくに、行て帰るの心発句也。山里は万歳の遅《おそし》といふ斗《ばかり》のひとへ《一重》は、平句《ひらく》の位なり。先師も「発句は取合《とりあはせ》ものと知るべし」と云《いへ》るよし、ある俳書にも侍る也。

（『三冊子』〈黒〉）

「山里は万歳おそし梅の花」という芭蕉の発句を例に、山里は万歳（新年を言祝《ことほ》ぐ芸能、またその芸能者）の訪れが遅く、春の言触れを待ち侘びる心情と、すでに梅の花が咲いている情景とが、切字「し」によって切断されることによって交響し合う効果を、「行て帰る心」として表現している。連句の平句では、「山里は万歳が遅い」と一方向に言い下すことしかできないが、発句では、山里は万歳が遅い↓春の訪れを告げる梅が咲いている、と「行く」ことで梅の華やかな情景が印象づけられ、梅の花が咲いた↓山里は万歳の訪れが遅い、と「帰る」ことによって、梅花の景と、万歳の訪れを心待ちにする山里の様子、という二つの要素が一体となって完結する仕組みになっている。山里に万歳が訪れている情景かどうかについては説が分かれる句であるが、切字を媒介に二つのイメージが取り合せられた構造により、待ち侘びた春の訪れを喜ぶ心が重層的に表現されているといえよう。

　後半の「発句は取合もの」は、『宇陀法師』や『俳諧問答』に見える芭蕉の言で、「取合（取り合せ）」とは、竪題と、竪題の「曲輪《くるわ》を飛出《とびいで》」（『去来抄』〈修行〉）て新しく見つけた題材（横題）とを組み合わせて句を詠む方法である（たとえば「梅」と「万歳」）。「発句は物を合《あは》すれば出来《しゆつたい》せり」（修行）という師の言説をもとに、取り合せによる発句の仕立て方を第一義的に説く許六に対して、去来は有効な方法であると認めつつも、「ほ《発》句は頭《かしら》よりすら〳〵と謂《いひ》くだし来《きた》るを上品《じやうぼん》とす」「先師曰、「ほ《発》句は汝が如く二ッ三ッ取集めする物にあらず。こがねを打《うち》のべたる如く成《なる》べし」」（修行）などの教説を引き、必ずしも取り合せのみによって詠むわけではないという見解を示している。

　最後に、蕉風俳諧の美的理念を表す語として知られる「さび」「しほり（しをり、を正しい表記とする説もある）」「細み」、そして「かるみ（軽み）」について簡単に触れておきたい。「さび・位・細み・しほりの事は、言語筆頭にいひ応《(果)》せがたし」(修行)と去来が述べるように、的確な説明が備わるものではないのだが、「さび」とは「句の色」に、「しほり」は「句の姿」に、「細み」は「句意」にあるものだとされ、〃閑寂な句〃や〃憐れな句〃といった構想や、用語・素材など、表面的な技巧を評した語ではない。「さび・しほり・細み」は、作者の心のあり方が句の情趣として表れてくる、その余情美を指していう語なのである。とりわけ「さび」は、門人等によって芭蕉俳諧の本質美として喧伝されてきたが、実際に芭蕉の言葉として残るのは、「花守《はなもり》や白きかしらをつき合せ」という去来の発句に対して「さび色よくあらわ《(は)》れ、悦《よろこび》候」と評した一語のみで、芭蕉自身が自覚的に説いた理念としては考えにくい。おそらく「さび」は、閑寂枯淡《かんじやくこたん》を慕う作者の情感が、句の余情としておのずと表出された状態をいうのであろう。芭蕉が「しほりあり」と評した許六の「十団子《とをだご》も小粒になりぬ秋の風」、同じく「細みあり」とした路通の「鳥共も寐入《ねいつ》て居るかよご《余吾》の海」という句から判断すれば、「しほり」は哀憐の情の余情化、「細み」は繊細な余情美に当たるものであり、「あはれ」などの和歌における伝統的詩情に通じる情趣であるともいえる。

「かるみ」については、長年多くの検証が成されてきたが、『おくのほそ道』の旅以降、芭蕉が生涯追究し続けた俳諧理念であり、また晩年に到達した俳諧の風体・風調でもあり、そして芸境でもあるとされている(ちなみに、「軽」という理念自体は、諸芸道論にも見えるものである)。芭蕉においては、連句における付合の軽妙性重視に始まり、それが新しみの追究とともに、付心《つけごころ》・句体の両面において説かれるようになってゆく。「古び」「重み」「心のねばり」などの評語の対極にあり、作意や、観念的で理に落ちた句や晦渋な表現を排する作風がそれに当たる。たとえば芭蕉が「かるみをしたり」(『三冊子』

〈赤〉と評した「木《こ》のもとに汁も鱠《なます》もさくら哉」の句は、花見の心の弾みがそのまま文体のリズムに表現されている。また、「俳諧は三尺の童にさせよ」（同）のような言説も、「かるみ」の芸境に通じるものがあろう。後には、日常の言語（俗談平話）を用いて日常性の中に詩の創造を図ろうとする道へと展開し、芭蕉はやすらかで平淡な表現を目指すようになっていった。尾形仂「かるみ」（『芭蕉の本7』〈角川書店、昭和四五年〉）によれば、「かるみ」は三つの段階を経て深化していったとされる。なお、本章段において〈発句表現論〉として掲出した説の中には、厳密な分類が不可能なものもあり、「句の姿」「しほり」「かるみ」などについては、連句の付合論としても説かれていることを断っておく。

連句論・式目作法——付合論、式目観

連句の付合論や式目作法の問題についても、多くの著述が残されている。中には、支考の「七名八体《しちみょうはったい》」説（前句からの趣向の立て方を、有心付《うしんづけ》・会釈《あしらい》・遁句《にげく》の三法に分け、句の案じ方を向付《むかいづけ》・起《き》情《じょう》・色立《いろだて》などの七名に、具体的な句の付け方を其人《そのひと》・其場・時節などの八体に分類したもの）や、付け様《よう》は「俤《おもかげ》・思ひなし・景気」の三つに極まるとした許六の説（『宇陀法師』）のように、具体的に付合の方法を呈示している俳論もある。ところが『三冊子』には、芭蕉自身は十数体の付け方があると考えながらも、付合の方法を書き残すことは自由な詠句の妨げになるとして、書き留めるのを辞めたいきさつが記されている。おそらく芭蕉が最も重視していたのは、機変に応じた自在な心と、「一巻、表より名残まで一体ならんは見苦しかるべし」（『去来抄』〈修行〉）という一巻の変化であったのだろう。俳諧の座に

臨む覚悟については、「学ぶ事はつねに有《あり》。席に望《(臨)》て文台《ぶんだい》と我と、間《かん》に髪《はつ》をいれず、思ふ事速《すみやか》に云出《いひいで》て、爰《ここ》に至て迷ふ念なし。文台引おろせば則《すなはち》反故《ほうぐ》也」（『三冊子』〈赤〉）という有名な芭蕉の言説が残る。これは、「今のはいかいは、日頃に工夫を経て、席に望《(臨)》んで気先を以て吐《はく》べし。心頭に落《おと》すべからず」（『去来抄』〈修行〉）と同様の俳諧修行論であり、常日頃修行に励み、いざ連句の「座」に臨んでは、無分別のうちに気の勢いに乗せて句を詠み出すことのできる境地が理想であると考えられていたことがわかる。

　蕉風俳諧が重視した「うつり」「にほひ」「ひびき」という付合の按排を表す語は、すべて「にほひ付《づけ》」（余情付）の概念に総括されるものであり、余情の性質や、付句との交響の仕方によってそれぞれ区別される（「にほひ付」も手法のことではなく、付合に余情が通う付け方になっている状態をいう）。「うつり」は、「敵《かたき》よせ来る村松の声／有明のなし《梨》打烏帽子《うちゑぼし》着たりけり」（『三冊子』〈赤〉）の付合が、臨戦体勢にある緊張感や勢いが付句に流れ込んでいるように、前句の気分の移行・映発による付け。「にほひ（馨）」は、「稲の葉のびの力なき風／発心《ほっしん》の初《はじめ》に越《こゆ》る鈴鹿やま」（『葛の松原』）の付合が、頼りなさや心細い気分で繋がっているように、柔らかで静かな情趣の照応によって付いている関係をいう。「ひびき」は、「くれ椽《(縁)》に銀土器《ぎんかはらけ》をうちくだき／身細き太刀《たち》の反ること《(かた)》を見よ」（『去来抄』修行）の付合において、二句間に一触即発の緊迫感が張り詰めているように、「打てばひゞくがごと」く、緊迫した情調の呼応が感じられる付けを表す用語である（なお、『葛の松原』は「走り」「ひびき」「にほひ（馨）」の三体を挙げ、『三冊子』が「うつり」の用例とした付合を、「走り」に分類する）。

　蕉門の付合観について考える上で参考になるのは、「蕉門の付句は、前句の情を引来《ひききた》るを嫌ふ。唯、前句は是《これ》いかなる場、いかなる人と、其業《そのわざ》・其位《そのくらゐ》を能《よく》見定め、前句をつきはなしてつくべし」（『去来抄』〈修行〉）という去来の論である。前句の「位」を見極め、それにふさわしい句を付けることが肝要だという説は、「あや《綾》のね《寝》まき《巻》にうつる日の影」という前句に、「能上臈《よきじやうらふ》の旅なるべし」と、芭蕉が高貴な女性の位を見定めた話（先師評）や、支考が最も重要な手法とした「有心付」にも通じる姿勢で、蕉門が重視した付け方の一つであるといえる。なお蕉風の「俤付《おもかげづけ》」も、これまでの故事付《こじづけ》（故事や古歌を典拠として付ける手法）とは異なり、古典などの人物や場面を直接的に付けず、それと匂わせるように付ける、「にほひ付」の一種である。

最後に、芭蕉の式目観について言及しておきたい。『去来抄』（故実）には、「発句も四季のみならず、恋・旅・名所・離別等、無季の句ありたきもの也」という無季の発句を容認する言説や、「切字に用《もちゐ》る時は、四十八字皆切字也」という独特な切字観が示されていることから、芭蕉は式目作法に対してかなり革新的な考えのもち主であったかのような印象を受けるが、必ずしもそうではない。去来によれば、式目を用いながらもこれにとらわれず、思う所がある時は破ることもあったが、「私に敗《（破）》るは稀」であったという。

たとえば、実際に芭蕉が詠んだ無季（雑《ぞう》）の発句は、「年〳〵や猿に着せたる猿の面」「歩行《かち》ならば杖つき坂を落馬哉」など、わずか数句しかない。式目にとらわれない柔軟性をもちつつも、四季の景物を詠み慣わしてきた発句の伝統に比して、自身が納得する雑の句を作るのは難しかったのであろう。また、「辛崎の松は花より朧にて」という句が、「かな」などの切字を使わず、破格の「にて」留《どめ》を用いたことも、当時議論を巻き起こしたが、去来は「即興感偶」によって紡ぎ出された表現の重要性を説いている

（『去来抄』〈先師評〉）。「にて」という曖昧な修辞も、春霞の中で朧に見える辛崎の松や桜の本情にふさわしい表現なのであった。さらに、『連歌新式』で二句以上続けるよう規定された恋句を、一句で捨ててもよいとした言説も有名であるが、それは恋の句を「大切におもふ故」（故実）だという。皆が恋の句を大切に考えるあまり、かえって恋句から一巻の流れが渋り、句が重くなることも多いため、「何とぞ巻面《まきづら》の能《よく》、恋句も度々出《たびたびいで》よかしとおも」い、恋を「付《つけ》がたからん時はしゐ《（ひ）》て付ずとも、一句にても捨《すて》よ」と言ったというのが、芭蕉の真意なのであった。

■参考文献一覧

翻刻のある俳論の引用は、すべて『古典俳文学大系10　蕉門俳論俳文集』（集英社、昭和四五年）により、誤字はカッコ付きのルビで正しい形を示し、わかりにくい部分についてはルビでその漢字表記などを示した。

乾裕幸「蕉風的表現論―姿よりしをりに及ぶ―」（『初期俳諧の展開』〈桜楓社、昭和四三年〉）
乾裕幸「「軽み」への展開」（同右）
上野洋三「歌論と俳論」「歌俳趣向論」（『元禄和歌の基礎構築』〈岩波書店、平成一五年〉）
大礒義雄・大内初夫校注『古典俳文学大系10　蕉門俳論俳文集』（集英社、昭和四五年）
尾形仂「三冊子評釈」（『俳句』〈角川書店、昭和三九年一月～昭和四二年一二月〉）
尾形仂「俳論物語」「去来抄」「三冊子」（尾形仂他編『日本古典鑑賞講座　第十九巻　俳句・俳論』〈角川書店、昭和三四年〉）

尾形仂「不易流行」「「軽み」への道」「本情論」(『講談社学術文庫　芭蕉の世界』〈講談社、昭和六三年〉)
尾形仂・堀切実「芭蕉俳論事典」(『芭蕉必携』〈学燈社、昭和五五年〉)
小西甚一編『芭蕉の本7　風雅のまこと』(角川書店、昭和四五年)
(※収録論文の中でも、主に小西甚一「さびの系譜」、赤羽学「しほり・ほそみ」、尾形仂「かるみ」、今栄蔵「芭蕉俳論の周辺」、山下一海「芭蕉俳論の展開」など)
小宮豊隆・能勢朝次『新芭蕉講座　第六巻　俳論篇』(三省堂、平成七年)
田中道雄「「我」の情の承認―二元的な主客の生成―」(『蕉風復興運動と蕪村』〈岩波書店、平成一二年〉)
永田英理「蕉風の恋―恋の「本意」と芭蕉―」(奥田勲編『日本文学　女性へのまなざし』〈風間書房、平成一六年〉)
永田英理「蕉門の式目・作法観」(『蕉風俳論の付合文芸史的研究』〈ぺりかん社、平成一九年〉)
永田英理「蕉風俳論における「本意」の一考察」(同右)
能勢朝次『能勢朝次著作集　第九巻　俳諧研究(一)』(思文閣出版、昭和六〇年)
能勢朝次『能勢朝次著作集　第十巻　俳諧研究(二)』(思文閣出版、昭和五六年)
堀切実「支考の姿情論」(『蕉風俳論の研究』〈明治書院、昭和五七年〉)
堀切実「総括・芭蕉の俳論」(堀切実・復本一郎他校注『新編日本古典文学全集88　連歌論集　能楽論集　俳論集』〈小学館、平成一三年〉)
宮本三郎『蕉風俳諧論考』(笠間書院、昭和四九年)
宮本三郎他校注『校本芭蕉全集第七巻　俳論篇』(富士見書房、昭和六三年)
宮脇真彦『角川選書　連句というコミュニケーション』(角川書店、平成一四年)
『国文学　解釈と教材の研究』(学燈社、昭和四八年五月)
(※「俳論―その陰画と陽画」の特集における、富山奏「土芳俳論から芭蕉俳論までの距離」、櫻井武次郎「去来俳論から芭蕉俳論までの距離」、山下一海「許六俳論から芭蕉俳論までの距離」、堀切実「支考俳論から芭蕉俳論までの距離」)

元禄の俳諧と芭蕉

竹下義人

元禄俳諧という視点

　元禄俳諧とは、元禄期とくに京・大坂・江戸の三都を中心に展開した俳諧全般を指していう用語である。時代は必ずしも元禄に限定されるものでなく、続く宝永・正徳までを含めていう場合もある。単に時代を区分する方便のためだけにあるわけでなく、当然、この時代の俳諧の特質を表徴する役割を担っている。元禄俳諧の研究は目下のところ、前期に集中してすぐれた成果が上がっている。これは、ちょうどその時期が芭蕉晩年の活動と重なっていることによるものだが、後期も含めた元禄俳諧の詳細な解明は、今後の研究の進展に委ねられているのが実情である。

　ところで、研究史の上では、元禄俳諧という呼称自体は早くから使われてきたものである。ただし問題を含んでいた。その特質を芭蕉中心にして把握する傾向が強く、芭蕉あるいは蕉風の特質が、元禄俳諧の特質そのものであるかのようにとらえられてきたのである。そのため、元禄俳諧を芭蕉や蕉風を基準にして評価するようなこともくり返されてきた。

また、近世前期の俳諧史を貞門・談林（宗因《そういん》流）・蕉風という図式的な流れで把握することも長く行われてきた。それが個々の俳壇や俳人研究の進展とともに、元禄時代の俳諧全体が見渡せるようになり、今日、元禄俳諧といえば、そこに芭蕉や蕉風も含み込まれていると考えるのが常識となった。もし、先のような図式通りに俳風が推移したとすれば、貞門・談林の後は、俳壇全体が蕉風一色で覆われてしまったかのような印象をもたらしかねない。芭蕉中心史観の立場からすれば、まことに都合のよいことではあるが、実質的に当時の蕉門勢力はさほど大きなものでなかったし、刊行された蕉門の撰集にしても他派に比して多いといえるような状況ではなかった。まして、芭蕉や蕉風が俳壇の中心を占めていたり、俳壇を牽引していたというような事実もなかった。あくまでも芭蕉も当代に活躍した俳人の一人に過ぎず、蕉風もまた元禄俳諧を特徴づける俳風の一つであったということである。元禄初頭前後の俳壇では、かつての貞門時代における貞徳《ていとく》や、談林時代における宗因のような、時代を象徴する求心力のある有力者が不在で、群雄割拠の状態にあった。同時に、雑俳《ざっぱい》も含めた俳諧の大衆化が進みつつある時代でもあった。そうした俳壇事情や背景も芭蕉や蕉風の特異性を際立たせる要因になったと思われる。

ともあれ、もはや芭蕉が傑出した存在であることは疑う余地のないことであり、今さら芭蕉を貶めようなどという意図はそこにはない。現に、俳諧研究の本流が芭蕉や蕉門にあることは動かず、今後もそれは変わることはないだろう。しかし、だからといって芭蕉や蕉門だけの考察をもってして俳諧や俳諧史の全体が語られてよいはずもない。そうした偏った姿勢に修正を迫ったのが元禄俳諧という視点の導入であった。近世俳諧を追究していく上で、公平な視点を提供するのが元禄俳諧という大きな尺度なのである。

では、その元禄俳諧の特質とは何か。まずは、句の風体が俄然平明になったことが挙げられる。談林俳諧の技巧的・遊技的で放埒化した句体、あるいは後述する天和期における漢詩文調のような佶屈な句体に対する揺り戻しともいえよう。さらに、この時代から盛行した雑俳の影響も無視できない。元禄期の雑俳点者は俳諧師が兼業する場合がほとんどで、雑俳と俳諧とを区別する意識は希薄だった。人事や景気《けいき》(自然の景物を対象とすること)を中心とした雑俳と、一般の俳諧とが影響し合っていたことは十分に考えられることだからである。

また、景気の句や景気付《けいきづけ》がもてはやされるということがあり、付合《つけあい》手法としてはもう一つ、心付《こころづけ》が主流になったことも特徴的なことである。この心付は、旧来の句意付《くいづけ》から余情付《よせいづけ》へと質的変化を遂げたもので、親句《しんく》から疎句《そく》へと、付合の疎句化が進行していたことを示唆する。そして、この元禄俳諧の心付は、蕉風でいうところの「うつり」「ひびき」「にほひ」「位《くらい》」「俤《おもかげ》」などと近似するものと考えられている。蕉門では多様な用語の利用があり、それだけ理論面でも複雑化していたことを窺わせるが、蕉風の独自性を認めつつも、元禄俳諧の特徴とそれらとを重ね合わせてみると共通点も多い。たとえば、蕉風連句で重視された「にほひ付《づけ》」などは、元禄俳諧の心付の手法をより深化させたものととらえることができる。さらに、句が平明化していく傾向がほぼ同時に進行していたことなどを勘案すれば、蕉風も元禄俳諧も方向性としては軌を一にしていたと見るのが妥当である。以下、本論で中心に取り上げようとする芭蕉が唱道した「かるみ」(「かろみ」とも)もまた元禄俳諧のたどった句体のありようと接点があり、親和性が高いといえる。

最初にも触れたように、私たちのよく知る芭蕉はこの元禄期における晩年の姿である。元禄二年の『おくのほそ道』(元禄七年素龍清書本成、元禄一五年刊)の旅以降に成立した『ひさご』(同三年刊)、『猿蓑《さるみの》』(同四年刊)、『深川《ふかがわ》』(同六年刊)、『別座鋪《べつざしき》』(同七年刊)、『すみだはら』(同上)や、芭蕉没後刊の『鳥の道』(同一〇年刊)、『続猿蓑』(同一一年刊)など、芭蕉や蕉門における著作・撰集として注目されてきたものはすべて元禄時代の所産である。ゆえに、そうした芭蕉やその門弟たちによって残された作品群は、元禄俳諧の範疇において検討・考察されてしかるべき対象となる。

芭蕉の転機

芭蕉の俳諧活動は、伊賀上野で出仕先の藤堂良忠《よしただ》(蟬吟《せんぎん》)と出会った頃に始まり、寛文一二年(一六七二)に江戸に下向してから本格化した。つまり後の延宝期までは、貞門俳諧から談林俳諧へと変転していく過程の中で活動していたごく普通の俳人であった。やがて天和二年(一六八二)、談林の総帥宗因が没し、談林俳諧は事実上の終焉を迎える。その数年前から新しい俳諧を模索する気運が高まり、芭蕉もその渦中にあって、自身の作風を模索し始めていた。とくに延宝八年(一六八〇)冬、江戸市中の日本橋に近い小田原町から隅田川東岸の深川への移住の後、それは劇的な変化をきたすことになる。移住の動機はわからないが、当時の深川は郊外である。しかも、芭蕉は転居後に点者活動から身をひき、俳諧師としての通常の生き方を放棄する。深川移住を隠棲とか退隠と見なす理由もそこにある。移住したその翌天和元年(一六八一)には、庵号として芭蕉庵を採用し、従前の俳号桃青とともに芭蕉の号も使い始め、俳諧に徹していくようになる。かくして私たちのよく知る芭蕉の登場となるが、この時期に最も注目されるのは、芭蕉の作風が大きく変貌を遂げたことであり、その典型例が、次に見るような漢詩文調の句やその影響下にある破調の句の数々であった。

夜ル竊《ひそか》ニ虫は月下の栗を穿《うが》ツ　（『東日記』）
いづく霽《しぐれ》傘を手にさげて帰る雁　同
櫓《ろ》の声波ヲうつて腸《はらわた》氷ル夜やなみだ　（『むさしぶり』）
雪の朝《あした》独《ひと》リ干鮭《からざけ》を噛《か》み得タリ　同
夕顔の白ク夜ルの後架《こうか》に紙燭《しそく》とりて　同
芭蕉野分《のわき》して盥《たらひ》に雨を聞《きく》夜哉　同
貧山《ひんざん》の釜《かま》霜に鳴く声寒し　（『みなしぐり』）
氷苦く偃鼠《えんそ》が咽《のど》をうるほせり　同
髭《ひげ》風ヲ吹いて暮秋《ぼしう》歎《たん》ズルハ誰《た》ガ子ゾ　同

紙幅の都合で引用は控えたが、連句も同様な作風を示している。前述したように、折しも、談林俳諧がマンネリ化し、衰退へ向かっていく中で、京・江戸を中心に新しい俳諧を模索する動きが活発化していた時代のことである。芭蕉の句もそうした俳風変革期の中で試みられたものだ。むろん、芭蕉の右のような句々は、単に漢詩漢文の影響下に成立した実験的な句というにとどまらない。中国古典やその思想、とりわけ『荘子』が芭蕉の内面にも深く影響を及ぼしたことは周知の通りである。今日、天和調《てんなちょう》と呼ばれる漢詩文調の流行は、一過性のものだったとはいえ、芭蕉のその後の俳諧活動にとって、きわめて有為な転換を促したことになる。

ついで、天和期を経て貞享期に入ると、俳壇では貞享連歌体ともいうべき優美でやすらかな句体が見られるようになる。俳諧では必須の俗語、いわゆる「俳言《はいごん》」を含まない連歌のような風体をしていた。まさに変革期らしく、俳諧にとっては先祖帰りともいえそうな現象であった。これもまた一過性のものに過ぎなかったが、新風を模索する動きは、天和・貞享期の俳壇全体に広がりを見せていた。そうした動向の先に、平易・平明な句を志向する風潮が醸成されていき、元禄期の俳諧は、先述した景気・景気付、心付などの流行と相俟って、句柄としては平明化・平俗化への道を歩んでいく。

なお、三都の俳壇のうち、談林の牙城であった大坂俳壇は、前述してきたような変革期らしい顕著な動きを見せることはなかったが、元禄期に入ってからは、談林系の新進俳人を中心に等しく他派と同一歩調をとるようになっていく。

貞享期の芭蕉といえば、まず貞享元年（一六八四）八月に『野ざらし紀行』の旅に出て、事実上の蕉風の出発点ともなった『冬の日』の成立を見る。ついで、『鹿島詣《かしまもうで》』『笈《おい》の小文《こぶみ》』『更科紀行《さらしなきこう》』などの旅があって、『春の日』（貞享三年刊）も刊行された。蕉門の形成も着々と進み、やがて時代は元禄を迎える。芭蕉にとって最も実り多き時代の到来である。元禄二年（一六八九）には『あら野』も成り、同年三月末、芭蕉は『おくのほそ道』の旅に出る。その体験を通して提唱されたのが「不易流行」の理念だが、それと関わるものとして、実践面でとくに重視されたのが「かるみ」であった。

芭蕉と「かるみ」――『別座鋪』の場合

芭蕉が「かるみ」を明確に意識したのは、元禄三年（一六九〇）頃と見るのが通説である。これは、『ひさご』（元禄三年刊）巻頭「花見」の歌仙、芭蕉の発句「木《こ》のもとに汁も鱠《なます》も桜かな」に関して、「花見の句のかゝりを少し心得て、軽みをしたり」（『三冊子《さんぞうし》』）と自負したことが伝えられていることによる。その自負が元禄七年に至ってより堅固なものになったことは、同年中に書かれた複数の書簡に、「かるみ」への言及がなされていることでもわかる。芭蕉はこの年一〇月一二日に不帰の人となるから、生前に唱えられた「かるみ」としては最終段階のものになる。意味としては軽やかさをいうのだが、これを境地と見て、精確に定義しようとすると案外に難しい。芭蕉は理論を振りかざすような人ではなく、実践の人であった。それゆえ、芭蕉が語る「かるみ」はどうしても具体性に欠ける。「かるみ」を理解しようとする場合、間接的・断片的に伝えられる門人たちの言説を参照しつつ、残された作品を対象に愚直に検証を積み重ねていくしか方法がないともいえよう。本論では、「かるみ」の句については、日常卑近なことがらを趣向作意を廃して率直かつ平明に表現した風体の句、と解しておきたい。

さて、元禄七年閏五月に『誹諧別座鋪』が刊行される。七部集に含まれていないせいか、注目度はやや低いものの、「かるみ」の特徴を備えた撰集として知られる一集である。芭蕉は五月一一日、上方へ向かうために江戸を発つが、これに先だって五月初旬、子珊《しさん》亭で芭蕉餞別の句会が催された。その時に興行された歌仙一巻が本書の巻頭を飾る。そのほか芭蕉の作品としては、五月一七日・一八日の駿河逗留

中の句として、

鶯や竹の子藪に老を鳴《なく》
駿河路《するがぢ》や花橘も茶の匂ひ

が入集。また、旅立ち前の四月に詠んだ桃隣《とうりん》新宅の祝吟、

寒からぬ露や牡丹の花の蜜

と、素龍《そりよう》を芭蕉庵に迎えた折の、

木隠《こがく》れて茶つみも聞《きく》や時鳥
卯の花やくらき柳の及腰《およびごし》

が入集し、いずれも安定した力量を見せる。版元は江戸の木工兵衛・西村宇兵衛。六月八日までに旅の途次にあった芭蕉の元へと届けられた。芭蕉が編纂に深く関与した形跡はなく、本書は、江戸で留守を任された杉風《さんぷう》（入集句数一四、以下同じ）、桃隣（一三）、子珊（一三）ら師説を信奉・支持する門人たちが結束して上梓した。なお、其角《きかく》・嵐雪《らんせつ》は各一句の入集にとどまり、『すみだはら』の編者、野坡《やば》・利牛《りぎゆう》

らも一句ずつの入集である。全体は、編者子珊序、歌仙五巻（夏三・秋二）、夏の発句（八一、都合一七名）、餞別の発句（一二一）、素龍の「贈芭叟餞別辞」から成る。内容の通り、芭蕉餞別の集としての性格が強い。

本書の「かるみ」を問題にする時、必ず参照されるのが、子珊の序文にある「今思ふ体は、浅き砂川を見るごとく、句の形・付心ともに軽きなり。其所に至りて意味あり」という芭蕉の言説である。この一節によっても「かるみ」が発句ばかりでなく、連句に対しても使われることが確認できよう。この俳席では、その談話に続いて芭蕉の発句が詠まれ、以下、子珊・杉風・桃隣・八桑《はっそう》らの五吟歌仙が巻かれた。次にその表六句を見てみよう。

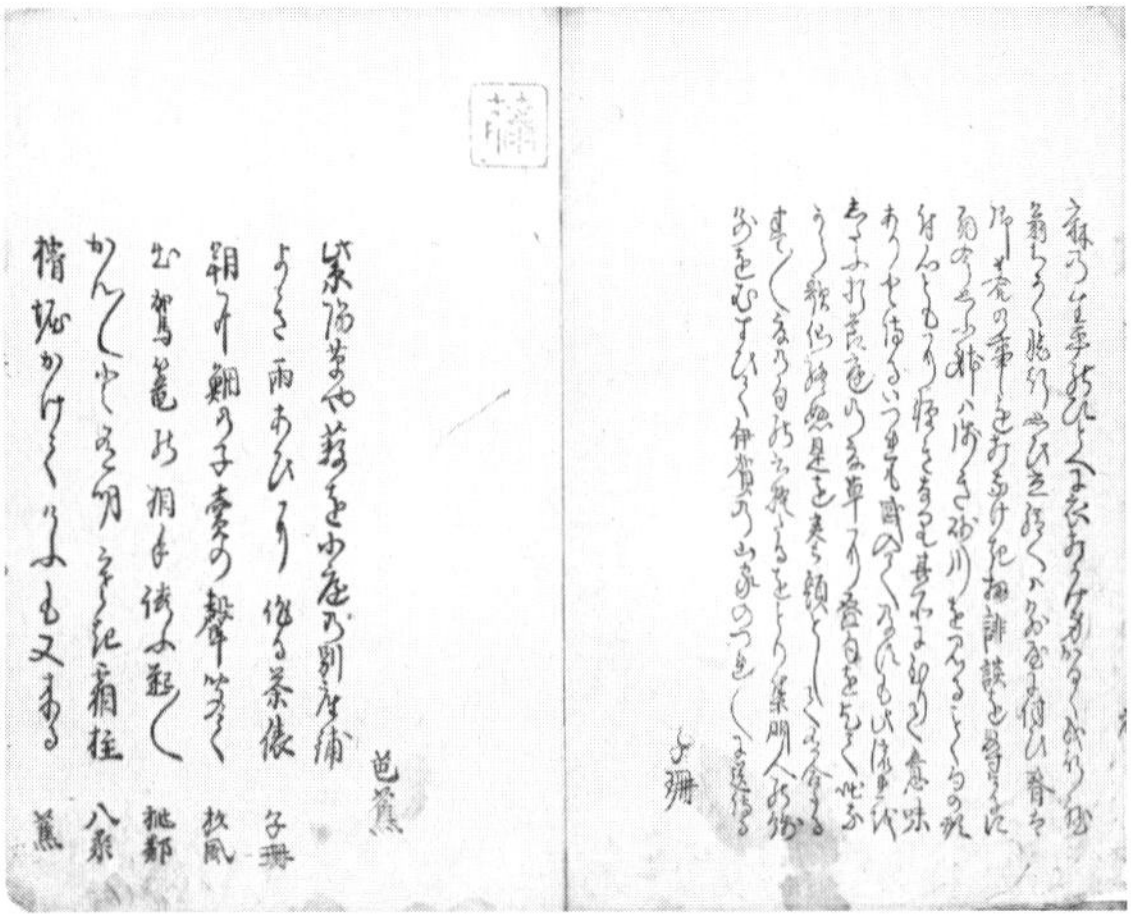

図1　『俳諧別座鋪』（愛知県立大学　長久手キャンパス図書館蔵）

紫陽草《あじさゐ》や藪を小庭の別座鋪　芭蕉
　よき雨《あま》あひに作る茶俵《ちやだはら》　子珊
朔《ついたち》に鯛の子売《うり》の声聞《きい》て　杉風
　出駕籠《でかご》の相手誘ふ起《おき》〳〵　桃隣
かん〳〵と有明《ありあけ》寒き霜柱　八桑
　榾堀《ほたほり》かけてけふも又来る　芭蕉

発句は、芭蕉から子珊への挨拶吟である。句中の「別座鋪」は、この連句が催された俳席で、脇をつとめた子珊亭の離れ座敷のこと。この座敷は、視界に入ってくる藪をそのまま小庭にしたような趣きを醸し出していた。そこに当主の自然体で飾り気のない人柄を感じ取ったのである。その光景に興趣を添えていたのが紫陽花だった。「紫陽草」で夏。

脇は、発句の「紫陽草」から、その花の咲く頃の人事を案じた付け。雨の晴れ間を好機ととらえ、茶俵を作っている様子が描かれた。発句の「別座鋪」の「小庭」の趣きのある余情を承け、発句の挨拶に対する的確な返礼となった。「茶俵」で夏。

第三は、「よき雨あひ」という言葉の響きから「朔」(朔日)が思い寄せられているようだ。「鯛の子売」で転じをはかったものか。流れからすれば、鯛の子の売り声を耳にし、そちらに気をそらしたのは茶俵を作っている家の人になる。雑(無季)。

四句目は、「鯛の子売の声」からその時分を想起し、早朝と見定めた。この界隈が一斉に目覚める様子を駕籠舁の所作で具象化した付け。起き出してくるなり相方を誘って仕事に出かけようとしている。その様子が生き生きと四句目らしく軽く点描されている。雑。

五句目は、「出駕籠」「起〳〵」から早朝の景をあしらった付け。明け方の月が寒々しく照っている。寒いはずだ。地上には、叩けばカンカンと音がしそうな霜柱が立っている。月の句だが、「寒き」「霜柱」とあって一句としては冬。「起〳〵」と「かん〳〵」の応酬も効果的。こうした畳語は、擬態語・擬声語とともに「かるみ」に多用される傾向がある。

六句目は、「寒き霜柱」から掘り仕事を案じた付け。薪にする榾を掘りかけている最中で、今日もまたそこに人がやって来て、同じ作業にかかっている。前句の「かん〳〵」から察するに、よほど凍てついた土地であることを思わせる。雑。

このように、表六句を見る限り、「かるみ」の付け心が十分に発揮されているといえよう。ただし、歌仙全体の色調はむしろ淡々としていて、いささか面白みに欠ける面があることも否定できない。ほかの歌仙にしても同様である。逆にそこに新味を感じる向きもあろうが、連句の完成度という点から見ると、物足りない印象が残る。では発句はどうか。

取《とり》あげてそつと戻すや鶉《うづら》の巣　桃隣（歌仙発句）
鹿の子のあどなひ顔や山畠　同
ゆく水の跡や片寄《かたよる》菱の花　同
橘《たちばな》や下に落《おち》たる鳥の糞　同
若竹の肌見せにけり五月雨《さつきあめ》　八桑（歌仙発句）
晩鐘《ばんしよう》をおもへば秋のばせを哉　子珊（歌仙発句）
片折レのあやめは雨に直りけり　同
くわん〳〵と照《てる》日に白し百合ノ露　同
卯の花にぱっとまばゆき寝起《ねおき》哉　杉風
挑灯《てうちん》の空に詮《せん》なし時鳥　同
五月雨に蛙のおよぐ戸口哉　同

寒キ程案じぬ夏の別れ哉　野坡
野はずれや扇《あふぎ》かざして立《たち》どまる　利牛
有明や袷巻《あはせまき》たる老の腰　滄波《そうは》（歌仙発句）
明方《あけがた》や水買《かひ》に出て時鳥　同
寝《ね》つ起《おき》つ牡丹の莟《つぼみ》ひらく迄　同
新茶ぞと笈《おひ》の掛子《かけご》に一袋　同
落水《おちみづ》や菖蒲《あやめ》にすがる手長鰕《てながえび》　白之《はくし》
撫子《なでしこ》やちいさき花のけだかさよ　同
はなむけに粽《ちまき》やさらば柏餅　浄求《じょうぐ》

一口に「かるみ」といっても俳人によってさまざまな水準を示していることがわかる。桃隣に対しては、後日芭蕉が、昨今の急速な上達ぶりを褒めてもいた（六月二四日付・九月一〇日付杉風宛書簡）が、後半に挙げた滄波（宗波）・白之・浄求らの句はどれも凡庸である。玉石混淆であることは、どの撰集にもいえることで、『別座鋪』に限ったことではない。本書は、もともと深川周辺の限られた範囲の人々によって、芭蕉餞別を意図して編まれたものだ。同時に編集が進行していた『すみだはら』のような一大撰集とは単純な比較はできない。当時の状況から推して、子珊らが功を急いだ可能性も考えられるが、芭蕉がこの集に満足していたことは事実で、むしろそのことの方を重視すべきだろう。

六月二四日付杉風宛芭蕉書簡には「別座鋪、門人不残驚《のこらずおどろき》、もはや手帳にあぐみ候折節《をりふし》、如此《かくのごとく》あるべ

図2　椎本才麿（桜井梅室編『古哲俳家三十六歌仙』（折本）、江東区芭蕉記念館蔵）

き時節なりと、大手を打て感心致《いたし》候」とある。芭蕉は大手を打って感心したと書き、さらに、他門の才丸《さいまる》（才麿《さいまろ》）を驚かせたことなども伝える。芭蕉自身は、先の滄波・白之・浄求らの句が未熟なのは重々承知していたはずだから、むしろ個々の俳人の「かるみ」には拘《こだわ》らず、総体としての『別座鋪』を高く評価していたのだと思う。そういう観点から見直してみると、浄求の句が餞別吟の最後に置かれたことは、編纂上の軽妙な趣向の一つだったといえよう。当該句の前書によれば、意図的な計らいで、こうした稚拙な句が配置されたことが了解できる。「愚智文盲にして正直一扁」の者として知られる浄求は、このたびの芭蕉の出立に際して門人たちが餞別句を贈るという話を聞き、自分も一句詠むことを望んだ。そうして指を折って文字を数えながら詠んだのがこの句であった。皆の失笑をかったものの、「愚成《おろかなる》もの、心を量《はかり》て」入集に至ったという。浄求に関しては情報が少ないが、本当に作句経験の乏しい人だったのかもしれない。一句には、芭蕉が元気な姿で戻ってくることを前提にした無邪気な気安さがある。言い放っただけの句に見えても、これが紛れもなく浄求ならではの「かるみ」だったのだ。

芭蕉は私たちが想像する以上に度量が広かったというべきか。『別座鋪』は、深川周辺の限られた門弟たちで構成された撰集であり、力量差によって未熟さも露呈はしているけれど、一編の撰集としては、彼らなりの「かるみ」の世界が演出されたものだった。個々の作品の出来はさまざまなれど、芭蕉にとっては、「かるみ」時代の一撰集として、時宜にかなった忘れえぬ集として記憶されたに違いない。

元禄俳諧における名句

『別座鋪』の例句を見てもわかるように、「かるみ」を志向するということは、表現としては平明にならざるをえないという側面をもつ。一句を構成する語の選択や用法に苦慮しても、作意があらわになっては台無しになるだけだ。一方、こうした平明化の方向は、元禄俳諧全体に見られた傾向でもあり、そこから生まれ出た良質の作品が、蕉門の「かるみ」を志向した作品と類似していても少しも不思議なことではない。芭蕉が庶幾した高次の「かるみ」とは同列に論じられないにしても、談林末期に俳諧が放埒化・難渋化したことの反動は、おのずと表現の易化を促した。その結果として「かるみ」を意識せずとも、それと等質の作品が生まれえる土壌はあったことになる。実際、談林崩壊から元禄期にかけての大きな流れとして、句の平明・平俗・通俗という現象ははっきりと見て取れる。そのことは、個々の元禄俳人たちの作品を検証してみれば明白で、次に元禄時代に活躍したいわゆる元禄俳人の句々を例示しておこう。

雨の日や門提《かどさげ》て行《ゆく》かきつばた　信徳　（『一橋』）
松葉掻《かく》人かすかなる花野かな　同　（『花見弁慶』）
花も実もうたひ尽《つく》してかれ野哉　同　（『こがらし』）
凩《こがらし》の果《はて》はありけり海の音　言水　（『都曲』）
笠ぬげば都は年の暮《くれ》てあり　轍士　（『草刈笛』）
元日やされば野川の水の音　来山　（『大坂辰歳旦惣寄』）
白魚《しらうを》やさながらうごく水の色　同　（『きさらぎ』）
我《わが》寝たを首あげて見る寒さ哉　同　（『海陸後集』）
行水《ぎやうずい》も日まぜになりぬむしのこゑ　同　（『俳諧古選』）
笹折《ささおり》て白魚のたえ〴〵青し　才麿　（『東日記』）
夕ぐれのものうき雲やいかのぼり　同　（『其袋』）
猫の子に嗅《かが》れて居《ゐ》るや蝸牛《かたつぶり》　同　（『陸奥鵆』）
によつぽりと秋の空なる不尽《ふじ》の山　鬼貫　（『大悟物狂』）
そよりともせいで秋立つことかいの　同　（『とてしも』）
面白さ急には見えぬ薄《すすき》哉　同　（『河内羽二重』）

もはやこれらの句に対して注釈の必要はなかろう。いずれも平明で、さりげない日常がきわめて印象鮮明なイメージをともなって伝わってくる。今日の評価にも十分に耐えうるだけの普遍的な魅力を備え

図3　小西来山(桜井梅室編『古哲俳家三十六歌仙』(折本)、江東区芭蕉記念館蔵)

た句といえるだろう。もちろん、すべての俳人がこうした句ばかりを詠んでいたわけではないが、元禄俳諧の特徴は明確に出ていると思われる。元禄の大坂を代表する俳人来山は「直《タヽムキ》に健かなるを呼で今の誹諧の一体とす」(『よるひる』跋)とか、「こゝろは常に琢《みがき》て、こと葉を即時につくる、是はいかいの事理《ことはり》也」(『印南野』跋)などと述べ、平常の言葉、つまり俗言をもって素直に詠むのが俳諧だと心得ていた。それが前引の作品にもよく表れていよう。来山は理論家ではないが、これも当時一般の俳諧観の一つであり、これによっても当代の平明さを獲得することができたのである。

一方で、平明さが負の方向に傾けば、平俗・通俗・低俗へと流れていくのも必然である。「かるみ」の同調者として知られる支考も、芭蕉没後はいわゆる「俗談平話《ぞくだんへいわ》」を掲げ、ひたすら平俗なるものへと向かっていった。来たるべき享保俳諧では、また新たな局面を迎えることになるが、当面の元禄俳諧は、そうした平俗性・通俗性を甘受しながら支持層を拡大し、雑俳の流行とも相俟って、一層の大衆化路線を押し進めていく。

周知の通り、俳諧は和歌や連歌と異なり、滑稽性を基盤とする俗文芸として発展してきた。芭蕉は「高くこゝろをさとりて俗に帰るべし」とか「俳諧の益は俗語を正す也」（ともに『三冊子』）などの言葉を残しているが、芭蕉は、俗語を駆使する俳諧にも和歌・連歌と比肩しうるような俗文芸ならではの詩美を創出しようと腐心してきた人である。「かるみ」はそれを実現する上で最も有効な理念として掲げられたものだといえよう。「かるみ」を意識して以来、実践の徹底を経た末に到達したのが晩年の「かるみ」である。単純に軽さだけを求めてきたわけではない。また、「かるみ」を技法としてだけとらえると、できあがった作品はかえって不自然なものになる。そうした例は『別座鋪』にも見た通りで、『猿蓑』や『すみだはら』にも指摘できる。それだけに芭蕉の意に沿って「かるみ」を咀嚼し、実践できた門人は多くなかった。其角や嵐雪などのように異なる俳風を志向していった門人がいたことを思えば、「かるみ」に同調できなかった門人がいても驚くには値しない。

振り返ってみれば、芭蕉ほど内省的に俳諧と対峙した俳人はいなかった。芭蕉ほど常に新しみを求めてやまなかった俳人もいなかった。ましてや俳諧に生涯を賭けた俳人も芭蕉以外にはいなかった。かくして芭蕉が稀有な存在であったことは、誰の目にも明らかなことである。元禄俳諧という視座に立つことは、こうした芭蕉や蕉風の特異性や独自性をより鮮明にしていくことにもつながっていくのである。

■主要参考文献一覧

乾裕幸『初期俳諧の展開』（桜楓社、昭和四三年）
大内初夫『近世九州俳壇史の研究』（九州大学出版会、昭和五八年）
大内初夫・櫻井武次郎・雲英末雄校注『新日本古典文学体系 元禄俳諧集』（岩波書店、平成六年）
岡田利兵衞編『鬼貫全集 三訂版』（角川書店、昭和五三年）
荻野清編『元禄名家句集』（創元社、昭和二九年）
雲英末雄『元禄京都俳壇研究』（勉誠社、昭和六〇年）
雲英末雄編『貞門談林諸家句集』（笠間書院、昭和四六年）
雲英末雄編『元禄京都諸家句集』（勉誠社、昭和五八年）
雲英末雄編『早稲田大学蔵資料影印叢書 元禄俳諧集』（早稲田大学出版部、昭和五九年）
櫻井武次郎『元禄の大坂俳壇』（前田書店、昭和五四年）
佐藤勝明『芭蕉と京都俳壇』（八木書店、平成一八年）
下垣内和人『近世中国俳壇史』（和泉書院、平成四年）
白石悌三『江戸俳諧史論考』（九州大学出版会、平成一三年）
天理図書館綿屋文庫俳書集成編集委員会編『天理図書館綿屋文庫俳書集成 元禄俳書集』（八木書店、平成七～一一年）
※「其角篇」「京都篇」「大坂篇」「四国篇」「地方篇」の五冊があり、ほかにも『蕉門俳書集』『談林俳書集』などを広く視野に納めたい。
野田先平『近世東海俳壇の研究』（新典社、平成三年）
野間光辰・吉田幸一編『近世文芸資料 北条団水集 俳諧篇（上・下）・別巻）』（古典文庫、昭和五七～五八年）

後代への影響——芭蕉受容をめぐって

玉城　司

芭蕉翁の臑をかぢつて夕涼　　一茶　（『七番日記』）

一茶五一歳の文化一〇年（一八一三）の作、『七番日記』には「川中島行脚して」の前書で収載している。川中島は、北信濃を流れる千曲川（新潟県では信濃川）と犀川が合流する三角州で、険しい山々が迫ってくる北信濃では、ほっと一息つくことができる広野である。中山道を江戸から下ると善光寺に入る手前、善光寺を通過して北国街道を越後（新潟県）へ向かうと一茶の故郷柏原（信濃町）に至る。善光寺を基点にすれば、南の川中島、北の柏原となる。一茶がこの地を行脚したのは、門人を開拓するためだっただろうが、川中島に一茶社中が形成された痕跡は見られない。

この前年の冬、一茶は長い間の放浪生活を切り上げて、柏原に帰住した。しかし故郷は、安住の地ではなかった。一茶は、人間関係に窒息してしまいそうな思いをいだいて北信濃地方一帯を歩き回り、川中島の河川敷で一息ついたのだろう。なお、川中島が武田信玄と上杉謙信の一騎打ちの古戦場として錦絵に描かれ、人々に知られるようになるのは、一茶没後の文政・天保期以後のことである。

「芭蕉翁の臑」の句意は、「芭蕉翁のすねかじりのワシも、何とか生き伸びて、お陰さまで、こうして夕涼みをしている」。これから故郷信州で、芭蕉翁の臑をかじって、生きて行けそうだという素直な気持ちがにじみ出ている作と見てよいだろう。農民として生まれながら田畑を耕す気がなく、一五歳で江戸に出てもまともな職業に就かず、俳諧修行をしたほか取柄がない者が生き延びるためには、芭蕉を売り物にするしかない。そうしたわが身を自省しながら、臑かじりの身に居直ったのである。無自覚に芭蕉を売り物にする俳人が少なくない中で、一茶の姿勢は、甘えとはいえ正直なものだった。

一茶は、この句を江戸の夏目成美に送って添削を依頼した。成美は、浅草の札差(金融業者)。俳諧宗匠のように、点を付けて金を稼ぐ必要がなかった、いわゆる遊俳である。しかし古今東西の俳諧に通暁しているたいへんな教養人で、『成美随筆』からはその博識ぶりを窺い知ることができ、俳人たちとの交流の広さは『四山藁』(文政四年刊)を繙けば一目瞭然である。成美は一茶にとって、江戸で生きて行く上での恩人だった。帰郷後も、一茶は俳壇の有力者である成美とつながっていたかったので、添削を依頼したのである。

成美は、上五「芭蕉翁の」を「芭蕉様の」と改訂した(『成美評句稿』文化一〇年)。「臑をかぢ」っているとことには異論がないが、一茶が親しげに「翁」と呼ぶのが許しがたく、仰ぎ尊敬すべき対象だと考えたからである。一字だけの改訂ではあるが、そこから芭蕉を敬愛する一茶と芭蕉を崇拝する成美の姿勢の違いが浮かび上がってくる。

以下、一茶や成美に至る芭蕉受容の経緯をあらあらたどってみたい。

芭蕉追善事業による芭蕉受容

元禄七年（一六九四）一〇月一二日、芭蕉が他界した。その直後、高弟其角《きかく》による芭蕉追善集『枯尾花』（元禄七年一二月刊）が出版され、芭蕉一門は結束して芭蕉の俳諧を伝えるかに見えた。しかし、間もなく去来と許六の間に芭蕉の「不易流行」をどう受容するかをめぐる論争（『俳諧問答』〈元禄一〇年去来奥・同一一年許六奥〉）が起こり、また元禄一一年に出版した許六《きょりく》・李由《りゆう》編『篇突《へんつき》』をめぐって、去来が「旅寝論」（元禄一二年序）で異議を唱えた。これが芭蕉直門の限られた範囲での論争だったのは写本で伝わったからで、宝暦一一年（一七六一）に『去来湖東問答』のタイトルで出版され、安永七年（一七七八）に本来の『旅寝論』として出版されて、芭蕉俳諧理念としての是非を俳壇全体で論じる環境が整うまでに六〇年を要している。なお「俳諧問答」が『俳諧問答青根が峯』として出版されたのは、さ

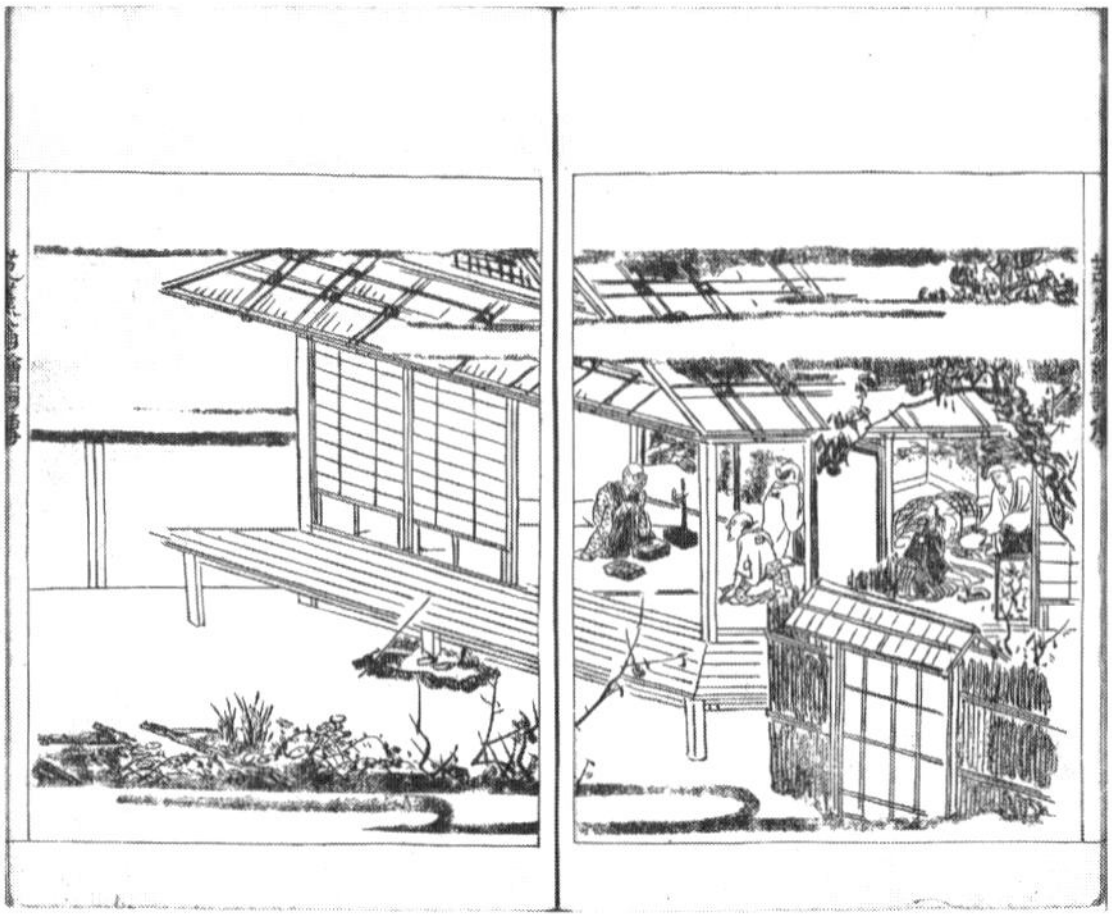

図１　芭蕉の臨終の様子（蝶夢著、版本『芭蕉翁絵詞伝』江東区芭蕉記念館蔵）

らに後の天明五年(一七八五)であった。

　芭蕉没後五年の元禄一一年、風国編『泊船集』が出版されたことは、早い段階で芭蕉句集が商品価値を伴って受容されたことを示唆している。しかし、芭蕉の言説を伝えるものとして信頼度が高い去来《きょらい》の俳論『去来抄』は、宝永元年(一七〇四)頃に書かれていたにもかかわらず、出版されたのは七〇年後の安永四年(一七七五)であった。同じく忠実に芭蕉の思惟を伝えているという定評がある土芳の俳論『三冊子』は、元禄一五年に成立していたが、出版されたのは安永五年である。また、土芳は宝永六年には芭蕉の発句・紀行俳文を合わせた『蕉翁句集』を編んでいたが、出版されなかった。このように芭蕉の言説が多く写本によって伝えられた事実は、芭蕉に直接師事した蕉門俳人に限って、芭蕉が受容されていたことを物語っている。

　そうした中にあって、地方への行脚と出版を通じて全国的に芭蕉の俳諧を広めたのは支考である。支考は、芭蕉没後すぐに芭蕉の足跡をたどって各地を訪ね、遺句や遺文を収集し、諸家から芭蕉追悼句を求めて、それらを収載した撰集『笈日記』を元禄八年に出版した。その後も各地を行脚して、その場に応じてわかりやすい俳話や俳論を説き、土地の人々の連句や発句を集めた。旅から帰ると、俳話・俳論を「夜話」、連句・発句を「名録」として撰集にまとめ、京都の俳書出版書肆井筒屋庄兵衛や橘屋治兵衛から出版した。元禄一一年四月から九月の約半年に及ぶ西国行脚の記念集『梟日記《ふくろうにっき》』(元禄一一年刊)、同一四年夏から初冬の加越地方の旅の記念集『東西夜話』(元禄一五年刊)は、その典型である。

　支考は、『梟日記』の付録として出版した俳論『続五論』を芭蕉生前に自身が編んだ俳書『葛の松原』(元禄五年刊行)の俳話・俳論を継ぐものと位置づけた。自分が芭蕉俳論の継承者であることを、江湖《ごうこ》に示すことを意図したのである。この前年元禄一一年に出版した『続猿蓑』の井筒屋庄兵衛書重勝の跋文には「芭蕉翁の一派の書也。何人の撰といふ事をしらず」と叙されているが、支考は芭蕉と共選した集であると述べる(『削かけの返事』)。『続猿蓑』は「俳諧の古今集」と称された『猿蓑』を継ぐ撰集として企図されたものであり、『炭俵』とならび芭蕉晩年の「かるみ」の俳風を示す集としても尊重された。支考は、俳論ばかりでなく実作でも、芭蕉俳諧の継承者であることを、蕉門俳人たちに宣言したのである。

支考の才は、自派を建てるときの組織作りにも生かされた。支考は芭蕉を祖とし、自らを二世と位置づけ、芭蕉の俳諧を全国各地に伝える役目を果たすことを大義名分として、門弟たちに道統を継承させた。支考とその道統を継ぐ俳人は、美濃派と呼ばれたが、かれらは地方行脚を通じて地方ごとに宗匠を育て、自らの行脚の記念集ばかりか各地の宗匠を中心に編んだ撰集や追善集、あるいは衆議によってなった俳論書などの俳書を京都の俳書専門書肆から出版する。このスタイルは、幕末期まで継承され、芭蕉風の俳諧を全国に広めるのに大きく作用した。

支考と美濃派が果たしたもう一つの大きな役割は、花の都・京都で継続的に芭蕉追善法要を営んだことにある。その嚆矢は、芭蕉没後二年の元禄九年三月一二日の洛東双林寺における法要で、七回忌、十三回忌、十七回忌と継続されていった。(1)

支考一派の追善法要の内、とりわけ宝永七年(一七一〇)の芭蕉十七回忌は、後世の芭蕉受容に大きな働きをした。支考は、この年、芭蕉の功績を讃える仮名碑を双林寺境内に建立、三月一二日に追善法要を営んで、「墨直し」の行事として毎年執行した。その精神は、支考の道統を継ぐ廬元坊《ろげんぼう》に継承され、享保一六年（一七三一）二月七日、支考が没すると、双林寺の芭蕉仮名碑の隣に「梅花仏碑」を建立し、芭蕉とともに追善法要を営んだ。なお、「梅花仏」は支考の別号である。

江戸時代において双林寺は、「此所も丸山と同じ遊山所也。寺の内に西行法師のてうあひ《寵愛》せられしさくら木あり」（安永九年刊『京名所案内記』）という遊興の地、花の名所でもあった。各地の俳人が集い、仮名碑に刻まれた文字に墨を入れ直して芭蕉追善法要を営む「墨直し」は、宗教性を伴った儀式であり、元禄七年一〇月一二日に芭蕉が亡くなっているので、本来ならば一〇月一二日が命日であるが、美濃派は、それを三月の花の時期に引き上げて、追善行事として定例化したのである。「墨直し」は、各地の美濃派の交流の場として機能し、また情報交換の機会ともなった。その上、京都見物をかねて上京する人々が大義名分を立てる上でも加担した。自らの一生を出生地にしばられて生きることを余儀なくされた地方の人々が、伊勢参りのような「ぬけ参り」ではなく、芭蕉や支考の追善法要のために上京するのだと意義づけできる京都旅行をどれほど楽しみにしていたか、想像するに余りある。福井の美濃派俳人葦《い》吹《すい》の発句入り旅日記の冒頭を例に見てみよう。

ことし元文二巳の春三月、洛東双林寺には先師梅花仏の七回忌追福あれば、西六条本山にも我宗の御代の法会あり。須磨明石の風流は明暮にしたはしく、花の都の花の比《ころ》をと道祖神にそゝなかされて、衣《き》更《さら》着《ぎ》末の三日終《つひ》に旅たつ事とはなりぬ。

都思ふ鳥や花にうかれ出《いづ》

元文二年（一七三七）春、韋吹は、双林寺で営む梅花仏（支考）の七回忌追善法要に参列するために、桜花の美しい頃の京都に向け、胸をおどらせて上京した。法要は三月一二日に行われるが、福井を旅立ったのは二月二三日である。句意は「都のことをあれこれ思いをめぐらして、浮かれ烏よろしく花の都へと旅立つことになった」。「浮かれ烏（遊客）」になぞらえて「うかれ出」と、楽しげである。

支考は、西行ゆかりの桜が咲く洛東双林寺で、芭蕉句碑の墨直しとともに自らの追善法要が営まれることを生前から祈願していたのだろう。韋吹はその恩恵を受けたのである。美濃派が現在まで継承されている一つの理由は、あまり注目されていないが、こうした明るさにあった。

韋吹は、帰郷後、この旅日記を『明の烏』と命名して、京都の出版書肆・橘治《きつじ》（橘屋治兵衛）から出版した。これも大きな喜びであった。橘屋は、美濃派地方俳人の選集や句集、追善集など多くの俳書を出版した俳書専門書肆として機能している。美濃派の俳書は、支考の時代から幕末期に至るまで、茶色の表紙に絵文字の内題、支考の筆蹟に似た版下文字、と様式がほぼ定まっている。現代の私たちが見れば、江戸座の絵俳書のように絵を多く入れ、表紙を華やかにすれば見栄えがすると思うが、美濃派は頑《かたく》なにスタイルを変えず、地味で経済的な様式にこだわって、幕末まで及んだ。今日では、同じ様式こそ同門であるという一体感を生み、芭蕉・支考の系統に繋がっているという意識を担保したのだ、と見直すべきだろう。

芭蕉受容の拡大――芭蕉五十回忌

美濃派の芭蕉追善法要と追善集の出版は、合わせて実施されたので芭蕉追善事業というにふさわしい。この事業は美濃派が主導してきたが、寛保三年（一七四三）の芭蕉五十回忌を機に各派にも影響を与えた。

寛保二年、美濃派道統三世盧元坊は、連句「花百題」の表六句と一人一章四季別発句を捧げるよう全国津々浦々の俳人たちに呼びかけ（『花供養』口牒）、翌年の五十回忌には追善法要を営み、追善集『花供養』を出版して、その巻軸には芭蕉の霊前に手向けた自身の句文「呈　芭蕉翁霊前」を据えた。

ことしは古翁の五十回忌なれば、祥忌を弥生の十二日に取こし、例に花洛の双林寺にして諸国通志の連中を催し、百花の供養をいとなみ侍る。元より此翁は正風の宗祖にして、彼古池の一音より世情に理屈の眠りを破り、風雅に三会の暁をさとし給へる。此道に不測の妙所を尊むべし。されや集る言の葉も花の百味の心むけにその神霊を感んには、誠に聊の報恩なるべしと百拝頓首して冥慮を仰ぎ奉る事しかり。

身を露に砕くや花の恩報じ

盧元坊は、通例によって一〇月一二日の芭蕉忌日を三月一二日に取り越し、香華を捧げて供養するという。句の意味は「わが身を露のように砕いて報恩の花を捧げます」で、前年から周到に芭蕉五十回忌を準備したことをいう。芭蕉を「正風の宗祖」と呼称するのは宗教的である。芭蕉を正風の開祖として位置づけた支考以来の伝統で、廬元坊は、それを改めて宣言したことになる。追善集『花供養』は、九巻九冊の大撰集で、巻一から巻六まで東国・東海・中国・四国・九州・北陸・奥羽・美濃の表六句、巻七から九までは諸国俳人の発句、合わせて四千句ほどを収録している。芭蕉を知る俳人数は、芭蕉生前よりもはるかに多い。

　こうした美濃派の動きは、「蕉門」俳人たちを刺激した。蕉門各派は、各地で芭蕉の魂を招いて塚を築き芭蕉追善法要を営み、芭蕉追善集を出版した。たとえば、三河の岡崎連中は、一〇月、三河国岡崎魂魄野に夏草塚を建碑して、「夏草や兵共が」の芭蕉句を立句に脇越し歌仙を巻き、名古屋の巴静・五条坊・反喬舎らの句を収録して、『ゆめのあと』を出版した。伊勢の津では、二日坊里同が、四天王寺薬師堂に芭蕉書簡を埋めて文塚を建碑、五十韻を手向けて、『芭蕉翁遠忌ふみ塚』を出版した。これには伊勢派の梅路・入楚・杜菱・柳居などのほか美濃派の廬元坊、五竹坊琴左も入集している。四国伊予では、伊勢派の志山が芭蕉忌を営み『霜夜塚《しもよづか》』を出版した。

　京都では、孟遠門の好々舎去音が、陶切・沙碣・時及・不磷・百梅らの一門と巻いた追悼歌仙、野坡門の梅従・風之・文下・葛鼠らの追悼発句一三章、好々舎の京都連中を中心とした追悼発句五四章をおさめた『句の経』を出版した。播磨では、丹頂堂主人寒瓜は、鳥落人惟然伝来の芭蕉塑像と芭蕉遺物（蓑笠・杖・旅硯・空嚢・こより・袈裟）が父千山に伝えられたのを記念して、播磨の増位山に風羅堂を建立して、一〇月一二日に門人と追善百韻を巻いて『芭蕉翁半百忌雪の棟』を出版した。

図2　小川破笠の描いた芭蕉の肖像
（早稲田大学図書館蔵）

江戸では二世湖十が、破笠画芭蕉画像、芭蕉と遊行上人法橋昌純らとの逸話を伝える「簾説」を巻頭に、自らの句を立句に木髪・信鳥・文十・秋風・紀逸・平砂・百庵ら一人一句の追善百韻と楼川・栢莚・吏登・存義・露月・青峨ら諸家の追善句を収めて、『ふるすだれ』を出版した。また千那門の千梅と梅尺が、深川医王山泉養寺に芭蕉塚を築き、桃州・芳酔・桃水・花仙ら門弟と報恩歌仙を巻いて、江戸の楼川・紀逸・常仙・渭北・青峨・露月らの追善句、近江の角上、京都の風之・去音、浪花の富天・淡々、名古屋の理然らの追善句を加えて、千梅家蔵という芭蕉真蹟二軸の写しを添えて『千鳥の恩』を出版。また江戸の素堂門馬光は、本所の如是庵に笠翁（破笠）画の芭蕉像を安置し、朶雲・白芹・馬光・朝霞・花卜・竹阿と歌仙を巻き、同連中の追善発句、岐阜の童平、笠松の陸支、松任の千代女、金沢の山隣などの諸国到来発句、宗瑞・朶雲・至芳・琴吹・扉夕・黄麦による短歌行、元禄二年九月八日伊賀上野で巻いたという路通・蘭夕・白之・残夜・芭蕉・曾良・木因による歌仙を収載し『芭蕉林』を出版。また柳居は、相模国鎌倉の長慶寺境内の翁塚を修復して、秋瓜・宗瑞・童平・杉雪らと巻いた五十韻等を手向けて、『芭蕉翁同光忌』を出版した。これには九州を除いて全国の俳人からの追善句を収録し、廬元坊の発句も収載している。

「蕉門」俳人は、角上・千那系、孟遠系、惟然系、伊勢派系、素堂系、其角・江戸座系、野坡系などに分かれるが、芭蕉塚を建碑するか芭蕉像を安置して、芭蕉命日の一〇月一二日に追善法要を営み、一門で芭蕉追善連句（百韻・五十韻・歌仙）を巻いて、追善発句とともに芭蕉の霊前に手向け、それらを集めた追善集を出版している点で共通している。美濃派のように前年から準備するような周到さは見られないが、美濃派が行った芭蕉追善事業とほぼ同じであるので、美濃派を手本にしていた可能性が高い。これによって芭蕉を受容する層は、都鄙を問わず飛躍的に拡大していくことになった[2]。

ところで、美濃派・廬元坊の「正風の宗祖」という芭蕉の呼称は、芭蕉俳諧こそが「正風」の開祖であるという価値観を伴う芭蕉の位置づけである。ほかに「祖翁」（『雪の棟』寒瓜序文、『千鳥の恩』平砂序文、『同光忌』柳居巻頭五十韻前書、『芭蕉林』黒露序・馬光句文）と呼ぶ例もあるので、この頃から芭蕉を「俳諧の祖」と見ていたと言えようが、「蕉翁」と呼称することが多く、「古翁」（『雪の棟』（書林井筒屋重寛句文・角上跋文、『千鳥の恩』角上句文・跋文、千梅文）と呼ぶ例などもあるので、芭蕉への敬愛をこめた呼称も並行して用いていたことがわかる。「祖翁」は、俳諧史の位置づけというよりも、「わが家の祖」という親愛や敬慕の情から出た呼称であると見るべきだろう。

芭蕉受容の転換――芭蕉七十回忌「時雨会」

一茶は、芭蕉七十回忌に当たる宝暦一三年(一七六三)に生まれた。この年一〇月一二日、浮巣庵文素《ふそうあんぶんそ》は、芭蕉追善法要を義仲寺で営んだ。文素は美濃派系の雲裡坊《うんりぼう》と親交があった俳人で、明和五年(一七六八)に没していることが判るほか、出生年や俗名等未詳である。俳諧宗匠は、系統・系譜が確かなものが継承し、芭蕉五十回忌には、その宗匠のもとで追善事業が営まれた。そうした伝統からすれば、文素のように師匠や俳諧の系譜が確かでない俳人が、芭蕉が眠る義仲寺を本拠として、芭蕉追善の主催者となって法会を呼びかけたことは、新時代の到来を告げることだっただろう。

文素は、時雨と枯尾花を題とした発句と連句を芭蕉に手向け、追善集『蕉翁七十回忌　粟津吟』を出版した。序(「于時宝暦十三癸未初冬　浮巣散人謹書」)にいう。

光陰卒然として、ことし初冬中の二日は祖翁七十の年忌なりけり。されば遠き国々の門葉にいたるまで、この遠忌に懇志《こんし》をはこばざらむや。花洛・湖南の連中はさらに、諸国より在京の風騒、けふやこの本廟に詣来《もうできた》りぬ。嗚呼《ああ》、高山は仰ぎ景行はゆくと。むかし元禄七の初冬、粟津に神魂をとゞめたまひしより、俳風四海に普く、初七日の追善より年々月々の法会連綿として今に闕《かけ》ることなし。誠に祖翁の高徳、仰ぎ尊み、俯して敬せざらんやと、各碑前に蹲踞《そんきょ》して香華《こうげ》を捧《ささぐ》ることしかり。

文素は、芭蕉が亡くなった一〇月一二日に追善法要を執り行うと宣言し、美濃派が京都東山双林寺で行った「墨直会」を「年々月々の法会連綿として今に闕《かけ》ることなし」と意識しながらも、芭蕉の「神魂」をとどめた義仲寺で、「高徳」を崇敬し碑前に蹲踞し香華を捧げる、と締めくくる。『粟津吟』には、雲裡坊系の俳人二〇（連句・発句）のほか、文通六、湖南周辺の俳人追善三一、伊賀の芭蕉縁者一、合わせて五〇名ほどが句を寄せているに過ぎないので、格調が高い文素の序文にもかかわらず、大きな反響が見られなかったのだろう。しかし、文素は、翌年（明和元年）一〇月一二日にも義仲寺で芭蕉追善法要を営み、追善集『粟津吟』を『時雨会』と名前を改めて出版した。この年の入集者も、多くはなかったが、積極的に門人を開拓し始めていた樗良《ちよら》や多くの門人を抱えていた雪中庵蓼《せつちゆうあんりよう》太《た》も句を寄せるなど、広がりを見せている。明和元年刊『時雨会』の序で、文素はいう。

> 祖翁正当忌は、ふりみふらずみ定めなき神無月中の二日也けり。けふや比良・横川の高根もけしきだち、湖の面ところどころしぐれて、ねぐらさだめぬ水鳥も、浪間に通ふ千鳥の声も、さながら昔をしたふに似たり。されや「世にふるもさらに宗祇の」と先達の観相を称嘆せられしも、まのあたり尊まれ侍れば、年々此日をしぐれの会式と名づけて、時雨の句々を廟前にさゝげ奉るものならし。

前年の高揚した調子とは異なって、芭蕉が宗祇の系譜に位置づけられること、時雨が芭蕉俳諧の精神の象徴であることを冷静に述べている。美濃派の大規模な撰集に比べればささやかなものだが、文素と宝暦一三年から文素に加担した蝶夢《ちょうむ》は、これ以後毎年追善法要を営み、追善集『時雨会』を出版した(3)。明和五年文素が没した後、蝶夢は、明和六年・同七年・同八年、安永四年・同五年・同六年の『時雨会』にもこの序文を掲げた。蝶夢が文素の門人であったからではなく、師系や道統を超えて、文素の志と精神を尊重したからである。こうした継承の仕方は、「蕉門」俳人の「わが家の祖」への親愛の意識から離れ、芭蕉俳諧の精神と作品を受容できるかどうかを問うものであり、芭蕉受容のあり方が転換したことを意味している。

このことは、芭蕉の呼称の仕方とも連動していた。芭蕉五十回忌頃は、芭蕉に直接師事した直門の俳人が多く、芭蕉への敬愛を表す呼称が多数派を占めた。が、七十回忌には、芭蕉直門の俳人は鬼籍に入っていた。そうした中で、文素が呼称した「祖翁」は、美濃派が呼称する「宗祖」とよく似ているが、仏教的意味合いをもつ宗祖に対して、祖先・祖霊崇拝とつながる親しみをこめた呼称である。こちらの方が、敬愛の念をいだいて芭蕉を呼んでいた俳人たちにも受け入れやすかったのだろう。文素と蝶夢は、芭蕉こそ「俳諧の祖」であるという俳諧史的な価値観を付加して芭蕉を呼称したのであり、これは後世にも大きな影響を与えることになった。

正確に俳諧史を書こうとすれば、芭蕉以前には貞門・談林俳人、さらにさかのぼれば宗鑑や守武らがいたのであり、「祖翁」という呼称は、正当ではない。芭蕉を俳諧中興の祖と見なして、延享元年(一七四四)刊『雪の棟』で、富鈴が「俳諧中興の祖」と芭蕉を呼ぶのは適切だが、「俳諧中興」や「正風」「蕉風」などの冠を外して「祖翁」とだけ呼ぶのは、芭蕉が「俳諧の祖」であるという誤解を与えるゆえに危険であった。しかし、俳壇に支配的な風潮だったらしく、芭蕉の隠逸性と芭蕉句を批判した綾足《あやたり》は、芭蕉七十回忌（宝暦一三年）に出版した論書『片歌二夜問答』で、「世の人、芭蕉を俳祖とするは、あやまれりといふ説によりて、『俳仙窟《はいせんくつ》』に渓禅師のことを出す」と述べ、盤珪禅師《ばんけいぜんじ》こそが俳祖であると、既に宝暦七年刊の『紀行俳仙窟』で述べている、と門人の素輪に伝えている。

その一方、明和四年（一七六七）、蓑笠庵梨一《さりゅうあんりいち》のように、「況や祖翁の俳聖に於てをや」（『もとの清水』）と芭蕉を祖翁と呼んだ例が同時代にも見られる。「見竜（支考）が説は広きに似たれど私多し。故に多くとらず」（同）と支考を批判し、『奥の細道』の優れた注釈書『奥細道菅菰抄《すがごもしょう》』（安永七年刊）の著者として知られている梨一が芭蕉を「祖翁の俳聖」と呼称したのは興味深い。梨一は、芭蕉が俳諧の祖であり、俳諧の聖である、という後世の風潮を先取りしていたのである。

芭蕉受容の結実——芭蕉百回忌から一茶へ

天明三年（一七八三）の芭蕉百回忌取り越し法要は、実際には芭蕉九十回忌に当たっていたが、加藤暁台《きょうたい》は蕪村の後援を得て、芭蕉百回忌取越法要を営んだ。暁台は、享保一七年（一七三二）に生まれ、寛政四年（一七九二）没、享年六一。宝暦一三年の芭蕉七十回忌に『蛙啼集《あていしゅう》』を編んで以降、芭蕉俳諧に復帰することを目指し続けた。蕪村は享保元年（一七一六）生まれ、天明三年（一七八三）没、享年六八。町絵師として生計を立てていたが、明和七年（一七七〇）、五五歳で芭蕉門の其角の系譜夜半亭《やはていい》宋阿《そうあ》を継ぎ、俳諧宗匠となり芭蕉の俳諧を受容した。暁台と蕪村は、天明三年三月一二日から一三日ころまで、義仲寺に限らず、湖南幻住庵・洛東安養寺・洛北金福寺で追善法要を営み、暁台はこの年に出版した

『風羅念仏』に蕪村の発句と一座した連句を収録している。蕪村の発句は、次のものである。

空にふるはみよしの、桜嵯峨の花　　蕪村

（『風羅念仏』）

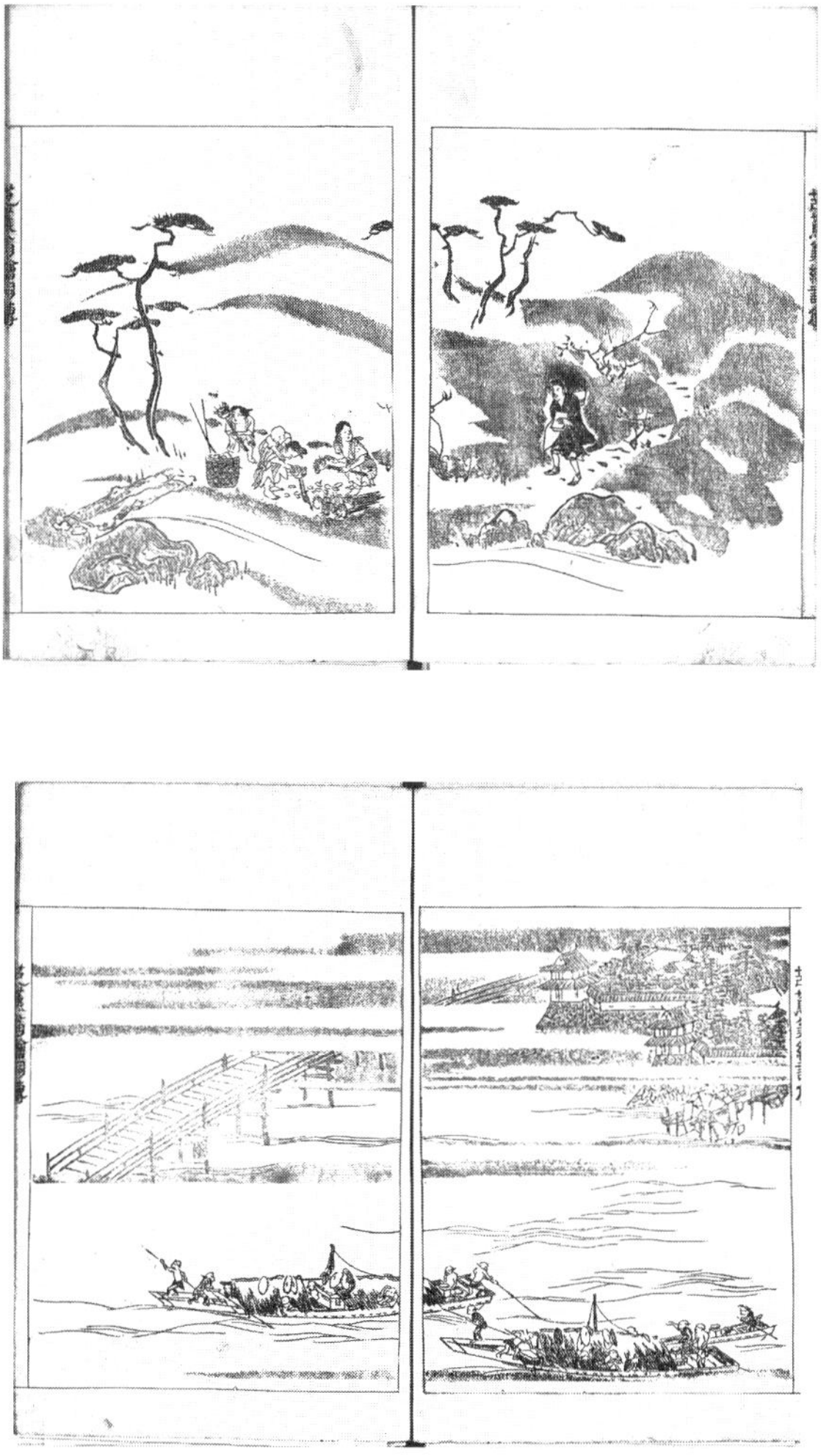

図3　芭蕉の生涯を描いた版本『芭蕉翁絵詞伝』（蝶夢著、江東区芭蕉記念館蔵）

句意は、「かつて芭蕉が遊んだ吉野や嵯峨の桜が、私たち（暁台と蕪村）が会した安養寺にも散っている」。「ふる」に降る（散る）とふる（古る）をかけて、芭蕉追慕の情を芭蕉以来延々と続く俳諧の伝統に思いをはせたのである。明るく晴れやかな句である。

これに対して、義仲寺での芭蕉追善事業を継承した五二歳の蝶夢は、天明三年刊『しぐれ会』の巻頭で、義仲寺芭蕉堂・国分山の幻住庵跡の碑の建立、「祖翁」芭蕉像の修復と休む暇もなかったわが身を振り返り「老齢」であるゆえ、義仲寺の芭蕉庵を「後の人にゆづる」と告げた。その後、実際の芭蕉百回忌を迎える前年の寛政四年（一七九二）に芭蕉の生涯を描いた『芭蕉翁絵詞伝』を義仲寺に奉納し、翌年の四月、芭蕉百回忌供養を盛大に行い、翌六年半紙本一〇冊の大規模な『祖翁百回忌』を出版した後、他界した。

芭蕉俳諧の精神性の高さを継承し、これを広く流布させた蝶夢。芭蕉俳諧の言葉をテコに、俳諧の文芸性を高めていった暁台・蕪村。方法はそれぞれ違えど、「芭蕉復興」を願い、俳諧が川柳や雑俳に傾いていく時流に抗した点で、彼らは共通する。その後、寛政二年に暁台が「花の下宗匠」の免許を得たことで、芭蕉は権威づけられることになった。二条家は寛政五年、芭蕉に「正風宗匠」を追号し、義仲寺と芭蕉堂に扁額等を下賜した(4)。和歌や漢詩の雅文芸に対して俗文芸である俳諧の地位が向上することと、芭蕉が崇敬されることが連動したのである(5)。蕪村にはそうした意図はなかったが、暁台主催の芭蕉百回忌法要を後援したので、結果的には加担したことになる。

こうした時代環境のもとで、一茶の俳諧活動が始まった。一茶は江戸の素堂系俳人二六庵竹阿《にろくあんちくあ》の足跡をたどって西国地方を行脚した折に、義仲寺に立ち寄って芭蕉追善連句に一座したり、発句を寄せたりした。『時雨会』に収載された、寛政七年一茶三三歳から同一二年三八歳までの発句を掲げてみよう。若き日の一茶は芭蕉を崇拝したわけではなく、敬慕の思いから俳諧を始めたのである。

義仲寺へいそぎ候はつしぐれ　行脚 一茶　（寛政七年刊『しぐれ会』）
しぐれ会に今年も出たし旅ごろも　行脚 一茶　（寛政八年刊『時雨会』）
塚の土いたゞひて帰るしぐれかな　武蔵 一茶　（寛政九年刊『時雨会』）
年よれと仰せおかれししぐれかな　一茶　（寛政一一年刊『時雨会』）
むさし野や芭蕉忌八百八十寺　一茶　（寛政一二年刊『時雨会』）

■注

（1）堀切実氏『俳聖芭蕉と俳魔支考』（角川選書、平成一八年四月刊、二五一頁）に詳しい。

（2）拙稿「芭蕉五十回忌の美濃派」堀切実氏編『近世文学研究の新展開』（ぺりかん社、平成一六年二月刊）。芭蕉五十回忌以降に建立された全国各地の芭蕉塚や句碑は、宝暦一一年（一七六一）に義仲寺から出版された『諸国翁墳記』に登載された。碑に刻まれた芭蕉句、名称、所在地、建立者名をほぼ年代順に記録したこの本は、京都の俳書専門書肆・橘屋治兵衛が刊行し続け、幕末期（一八六〇年頃）に及んだ。宝暦一一年には百基ほど記録されていた芭蕉塚・芭蕉句碑は、都鄙を問わず年々建立され続け、幕末期には四百数十基が『諸国翁墳記』に記録されている。

（3）蝶夢没後、天保五年頃に及んだ（大内初男氏編『時雨会集成』義仲寺・落柿舎、平成五年一一月刊）。

（4）富田志津子氏『二条家俳諧』（和泉書院、平成一一年九月、一一一頁）に詳しい。

（5）以後、幕末からさらに明治期にかけて、芭蕉に対する神聖視は絶対的なものとなって、俳壇全体を覆う。芭蕉百五十回忌の天保一四年（一八四三）には、花の本大明神の神号が二条家から与えられたほどで、芭蕉は俳諧道の守護神に祭り上げられ、「正一位芭蕉天神宮」などとして崇められ、当時の宗匠たちの権威づけに荷担させられていく。

幕末・明治の俳諧を特徴づけるのは月次（月並）句合と呼ばれる形態で、芭蕉が求めた俳諧とは大きく異なっていた。月次句合は、明和・安永期頃から行われた月次（並）句会の延長線上にある。月次句会は出題された題で発句を詠み、それについて宗匠が講評したり、互選したりする題詠の会であった。題は季題のほか、鶴・亀・松・竹・猫・小判・地獄・極楽などさまざまで、その本意に叶うように句作りをすることを目的とした勉強会であった。しかし、天保期頃からは、宗匠の出題に応じて料金を支払って投句、高点句には賞品等が出るなど、営利的な性格が強くなり、定例日に選句結果を公開した。その結果、宗匠の好みに叶う通俗的な類似句が氾濫した。

こうしたことから、「月並」は陳腐であることを意味するようにもなった。それを否定し、俳諧を俳句として蘇生させようとした（そのために連句は捨てられることとなった）のが、ほかならぬ明治の正岡子規であった。宗匠たちが盲目的にあがめる芭蕉をとらえ直すと同時に、俳壇で忘れられがちな蕪村を正しく評価しようとした。そのため、子規たちは蕪村派の称を得ることになったものの、芭蕉を否定したわけではない。芭蕉を冷静な目で位置づけ直す試みがここに始まったというべきで、今日的観点から見ても、子規たちの芭蕉評には傾聴すべきものが少なくない。

田中道雄氏の解説参照。

あとがき

佐藤勝明

後世の産物である「俳聖」「俳神」といったイメージを取り払い、芭蕉という俳諧師の等身大の姿を伝えたい。そして、何よりも、芭蕉が残した作品の魅力を少しでも多く伝えたい。この本の編者になる話を頂戴して、すぐに思ったのはそういうことだった。「総論」にも記したように、雅と俗の止揚をなしとげ、発句・連句・俳文のいずれにおいても新境地を開き、俳諧の歴史に大きな画期をもたらした点で、芭蕉はたしかに空前絶後の存在である。時に国民詩人などと称される所以ながら、では、その作品が広く読まれているのかといえば、首をかしげざるをえない。五七五という短さや種々の約束事など、とっつきにくさを生む要因はたしかにある。それを乗り越えれば、おもしろい世界が待っているのだけれど、ハードルは意外に高く感じられているのかもしれない。そうした認識の下、本書では、俳諧に関する知識や芭蕉とその作品についての情報を提供すると同時に、豊かな作品世界のあれこれを示すことも目指した。そして、その意を汲む研究仲間の尽力により、ご覧の通りの一書となった。本書が芭蕉の理解に寄与し、その関心を高めることにつながるならば、企画した者としてこれ以上の喜びはない。執筆者の皆さん、図版の利用をお許しくださった愛知県立大学長久手キャンパス図書館・江東区芭蕉記念館・早稲田大学図書館・早稲田大学會津八一記念博物館の各機関、編集作業に労を惜しまない板東詩おり氏を始めとするひつじ書房編集部、そして学恩をいただいたすべての方々に、感謝申し上げる次第である。

平成二三年の海の日に　　　編者として記す

松尾芭蕉関係年表

寛永一九年（一六四二）	井原西鶴が大坂にて出生。
寛永二一・正保元年・（一六四四）	**一歳** 伊賀国上野赤坂町（農人町）にて松尾与左衛門の次男として出生。幼名を金作、長じて松尾忠右衛門宗房を名乗り、後に通称を甚七郎（甚四郎とも）とした。
明暦二年（一六五六）	**一三歳** 父が没す。その後（一〇代の末頃）、伊賀付士大将の藤堂新七郎家に台所用人として出仕。嫡子である良忠（俳号蟬吟）の近習役として俳諧に励んだとされる。
寛文四年（一六六四）	**二一歳** 松江重頼編『佐夜中山集』（九月識）に宗房号で入集。芭蕉句の初見。
寛文五年（一六六五）	**二二歳** 蟬吟主催の貞徳翁十三回忌追善百韻興行に参加。芭蕉一座の連句作品として現存最古のもの。
寛文六年（一六六六）	**二三歳** 蟬吟が二五歳で病没し、その後のいずれかの時点で藤堂家を致仕。
寛文一二年（一六七二）	**二九歳** 一月、自判の三〇番発句合『貝おほひ』を伊賀上野の天満宮に奉納。
寛文一三・延宝元年（一六七三）	**三〇歳** 井原西鶴が『生玉万句』（六月奥）を刊行。以後、西鶴は談林俳諧の推進役となる。
延宝三年（一六七五）	**三二歳** 春（前年冬とも）、故郷を離れて江戸へ下向。東下後に『貝おほひ』を刊行する。五月、大坂の西山宗因を迎えて行われた大徳院礒画亭での百韻興行に一座。初めて桃青号を使う。
延宝五年（一六七七）	**三四歳** この年（ないし翌年）、宗匠として立机。同時にこの頃より、小石川上水の浚渫工事監督役を務める。
延宝六年（一六七八）	**三五歳** 春、『桃青三百韻』を刊行。
延宝八年（一六八〇）	**三七歳** 四月、蕉門の存在を世に示す『桃青門弟独吟二十歌仙』を刊行。冬、日本橋小田原町から深川へ転居。
天和二年（一六八二）	**三九歳** 三月、京の千春が東下して蕉門と交流した成果を『むさしぶり』として刊行。芭蕉号の初見。三月二八日、西山宗因が没す。一〇月、井原西鶴が『好色一代男』を刊行。以後、西鶴は浮世草子で新境地を拓く。
天和三年（一六八三）	**四〇歳** 六月、其角編『みなしぐり』刊行。以後、其角は多くの撰集を編み、江戸蕉門の推進役となる。六月二〇日、母が没す。
天和四・貞享元年（一六八四）	**四一歳** 八月、『野ざらし紀行』の旅に出発し、翌二年四月に帰江。この間、尾張で興行した五歌仙を荷兮が『冬の日』（貞享二年刊か）として刊行。同二年以後、『野ざらし紀行』の諸本が成る。
貞享三年（一六八六）	**四三歳** 閏三月、仙化編『蛙合』刊行。
貞享四年（一六八七）	**四四歳** 八月一四日、曾良・宗波を伴い『鹿島詣』の旅に出発。同月下旬の帰江後に『かしまの記』が成る。一〇月二五日、『笈の小文』の旅に出発し、翌五年八月下旬に帰江。帰路の『更科紀行』が成るほか、そこまでの紀行文も断片的に書き継がれる。
貞享五・元禄元年（一六八八）	**四五歳** 一月、井原西鶴が『日本永代蔵』を刊行。
元禄二年（一六八九）	**四六歳** 三月二七日、曾良を伴い『おくのほそ

	道』の旅に出発、八月下旬に美濃大垣着。以後約二年間は伊賀・京・近江を中心に上方滞在を続ける。
元禄三年（一六九〇）	**四七歳**　近江国分山の幻住庵で夏を過ごし、俳文「幻住庵記」を執筆。
元禄四年（一六九一）	**四八歳**　七月三日、自ら監修役となり綿密な編集作業を重ねた去来・凡兆編『猿蓑』を刊行。九月二八日、帰東の途に就き、一〇月二九日に江戸着。
元禄六年（一六九三）	**五〇歳**　三月下旬、甥の桃印が三三歳で没す。秋頃、『おくのほそ道（奥の細道）』の執筆が始まったらしく、推敲に次ぐ推敲の末、翌七年に素龍清書本（西村本）が成る。八月一〇日、井原西鶴が五二歳で没す。
元禄七年（一六九四）	**五一歳**　五月一一日、寿貞尼の子次郎兵衛を伴い、故郷に向かう西上の旅へ出発。その後、「かるみ」の工夫を示した子珊編『別座鋪』（五月奥）と野坡・孤屋・利牛編『すみだはら』（六月奥）が刊行され、上方での好評を杉風らに報じる。六月二日、芭蕉の妾とも甥桃印の妻とも言われる寿貞尼が芭蕉庵で没す。九月一〇日頃、大坂で病に倒れる。一〇月八日に「病中吟／旅に病んで夢は枯野をかけ廻る」を詠み、一〇日には遺状三通を口述筆記。一二日申の刻（午後四時頃）に逝去、享年五一。遺骸は夜船で淀川を上り、一三日に膳所の義仲寺着。一四日夜、遺言により義仲寺の境内、木曾義仲の墓の傍に埋葬される。一二月、其角が追善集『枯尾花』を刊行。以後、追善集は多数刊行される。
元禄一一年（一六九八）	五月、自ら編集に関与した沾圃編・支考補『続猿蓑』刊行。
元禄一五年（一七〇二）	この年、芭蕉の俳論を多く含む土芳著『三冊子』が成る。一二月一四日、元禄赤穂事件（吉良邸討入）が起きる。義士の中には其角と親しく、俳諧を嗜む者も含まれる。
元禄一六年（一七〇三）	四月、近松門左衛門の「曽根崎心中」が初演される。近松は承応二年（一六五三）に生まれ、享保九年（一七二四）に没す。
宝永元年（一七〇四）	この頃、芭蕉の俳論を多く含む去来著『去来抄』が成る。
宝永六年（一七〇九）	乙州が芭蕉書留の小記をまとめ、「更科紀行」と合わせた『笈の小文』（一月奥）を刊行。
寛保三年（一七四三）	芭蕉五十回忌の追善法要が行われる。
宝暦一三年（一七六三）	芭蕉七十回忌に「時雨会」の追善法要が始まり、百回忌にかけて芭蕉回帰の機運が高まる。
寛政四年（一七九二）	蝶夢が芭蕉の生涯を描いた『芭蕉翁絵詞伝』を義仲寺に奉納。
寛政五年（一七九三）	芭蕉百回忌の追善法要が盛大に行われ、翌六年には半紙本一〇冊の『祖翁百回忌』が刊行。芭蕉は神祇伯の白川家から桃青霊神の神号が与えられ、天保一四年（一八四三）の百五十回忌には花の本大明神号を二条家から下賜されるに至る。

人名索引

索引

事項索引

【執筆者紹介】（執筆順、＊印編者）

①経歴・所属②主な著書・論文

佐藤勝明（さとう　かつあき）＊
一九五八年生まれ。①早稲田大学大学院文学研究科博士後期課程単位取得満期退学。博士（文学）。和洋女子大学言語・文学系教授。②『芭蕉と京都俳壇』（八木書店、二〇〇六年）『現代語訳付き 芭蕉全句集』（共著、角川ソフィア文庫、二〇一〇年）、『蕪村句集講義』（全三巻、平凡社東洋文庫、二〇一〇～一一年）ほか。

伊藤善隆（いとう　よしたか）
一九六九年生まれ。①早稲田大学大学院文学研究科博士後期課程単位取得満期退学。湘北短期大学総合ビジネス学科准教授。②『カラー版 芭蕉、蕪村、一茶の世界』（共著、美術出版社、二〇〇七年）、『日本語リテラシー』（監修・共著、新典社、二〇〇九年）ほか。

中森康之（なかもり　やすゆき）
一九六五年生まれ。①神戸大学大学院文化学研究科博士課程単位取得満期退学。豊橋技術科学大学総合教育院准教授。②『俳句の詩学・美学』（共著、角川学芸出版、二〇〇九年）、「蝶夢と支考―俳諧における「まことの心」の系譜」（『国語と国文学』二〇一一年五月）ほか。

金田房子（かなた　ふさこ）
一九六〇年生まれ。①お茶の水女子大学大学院人間文化研究科博士課程単位取得満期退学。博士（人文科学）。清泉女子大学非常勤講師、国文学研究資料館プロジェクト研究員。②『芭蕉俳諧と前書の機能の研究』（おうふう、二〇〇七年）ほか。

越後敬子（えちご　けいこ）
一九六八年生まれ。①実践女子大学大学院文学研究科博士課程単位取得満期退学。実践女子大学ほか非常勤講師。②『和歌・俳句・歌謡・音曲集』（共著、新日本古典文学大系明治編4、岩波書店、二〇〇三年）、「其角堂永機の俳諧活動―明治期編」（『実践国文学』二〇一一年一〇月）ほか。

大城悦子（おおしろ　えつこ）
一九四五年生まれ。①早稲田大学大学院文学研究科博士後期課程在籍。②「芭蕉筆〈枯枝に・笠やどり〉画賛絵画考」（『連歌俳諧研究』二〇〇九年三月）、「芭蕉出座歌仙における「夏と冬の付合」」（『近世文芸 研究と評論』二〇一〇年六月）ほか。

小財陽平（こざい　ようへい）
一九八〇年生まれ。①早稲田大学大学院文学研究科博士後期課程単位取得満期退学。明治大学非常勤講師。②「『黄葉夕陽村舎詩』前編巻一の編纂事情―「忌諱に触れる」作品をめぐって―」（『近世文藝』二〇〇八年一月）、「広瀬淡窓、李白への挑戦―「月下独酌」論」（『文学』二〇〇九年五月）ほか。

黒川桃子（くろかわ　ももこ）
一九八二年生まれ。①早稲田大学大学院文学研究科博士後期課程在籍。②「広瀬淡窓と頼山陽―文化五年の交流を通して」（『近世文芸 研究と評論』二〇〇八年一一月）、「広瀬淡窓の陸游詩受容―「論詩」を中心に」（『近世文藝』二〇一〇年七月）ほか。

山形彩美（やまがた　あやみ）
一九八四年生まれ。①早稲田大学大学院文学研究科博士後期課程在籍。②「安永十年与謝蕪村作『武陵桃源図』を読む」（『近世文藝』二〇一〇年一月）ほか。

小林孔（こばやし　とおる）
一九六三年生まれ。①立命館大学大学院文学研究科博士後期課程単位取得満期退学。大阪城南女子短期大学人間福祉学科教授。②『近世文芸論』（共著、翰林書房、一九九五年）ほか。

金子俊之（かねこ　としゆき）
一九七五年生まれ。①早稲田大学大学院文学研究科博士後期課程修了。博士（文学）。早稲田大学ほか非常勤講師。②『日本文学研究大成 芭蕉』（共著、国書刊行会、二〇〇四年）、「『奥の細道』の諸本関係に関する一試論―曾良本の書込訂正から作品理解に対する問題提起まで」（『連歌俳諧研究』二〇〇一年二月）ほか。

永田英理（ながた　えり）
一九七七年生まれ。①早稲田大学大学院教育学研究科博士後期課程修了。博士（学術）。武蔵野大学ほか非常勤講師。②『蕉風俳論の付合文芸史的研究』（ぺりかん社、二〇〇七年）、『『おくのほそ道』解釈事典―諸説一覧』（共著、東京堂出版、二〇〇三年）ほか。

竹下義人（たけした　よしと）
一九五五年生まれ。①早稲田大学大学院文学研究科博士後期課程退学。日本大学文理学部教授。②「元禄俳諧と小西来山―「時雨」の句の検討を中心に」（『近世文学俯瞰』汲古書院、一九九七年）、「元禄俳諧と鬼貫」（『語文』第一〇六輯、二〇〇〇年三月）ほか。

玉城司（たまき　つかさ）
一九五三年生まれ。①一九八七年早稲田大学大学院文学研究科修士課程修了。清泉女学院大学人間学部教授。②『上州富永家の俳諧』（信毎書籍出版センター、二〇〇七年）、『現代語訳付き 蕪村句集』（角川ソフィア文庫、二〇一一年）ほか。

21世紀日本文学ガイドブック❺

松尾芭蕉

発行　二〇一一年一〇月八日　初版一刷
定価　二〇〇〇円＋税
編者　©佐藤勝明
発行者　松本功
カバーイラスト　山本翠
ブックデザイン　廣田稔
印刷所　三美印刷株式会社
製本所　田中製本印刷株式会社
発行所　株式会社 ひつじ書房
〒一一二-〇〇一一
東京都文京区千石二-一-二　大和ビル二階
Tel. 03-5319-4916　Fax. 03-5319-4917
郵便振替00120-8-142852
toiawase@hituzi.co.jp　http://www.hituzi.co.jp/
ISBN978-4-89476-512-2　C1395